Je t'aime, mon amour...

CONRADO

D1671684

Buch

Paris, Frankreich. Im Jahr 2005. Aus Liebe wird schnell Besessenheit, wenn die Grenzen der niederen Wollust überschritten werden. Die Obsession wandelt sich in Wahnsinn. Scarlett, so schön wie die Johansson, musste diese Besessenheit durchleben, sie wurde im Rausch der Sinne auf die Schattenseite dieser sexbesessenen Welt gezogen. Fast hatte sie sich im Strudel der Demütigung und Züchtigung verloren, doch einer versuchte sie daraus zu befreien. Die Liebe trieb ihn an den Rand des Wahnsinns, die Obsession ließ ihn nicht mehr los. Es gab nur einen Ausweg. Morde werden aus Leidenschaft begangen. Macht, Liebe und Gier regieren die Welt. Und kann man diesem Wahnsinn nicht entfliehen, tappt ungewollt in dessen Falle, endet man wie des Engels Hure, die sich in ihrer grenzenlosen Lust verloren hatte und nicht erkannte, auf was für ein gefährliches Spiel sie sich eingelassen hatte. Doch ist am Ende nicht alles gar eine Farce des Schicksals? Wer weiß. Blinde Leidenschaft hat schon viele in den Abgrund gerissen und so nehmen auch die Dinge in dieser Geschichte hier ihren unaufhaltsamen Lauf...

Autorin

Darja Behnsch, geboren in Laibach, lebt mit ihrem Mann Frank Behnsch in Spanien.

Darja Behnsch

Des Engels Hure

Erotischer Roman

Bibliografische Information der Deutschen Nationalbibliothek

Die Deutsche Nationalbibliothek verzeichnet diese Publikation in der Deutschen Nationalbibliografie; detaillierte bibliografische Daten sind im Internet über http://dnb.d-nb.de abrufbar.

4. Auflage: April 2009

2./3. Auflage: Dezember 2008

Copyright © **November** 2008 by Darja Behnsch

Herstellung & Verlag: Books on Demand GmbH, Norderstedt

Satz & Layout: Design by Mondstein

Umschlagfoto, Innenfoto: © Lisa, funnytimeofyear/www.photocase.de

Made in Germany

ISBN 13: 978-3-8370-7137-5

Lektorin: Nadi Schauer

Die Schreibweise entspricht den Regeln der neuen Rechtschreibung.

Franky, meine große Liebe, Dir widme ich auch diesen Roman. Du bist die treibende Kraft in meinem Leben. Ohne Dich kann ich nicht atmen. Du bist die Luft, die ich dazu brauche.

Je t'aime, mon amour...

Darja

23. April 2009

Merci à vous, mes chers amis. Je suis très heureuse que vous fussiez chez moi tout le temps. Je vous aime très beaucoup.

Merci beaucoup aussi à...

Nadi Schauer, meine liebe Schwester, Augsburg, ich kann mir keinen besseren Lektor vorstellen, auch wenn Du nicht besonders zimperlich mit mir umgegangen bist, wenn Du mir Deine Meinung unverblümt gesagt hast. Nichtsdestotrotz, ich bin Dir sehr dankbar dafür, weil Du mich dadurch zum Nachdenken bewegt hast, was „Des Engels Hure" ohne Zweifel sehr genützt hat. Merci für alles.

Vegetarische Stars
setzen sich für **PETA** ein

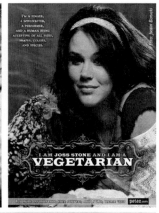

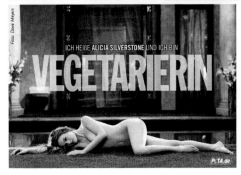

People for the Ethical Treatment of Animals
Deutschland e.V., Dieselstr. 21, D-70839 Gerlingen
Tel.: 07156 - 178280 • Fax: 07156 - 1782810
info@peta.de • www.peta.de • www.petakids.de • www.peta2.de

Bitte helfen Sie uns Tierquälerei zu stoppen!

© iStockPhoto.com/Teresa Azevedo

PETA Deutschland e.V. ist zusammen mit seinen Schwesterorganisationen mit über 2 Millionen Unterstützern die weltweit größte Tierrechtsorganisation.

Ziel der Organisation ist es, durch Aufdecken von Tierquälerei, Aufklärung der Öffentlichkeit und Veränderung der Lebensweise jedem Tier zu einem besseren Leben zu verhelfen. PETA (People for the Ethical Treatment of Animals) wurde 1980 in den USA gegründet und handelt nach dem einfachen Prinzip, dass wir Menschen nicht das Recht haben, Tiere in irgendeiner Form auszubeuten, zu misshandeln oder zu verwerten.

Die Arbeit von PETA Deutschland e.V. konzentriert sich auf die vier Bereiche, in denen zahlenmäßig die meisten Tiere missbraucht werden und zwar in der Lebensmittel-, Bekleidungs- und Unterhaltungsindustrie sowie in Versuchslaboren. PETA kämpft gegen Tierquälerei, wo immer diese auftritt. Fundierte Recherchen und rechtliche Verfahren finden dabei ebenso Anwendung wie internationale Aufklärungskampagnen oder Verbraucherboykotts.

PETA Deutschland e.V. arbeitet mit medienrelevanten Mitteln und spekta-
kulären Aktionen, um die Öffentlichkeit über Tiermissbrauch zu informieren
und Druck auf Verantwortliche aus Wirtschaft und Politik auszuüben.

Mit unseren Internetseiten www.petakids.de und www.peta2.de sowie
unserem Unterrichtsprogramm „Eine Welt für alle" versuchen wir schon
Kinder und Jugendliche für die Belange der Tiere zu sensibilisieren.

PETA Deutschland ist ein eingetragener Verein, der als gemeinnützig und
besonders förderungswürdig anerkannt ist und sich aus Einzelspenden,
Zuwendungen von Stiftungen und Firmenspenden finanziert. Etwa 85 Prozent
des jährlichen Budgets werden direkt für Programme zur Beendigung von
Tierquälerei und Rettung von Tierleben verwendet.

Schon ab einer jährlichen Unterstützung von 30 Euro erhalten Sie automa-
tisch regelmäßige und aktuelle Informationen zu unseren Aktivitäten und
Aufrufe zu weltweiten Aktionen. Außerdem bekommen Sie unsere vier-
teljährlich erscheinende Zeitschrift Animal Times – voll mit bewegenden
Geschichten, leckeren vegetarischen Rezepten und vielen Tipps, wie wir alle
Tieren helfen können.

Wir brauchen Ihre Hilfe!

Ihre Spende wird direkt den Tieren zugute kommen, die in Laboratorien, in der Massentierhaltung, in der Pelzindustrie, in Zirkussen und anderen „Unterhaltungsbetrieben" leiden und sterben.

PETA Deutschland e.V.

Dieselstr. 21
70839 Gerlingen
07156/178280 • 07156/1782810 (Fax)
PETA.de • Info@peta.de

Sie können auch auf unserer Website eine Spende tätigen und sich über die wichtigsten Tierrechtsthemen informieren.

Obsession

Friedrich sah auf die Uhr. „... *verflucht!... schon kurz vor sechs...'*, dachte er. Er wollte heute eigentlich den Laden pünktlich schließen, aber er war noch nicht da. Friedrich wusste auch nicht, bis wann er käme. Es hieß gestern nur, gegen sechs. Zwei Männer hatten ihn am gestrigen Nachmittag in seinem Laden aufgesucht. „*Stellen Sie keine Fragen. Machen Sie einfach, was er Ihnen sagt.*", hatten sie zu ihm gesagt und ihm ein Bündel Scheine in die Hand gedrückt. Friedrich hatte schon des Öfteren die sonderbarsten Wünsche einiger seiner Klienten erfüllt und dadurch eine Menge Geld nebenzu verdient, welches er mit dem Staat nicht zu teilen brauchte und auch nicht zu teilen beabsichtigte. Ja. Sonderwünsche erfüllte er oft. Aber noch nie war ein Auftrag so sonderbar gewesen wie dieser hier.

Er sah abermals auf die Uhr. Es war fünf Minuten vor sechs. Friedrich zog einen Zettel aus der Jackentasche heraus und betrachtete ihn eingehend, obwohl nur drei Worte darauf standen.

Code: Erzengel Gabriel

Er sah abermals auf die Uhr. Zwei Minuten vor sechs. Friedrich steckte den Zettel wieder in die Jackentasche zurück. Er hatte sich gestern sofort, nachdem die beiden seinen Laden wieder verlassen hatten, das Codewort auf einen Zettel notiert. Er sah schon wieder auf die Uhr. „... *was mach' ich denn nur, wenn der nicht kommt?...'* Friedrich überlegte. Heute wollte er eigentlich pünktlich gehen. Aber er hatte das Geld bereits in der Tasche. Und er wusste, seinen Auftraggebern gefiele es sicherlich nicht, wenn er sich nicht an seine Abmachung halten würde. Zudem brauchte er das Geld. Claudine wurde immer anspruchsvoller, ihre Wünsche immer teurer. Aber er liebte sie. Und er hatte Angst, sie verließe ihn, käme er ihren Wünschen nicht mehr nach.

Plötzlich betrat ein Mann mit hochgewachsener Statur den Laden. Er war vollkommen in Schwarz gekleidet. Mit der Hand fuhr er sich durch sein schwarzes Haar.

Friedrich ging freundlich auf ihn zu. „Wie kann ich Ihnen helfen?", fragte er den Fremden. Er hatte ihn noch nie zuvor in seinem Laden gesehen. Doch eigentlich sah er die Menschen meist nur einmal in seinem Leben. Das Geschäft war hart und die Konkurrenz schlief nicht.

„Und der *Erzengel Gabriel* stürzte vom Himmel herab in die Tiefe.", waren die einzigen Worte, die der Mann Friedrich zuwarf.

„Oh... ich hab' Sie schon erwartet. Aber ich dachte, Sie kommen früher, weil..."

„Wo stehen sie?", unterbrach er Friedrich.

„Hinten... kommen Sie, bitte." Friedrich ging ihm voraus. Er fühlte sich mit einem Mal sehr unbehaglich. „War sie eine nahe Verwandte...?"

„Sie reden zu viel.", antwortete der Fremde.

Friedrich verstummte.

Als sie vor den Särgen standen, betrachtete der Mann sorgfältig die größeren Modelle, die in der zweiten Reihe hinter den kleineren aufgebaut waren.

„Und? Wissen Sie schon, welcher es sein soll?" Friedrich sah ihn fragend an.

„Dieser hier."

„Oh ja... exzellente Wahl, Monsieur. Dieser hier ist sehr komfortabel. Er dürfte Ihren Ansprüchen sicherlich mehr als gerecht sein..."

„Hatte ich vorhin nicht schon erwähnt, Sie reden zu viel? Sagen Sie nur was, wenn Sie gefragt werden. Sie stören mich mit Ihrem dummen Geschwätz nur in meinen Gedanken."

Friedrich sagte keinen Ton mehr. Er beobachtete ihn. Er sah sich eingehend den Sarg an.

Plötzlich richtete er den Blick auf ihn. Friedrich erschrak. „Ist der auch bequem?" Er zeigte mit dem Finger darauf.

„Ja. Aber natürlich. Sehr bequem sogar. Wer hier drinnen gebettet wird, der ruht nur auf feinster Seide..."

„Wie können Sie das beurteilen?"

„Was *beurteilen?*"

„Na, ob er bequem ist?"

„Glauben Sie mir, Monsieur, dieser Sarg hier ist äußerst bequem und die..."

„Dann waren Sie also schon mal drinnen gelegen?"

„Was? Ich?" Friedrich huschte ein kurzes Lächeln übers Gesicht. „Aber nein, Monsieur..."

„Wie können Sie dann wissen, ob er bequem ist?"

Friedrich entglitt schon wieder ein Lächeln über die Lippen. „Glauben Sie mir, Monsieur, jeder, der hier drinnen liegt, liegt äußerst komfortabel. Nicht nur das Kissen hat einen Seidenbezug, sondern auch..."

„So, so... jeder also, sagen Sie." Der Mann setzte einen äußerst versteinerten Blick auf. Friedrich hörte sofort auf zu lächeln.

„Beweisen Sie es mir. Legen Sie sich rein!", sagte er plötzlich.

„Wie bitte?" Friedrich sah ihn verwundert an.

„Legen Sie sich rein!"

„Aber wieso... wieso denn das?" Plötzlich wurde Friedrich sehr heiß. Er begann zu schwitzen.

„Na, ich möchte wissen, ob man da drinnen bequem liegt.", antwortete er trocken.

Friedrich zögerte. „Hören Sie, man liegt bequem in diesem Sarg. Vertrauen Sie mir."

„Legen Sie sich rein!"

„Das ist doch jetzt ein Witz, oder?"

„Sehe ich etwa so aus, als würde ich Witze machen?" Es lag eine gewisse Schärfe in seiner Stimme verborgen.

Friedrich blieb wie angewurzelt stehen. Er rührte sich nicht.

Plötzlich zog der Mann eine Waffe und richtete sie auf Friedrich.

Friedrich erschrak zutiefst.

„Na los! Ich wiederhole mich nur sehr ungern. Reinlegen!", befahl er ihm. Diesmal klang seine recht außergewöhnliche Bitte etwas strenger als beim ersten Mal.

Friedrich stieg nur sehr zaghaft in den Sarg. Schweißperlen standen ihm auf der Stirn.

Der Mann steckte die Waffe wieder ein. „Und? Liegt man nun bequem?"

Friedrich nickte. „Darf ich wieder...?"

„Ist er geräumig?"

„Wie bitte?... kann ich nicht wieder...?" Noch bevor Friedrich seine Frage aussprechen konnte, ließ der fremde Mann plötzlich den Sargdeckel zufallen.

Friedrich blieb für einen kurzen Augenblick das Herz stehen. Er stieß einen lauten Schrei aus, der nur sehr dumpf durch den geschlossenen Sarg zu hören war.

Der Mann öffnete den Sargdeckel wieder. Mit einem eisigen Lächeln sah er auf Friedrich herab. „Hatten Sie genügend Platz?"

Friedrich sah ihn ängstlich an.

„Und? Wollen Sie dem Erzengel denn nicht antworten?"

Friedrich nickte. „Ja. Genügend."

„Gut. Dann nehme ich ihn."

Friedrich nickte abermals.

„*Okay.* Dann steigen sie jetzt wieder da raus. Sie wissen, was Sie damit zu tun haben?"

Friedrich stieg hastig aus dem Sarg. „Ja, ja, sicher, Monsieur..."

„Gut. Und noch eins, ich möchte Luftlöcher unterhalb dieser Metallbeschläge hier. Und zwar auf allen Seiten. Aber halten Sie sie so klein wie möglich. Man darf sie nicht sehen können."

„Luftlöcher? Wozu brauchen Sie denn..."

„Sie stellen zu viele Fragen!", fiel er ihm barsch ins Wort. „Hat man Sie denn nicht darüber informiert, was passiert, wenn's zu viele werden?"

„Doch, doch... aber..."

„Dann halten Sie sich gefälligst daran, sonst suche ich für Sie auch gleich einen aus... und Ihrer braucht dann garantiert keine Luftlöcher."

Friedrich stockte der Atem. Er brachte keinen einzigen Ton mehr über die Lippen.

„Gut. Wie ich sehe, haben wir uns verstanden. Machen Sie einfach alles so, wie man es Ihnen gesagt hat. Und vergessen Sie nicht: Fehler sind tödlich. Darüber hat man Sie gestern ja auch schon aufgeklärt. Hat man mir zumindest gesagt."

Friedrich nickte. Er gab keinen Laut von sich.

„Gut. Ich erwarte präzise Arbeit. Und seien Sie pünktlich dort!"

„Ja. Sicher. Sie können sich darauf verlassen.", sagte Friedrich verängstigt.

„Und denken Sie daran: keine Fehler! Sonst trifft Sie der Zorn des Erzengels." Mit diesen Worten beendete er die Konversation. Er drehte sich abrupt um und verließ, ohne einen letzten Blick auf Friedrich zu werfen, das Bestattungsinstitut.

Friedrich eilte an seinen Schreibtisch, zog hastig die Schublade heraus und kramte nach Zigaretten. Aber er konnte keine finden. Alle Schachteln waren leer. Er sah auf den vollen Aschenbecher, fischte die Kippe mit dem größten Stummel heraus, griff nach seinem Feuerzeug und zündete sich den Rest der ausgedrückten Zigarette an. Nach nur drei Zügen brannte die Glut bis zum Filter herunter.

Friedrich schnappte sich die Schlüssel, löschte das Licht und verließ fluchtartig den Laden.

Prolog

Er schnappte sich die Zeitung und schlenderte gemütlich ins andere Zimmer hinüber. Dort warf er die *La Vitesse-Lumière* aufs Bett und schritt zum Fenster. Er sah auf den Sarg hinab, öffnete den Deckel und stieg hinein. Er legte sich zurück und schlug die Arme über Kreuz. Starr lagen sie auf seiner Brust. Nun schloss er die Augen und dachte an sie. Er stieß einen leisen Seufzer aus. Er war höchst zufrieden.

„... *was für eine phantastische Frau. Und wie hübsch sie ausgesehen hat...',* dachte er und schlug die Augen wieder auf. Er richtete sich auf, stieg aus dem Sarg, schlenderte zum Bett hinüber und warf sich hinein.

Er nahm die Zeitung wieder in die Hand und schlug sie auf. Gemächlich blätterte er sie durch. Plötzlich blieb er auf einer bestimmten Seite hängen. Er richtete sich auf und begann, den Artikel in der *La Vitesse-Lumière* zu lesen.

Exklusivbericht

auf der Titelseite der Pariser Tageszeitung La Vitesse-Lumière

**Unterhalb der Schlagzeile war der
Fundort der Leiche abgebildet.**

La Vitesse-Lumière

Paris
Freitag, den 01. Juli 2005

Grausiger Fund einer Frauenleiche am Waldrand des Waldes ‚Bois de Boulogne' geborgen.
Die Leiche wurde von einem nekrophilen Sexualtriebtäter geschändet.

Waldspaziergänger fanden am gestrigen Nachmittag die Leiche einer Frau mittleren Alters. Sie lag unter dem Gebüsch begraben und nur ein Arm ragte aus der Erde. Vermutlich wurde dieser durch einen Fuchs oder einen Dachs ausgegraben.

Die Identität der Toten steht noch nicht fest. Die Obduktion hat jedoch den schrecklichen Verdacht aufgeworfen, dass die Frau nach ihrem Tod von einem wohl an Nekrophilie leidenden Menschen missbraucht wurde. Es wurde Sperma im Unterleib der Toten gefunden. Zum mehrmaligen Sexualverkehr muss es demnach innerhalb der letzten 48 Stunden gekommen sein. Die Frau war zu dem Zeitpunkt aber bereits zwei Tage tot. Ebenfalls wurde Sperma im Mund sowie im After der Toten gefunden.

Nekrophilie ist eine Krankheit, deren Verbreitungsgrad sehr gering ist. Nur wenige Fälle sind bekannt, die in der Vergangenheit öffentliches Aufsehen erregt haben. Der letzte Fall, der unter dem Sexualtriebtäter „Nekroman" begangen wurde, liegt bereits 30 Jahre zurück.

Der Triebtäter wurde - erstmals durch die Presse - ‚Nekroman' getauft, nachdem die dritte geschändete Frauenleiche in Nizza gefunden wurde. Nach einer Großfahndung war es der Polizei jedoch möglich, den Täter nach nur relativ kurzer Zeit in Gewahrsam zu nehmen. ‚Nekroman' hatte bis zur Festnahme neun Frauen getötet und anschließend die Leichen sexuell geschändet, was er in einem ausführlichen Geständnis zu Protokoll gab. Gefunden wurden damals jedoch nur vier der Frauenleichen. Der Triebtäter hatte den Fundort der anderen fünf Frauenleichen auch nach mehrtägigen Verhören nicht bekanntgegeben. Er sagte damals gegenüber der Presse, er wolle sie sich holen, wenn man ihn aus dem Gefängnis wieder entlassen würde. Die Öffentlichkeit war sehr empört über diese Aussage gewesen. Man hatte lebenslange Haft für ‚Nekroman' gefordert. ‚Nekroman' befindet sich seit seiner Festnahme in psychiatrischer Behandlung. Da er sich in einem geschlossenen Trakt der psychiatrischen Klinik befindet, kann er für diese Schandtat nicht mehr verantwortlich gemacht werden.

Die Polizei prüft derzeit, ob es sich hierbei um Mord mit anschließender Leichenschändung handelt, oder aber, ob die Frauenleiche aus irgendeinem frisch ausgehobenen Grab entwendet worden ist und demnach der Täter nicht für die Tötung verantwortlich gemacht werden könne, sondern nur für die Schändung.

Die *La Vitesse-Lumière* ruft alle Bürger auf, unsere Polizei aktiv bei der Suche nach dem Nekrophilen zu unterstützen und Hinweise, die zur Aufklärung dieser scheußlichen Tat bzw. zur Festnahme des Täters führen, sofort weiterzugeben. Hierfür hat die *La Vitesse-Lumière* extra eine Hotline eingerichtet (Informationen über info@la-vitesse-lumiere.fr bzw. siehe hierzu auch den Querverweis auf unserer Homepage **www.la-vitesse-lumiere.fr/ nekrophilie**). Hinweise werden umgehend an die zuständige Polizeibehörde weitergeleitet (hinweise.nekro7@la-vitesse-lumiere.fr).

Paris darf nicht zulassen, dass sich nur ein einziger Bürger unter uns befindet, der derart scheußliche Schandtaten an Toten ausübt und deren Totenruhe derart gewalttätig stört.

Nekrophilie (griech. nekrós = Toter, philia = Zuneigung) bezeichnet ein seltenes, von der gesellschaftlichen Norm abweichendes Sexualverhalten (sog. Paraphilie), bei dem Menschen in krankhafter Weise sexuelle Handlungen an Toten oder mit Leichenteilen vornehmen (sexuelle Leichenschändung) und dabei Lust empfinden. Als Paraphilie ist Nekrophilie in der Nähe des Fetischismus, eventuell auch des Sadismus, anzusiedeln.
Nekrophilie kommt häufiger in verschleierter Form vor. So kann sich die sexuelle Aktivität eines Nekrophilen auf Menschen richten, die sich während der sexuellen Handlungen bewegungs- und reaktionslos verhalten. Dabei zeigt sie Parallelen zur sogenannten Somnophilie, bei welcher eine Person sexuelle Erregung empfindet, wenn sie sexuelle Handlungen an Schlafenden beziehungsweise Personen, die sich schlafend stellen, durchführt.
Nekrophile erreichen ihre sexuelle Erregung und Befriedigung zum größten Teil oder ausschließlich durch sexuelle Handlungen mit Toten beziehungsweise Schlafenden. Die Täter bedürfen in der Regel einer medizinisch-psychologischen Behandlung.

Für nekrophil veranlagte Menschen gilt eine Leiche als eine Mischung aus Gegenstand und einem vollkommen wehrlosen Lebewesen: Das Opfer kann nicht mehr reagieren, wodurch der Täter uneingeschränkte Macht über das Geschehen hat. In Frankreich werden allerdings nur selten Fälle von Nekrophilie bekannt.

In anderen Fällen liegt aber unzweifelhaft eine direkte Bevorzugung der Leiche vor dem lebenden Wesen vor. Wenn keine weiteren Akte der Grausamkeit - Zerstückelung etc. - an der Leiche vorgenommen werden, so ist es wahrscheinlich die Leblosigkeit selbst, welche den Reiz für den perversen Täter bildet. Es mag sein, dass die Leiche, welche allein menschliche Form mit vollkommener Willenlosigkeit verbindet, deshalb ein krankhaftes Bedürfnis befriedigt, den Gegenstand der Begierde sich ohne Möglichkeit eines Widerstandes schrankenlos unterworfen zu sehen.

Vampirismus darf nicht mit Nekrophilie verwechselt werden, es gibt aber Menschen, die an beidem leiden.

Ein Vampir im medizinischen Sinne ist ein Mensch, der einen inneren Drang nach menschlichem Blut hat, welcher jenseits seiner Selbstbeherrschung liegt. Er sucht sich geeignete Opfer, die er in seine Macht bringt und dann anfällt, wobei er sie während oder bereits vor seiner grauenvollen Tätigkeit tötet.

Der wissenschaftliche Begriff dafür lautet *"Hämatomanie"*, **was so viel wie** *"Lust auf Blut/ Besessenheit von Blut "* **bedeutet. Echte Fälle von Vampirismus kommen bei uns aber ausgesprochen selten vor.**

„Reine" Nekrophile verspüren beim Umgang mit Leichen sexuelle Erregung, Nekrosadisten verstümmeln diese oder verzehren sie sogar teilweise.

Auffällig an nekrophilen Menschen ist nach Fromm zum Beispiel eine Vorliebe für schlechte Gerüche – ursprünglich für den Geruch von verfaulendem oder verwesendem Fleisch. Die *nekrophile Sprache* benutzt vorwiegend Worte, die sich auf Zerstörung, auf Exkremente und Toiletten beziehen. Auf Grundlage solcher Beobachtungen haben Fromm und M. Maccoby einen interpretativen Fragebogen entwickelt und sind zu dem Ergebnis gekommen, dass biophile und nekrophile Tendenzen messbar seien und stark mit politischen und sozialen Einstellungen korrelierten. (*Erich Fromm hatte in zwei*

Schriften auf gewagte Weise zwischen ‚biophil'
und ‚nekrophil' unterschieden. Biophile
Menschen lieben das Leben und die Freiheit.
Der nekrophile Mensch fühlt sich hingezogen
zu Tod, Zerstörung, Verfall, während er um
jeden Preis Sicherheit will und für diese auf
seine Freiheit zu verzichten bereit ist. Er spricht
am liebsten über Krankheiten, Beerdigungen,
Technisches und über das Geld. Alles, was er
berührt, möchte er in Gold verwandeln und
Organisches in tote Materie. Der nekrophile
Mensch denkt mechanisch und destruktiv, der
biophile organisch und aufbauend.)

**Kennzeichen der Nekrophilie im sozialen
Sinne ist nach Fromm eine *Vergötterung der
Technik*. Symbole des Nekrophilen sind Fassaden
aus Beton und Stahl, die Megamaschine
(Technophilie), die Vergeudung von Ressourcen
im Konsumismus und die Art, wie der
Bürokratismus Menschen als Dinge
behandelt.**

**Der Begriff Nekrophilie (griechisch
νεκροφιλία, von νεκρός, nekrós
„Toter", „Leiche" und φιλία, *philía*,**

**„Zuneigung") stammt aus der
Psychologie und der Sexualforschung.
Er bezeichnet einen Sexualtrieb, der
auf Leichen gerichtet ist.**

Die Ausübung nekrophiler Handlungen ist in
Frankreich strafbar. Sie fällt unter „Störung der
Totenruhe" und kann sowohl mit Geldstrafe als
auch mit Haftstrafe belegt werden. Außerdem
wird eine Tötung, die in der Absicht begangen
wird, sich an der Leiche sexuell zu befriedigen, als
Mord zur Befriedigung des Geschlechtstriebs mit
lebenslanger Freiheitsstrafe bestraft.

Die *La Vitesse-Lumière* wird ihre Leser in dieser
Sache auf dem Laufenden halten. Die aktuellsten
Meldungen können jedoch jederzeit auf unserer
Homepage abgerufen werden.

Jules Duval

1

Das Zimmer war enorm groß und die Wände sehr hoch. Die dunkelroten, schweren Vorhänge waren zugezogen und nur die Wandleuchten brannten. Sie warfen sanftes Licht in den Raum. Ringsum ragten gewaltige Bücherregale in die Höhe und gegenüber der prächtigen Holztür, die mit Messing beschlagen war, stand ein antiker Holztisch aus massivem, dunklem Holz. Darauf befand sich eine Tischlampe mit grünem Lampenschirm. Ein Buch lag aufgeschlagen auf dem Tisch. Daneben befand sich eine Kerze auf einem gewaltigen Messingständer. Sie brannte. Einige, sehr außergewöhnliche Gemälde hingen an den Wänden und ein Globus, dessen Licht die Weltkugel erleuchtete, stand auf einer Kommode aus dunklem, cubanischem Holz. Die Messinggriffe waren mit kleinen Figuren verziert. Direkt darüber hing ein großer Spiegel, eingefasst in einem antiken Rahmen aus Gold. Der Steinboden war mit grossen, edlen Teppichen verziert. Ein kleiner, runder Tisch stand schräg gegenüber vom Schreibtisch, umringt von mehreren Sesseln, die mit rotem Leder überzogen waren. Der Raum wirkte sehr pompös.

Er saß in einem Sessel und beobachtete sie.

Sie befand sich inmitten des Zimmers. Beide Handgelenke waren mit einem Seil zusammengebunden. Über ihr hing ein riesengroßer Kronleuchter, an dem ein Seil befestigt war. An diesem Seil war sie angebunden. Es ließ ihr nur so viel Spielraum, dass sie stehen konnte, ohne sich auf die Zehenspitzen stellen zu müssen. Bewegen konnte sie sich kaum. Die Arme waren ausgestreckt und ragten in die Höhe. Sie sah ihn angsterfüllt an.

Ihr langes, gewelltes Haar bedeckte ihren ganzen Rücken. Es reichte ihr fast bis zu den Hüften hinunter. Sie trug einen langen Rock, verarbeitet aus feinster Seide und mit zahlreichen Spitzen verziert. In dem sanften Licht funkelten ihre Augen wie Smaragde und ihr schönes Haar durchzogen zahlreiche helle und dunkle Nuancen. Isabelle hatte in der Tat sehr schönes, dunkelblondes Haar. Ihre Brüste bedeckte ein Hauch von weißer Spitze und man konnte ihre harten Brustwarzen darunter erahnen, die sich durch den hauchdünnen Stoff pressten und eine Wölbung auf dem Stoff hinterließen. Die Bluse hatte einen enorm weiten Ausschnitt und wäre sie nicht an diesem Seil angebunden, käme man in den Genuss, ihre zarten Schultern zu bewundern. Doch nicht nur ihr Haar weckte die Aufmerksamkeit des männlichen Geschlechts, vielmehr waren es ihre weiblichen Rundungen, die sie meist mit einem enganliegenden Rock betonte und deren Anblick die Männer anzog wie pures Gold jeden Goldgräber. Ja. Isabelle hatte enorm viel Sexappeal und die Männerwelt lag ihr zu Füßen. Sie hielt die unterschiedlichsten Facetten ihres wahren Ichs tief in ihrem Inneren verborgen.

Ängstlich sah sie zu dem Mann hinüber, der sich soeben vom Sessel erhoben hatte und nun langsam auf sie zukam. In der Hand hielt er eine Pferdepeitsche. Er war von großer Statur und seinen männlichen Körper bedeckte lediglich eine schwarze Lederhose, die ihm bis zu den Hüften reichte. Mit der Hand fuhr er sich durch sein blondes, kurzes Haar. „Willst du mir denn nicht antworten?"

„Bitte. Binden Sie mich wieder los. Sie machen es nur noch schlimmer.", sagte sie mit zittriger Stimme.

Der Mann lachte. „Nur noch *schlimmer?*"

„Ja. Machen Sie mich sofort los, sonst lass ich Sie…"

„Willst du mir etwa drohen?" Er lachte. „Ich denke nicht, dass du in der Position bist, Drohungen auszusprechen. Oder siehst du das etwa anders als ich? Und du solltest mich nicht verärgern. Bis jetzt hab' ich noch gute Laune, aber das kann sich sehr schnell ändern."

„Ich fange an zu schreien, wenn Sie mich nicht sofort losbinden."

„Nur zu. Tu' dir keinen Zwang an. Es hört dich sowieso niemand. Wir sind ganz alleine hier, falls du das noch nicht bemerkt haben solltest. Niemand wird dir helfen. Niemand wird dein Geschrei hören."

Isabelle fing an zu schreien. Doch niemand hörte sie, niemand kam ihr zu Hilfe. Sie verstummte wieder.

Er lachte. „Schon genug?"

„Bitte. Ich flehe Sie an…"

„Dein Betteln nützt dir nichts."

„Was haben Sie jetzt vor?", fragte sie ängstlich, als er vor ihr stand.

„Wirst du schon sehen. Lass dich überraschen, meine Schöne."

Isabelle begann erneut zu schreien.

Doch dies schien ihn nur zu amüsieren. Er lachte.

„Bitte…"

„Sei still!", befahl er ihr. „Komm' läch'le mich an. So wie ihn. Stell' dir einfach vor, ich sei er."

„Sie werden niemals erreichen, dass ich Ihnen zu Füßen liege…"

„Wer sagt denn, dass ich das überhaupt will?", fiel er ihr ins Wort. Er fuhr mit der Peitsche entlang ihres Mundes zum Bauchnabel herunter.

„Lassen Sie das. Sie werden es noch bereuen, das schwöre ich bei…"

„Hör' auf, mir zu drohen, Isabelle.", flüsterte er ihr zu und fuhr ihr mit der Peitsche zwischen die Beine. „Ich will, dass du es sagst!"

„Niemals!", stieß sie leise aus.

„So, so, niemals. Jetzt werden wir aber ganz schön mutig, wenn nicht sogar zu übermütig, nicht wahr, Isabelle?"

„Sie perverses Schwein! Lassen Sie das!" Sie versuchte, seiner Peitsche zu entweichen. Aber sie konnte sich kaum von der Stelle bewegen.

„Ja, das gefällt mir. Komm', beschimpf' mich, Isabelle."

„Sie sind wahnsinnig! Oh Gott! Hilfe! Hilfe!" Ihre Schreie hallten durch den ganzen Raum.

„Aber, Isabelle, ich hatte dir doch vorhin schon gesagt, wir sind alleine hier. Niemand wird dich hören. Niemand wird dir helfen. Auch er nicht. Dafür hab' ich gesorgt."

„Bitte. Seien Sie doch vernünftig."

„Sag' es!", stieß er leise aus, ohne auf ihr Flehen einzugehen.

„Niemals!"

„Sag' es!"

„Nein."

„Na, komm'. Ich versprech' dir, es wird dir gefallen. Vielleicht wirst du ihn dann sogar vergessen."

„Niemals.", schrie sie ihn an.

„Wie du willst. Dann muss ich dich eben zähmen, bis du begreifst, wer hier das Sagen hat, meine Schöne." Er zog ein Messer aus der Hosentasche heraus und klappte es auf.

„O Nein. Bitte. Tun Sie mir nichts.", flehte sie ihn an.

Er lachte. Mit ein paar schnellen Handgriffen hatte er ihr alle Knöpfe von der Bluse abgeschnitten. Mit der Peitsche fuhr er ihr unter die Bluse und schob den Stoff beiseite. Isabelles Brüste waren zu sehen. „Wirklich ein sehr schöner Anblick.", sagte er lachend und berührte sie. Gänsehaut bildete sich auf ihrer Haut und ihre Brustwarzen wurden hart. „Ist dir kalt oder gefällt es dir am Ende, von mir gedemütigt zu werden?"

„Sie sind doch krank!", schrie sie ihn an.

„Komm', lass mich nicht warten… sag' es endlich!" Er bohrte seine Finger in ihr zartes Fleisch.

„Hören Sie auf damit!", stieß sie laut aus.

„Sag' es!", befahl er ihr erneut.

„Niemals! Lassen Sie mich endlich hier runter!"

„Nein, Isabelle. Das Spiel funktioniert nicht so, wie du's dir vorstellst. Entweder du sagst es, oder aber du lernst mich von einer Seite kennen, die dir gar nicht an mir gefallen wird. Bis jetzt war ich noch gnädig zu dir. Aber, wie gesagt, das kann sich sehr schnell ändern. Es liegt allein bei dir."

„O Gott, sie sind verrückt." Sie schrie erneut.

Er packte sie am Haar und zog ihr den Kopf sanft in den Nacken. „Sag' es! Dir bleibt keine andere Wahl, begreif' es endlich!" Er küsste sie sanft auf den Hals. „Sag' es!"

Isabelle versuchte sich zu wehren und wand sich unter seiner festen Umarmung, doch gegen seine Kraft kam sie nicht an. Sie hatte keine Möglichkeit, sich gegen ihn zur Wehr zu setzen. Sie gab auf.

Er hielt ihr die Lippen hin. „Küss' mich", stieß er erregt aus.

„Niemals."

„Dann lässt du mir wohl keine andere Wahl." Er riss ihr die Bluse vom Körper. Nur noch die Ärmel hingen an ihren Armen. Nunmehr stand sie halbnackt vor ihm. Er packte sie an den Hüften und drückte ihren Unterleib fest gegen den seinigen. Sein Glied hatte sich schon in voller Größe aufgerichtet und presste sich durch das Leder der Hose. Er war mächtig geil auf sie.

„Bitte. Tun Sie es nicht."

„Dein Betteln nützt dir nichts, Isabelle. Wenn du es mir nicht freiwillig gibst, dann hole ich mir eben mit Gewalt, was ich will."

„O Nein. Bitte, bitte…"

Er unterbrach sie mit einem wilden Kuss. Während des Kusses fuhr er mit seinen Händen entlang ihres Körpers hinab zu den Hüften. Er ließ seine Hände langsam wieder hochgleiten und berührte ihre Brüste. „Deine Haut ist weich. Das fühlt sich sehr gut an." Leidenschaftlich begann er sie zu streicheln. „Weißt du, was ich jetzt mit dir machen werde?", flüsterte er ihr zu.

Sie sah ihn entsetzt an, ohne darauf zu antworten.

„So, so… wir sind also stur. Isabelle, du bist wirklich dumm!"

„Bitte nicht…"

„Pssssst. Sei ganz still." Er legte ihr den Zeigefinger auf die Lippen. „Es wird dir gefallen. Ich versprech's dir. Du wirst dich noch nach meinem harten, großen Schwanz sehnen, wenn ich wieder gehe. Betteln wirst du, dass ich wiederkomme, um dich zu ficken."

Isabelle erschrak.

„Sag' es endlich!"

Isabelle schüttelte den Kopf.

„Zwing' mich nicht dazu, dir wehzutun. Sag' es endlich."

Sie schüttelte abermals den Kopf.

„O Isabelle, wieso denkst du immer, du kommst mit deiner Sturheit weiter. Du wirst dieses Spiel nicht gewinnen. Glaub' mir." Er schlug ihr mit der Peitsche sanft auf den Hintern. „Und? Soll ich noch fester zuschlagen? Das kannst du alles haben!"

„Bitte, hören Sie auf damit. Ich bitte Sie…"

„Nein! Kein *Bitte* und kein *Flehen* mehr! Sag' es!"

Isabelle schwieg.

Er schlug abermals zu. Diesmal etwas fester.

Sie stöhnte leise.

26

„Gefällt es dir?"

„Lassen Sie mich sofort wieder herunter. Bitte. Binden Sie mich los."

„Nein, Isabelle. Was hätte ich denn davon? Du würdest sofort zu ihm gehen… und mich verpetzen. Das kann ich doch nicht zulassen. Das wirst du doch wohl hoffentlich einsehen, oder?"

„Bitte. Lassen Sie mich wieder runter. Ich werde es ihm nicht sagen. Ich verrate Sie nicht. Bitte, glauben Sie mir. Es bleibt auf ewig unser Geheimnis…"

„Pssssst. Sei still, meine Schöne. Du weißt ganz genau, dass du ihm sagen wirst, dass ich dich durchgefickt habe, wenn wir zwei hier fertig miteinander sind… du siehst, ich kann dich nicht losbinden…", stieß er leise aus. Sanft zog er ihr den Rock über die Schenkel. „Du bist selbst schuld! Hab' dich nicht gezwungen mitzugehen. Es war deine Entscheidung…", flüsterte er ihr leise zu und fasste ihr in den Schritt.

„Ich sag' es! Ich sag' es! Bitte. Hören Sie auf damit.", flehte sie ihn an.

„Es ist schon zu spät, Isabelle. Du warst ein unartiges Mädchen. Hast nicht sagen wollen, was ich hören wollte. Jetzt muss ich dich dafür bestrafen." Er küsste sie leidenschaftlich. Er ließ die Peitsche auf den Boden fallen und öffnete seine Hose. Stürmisch drückte er ihren Unterleib gegen den seinigen und hob sie in die Luft. Während des Kusses riss er ihr das Unterhöschen von den Beinen und berührte ihre rasierte Möse mit den Händen. Sanft strich er ihr mit den Fingern über die feuchte Schamlippen. Tief steckte er seinen großen Zeigefinger in ihre Öffnung und bewegte den Finger in ihr auf und ab. Anschließend zog er ihn wieder heraus und leckte genüsslich ihren Mösensaft vom Finger ab. „Du schmeckst gut, meine Schöne." Er lachte. „Hat dir das gefallen? Soll ich dich jetzt mit meinem harten, geilen Schwanz richtig gut durchficken? Komm', sag' mir, dass ich dich ficken soll!" Isabelle sah ihn stumm an. Sie erzitterte am ganzen Körper. Nachdem sie nicht geantwortet hatte, drang er stürmisch in sie ein. Er begann sie leidenschaftlich zu stoßen. „Hören Sie auf!", stöhnte sie leise. Doch je tiefer er in sie eindrang, desto lauter schrie sie. Je schneller er wurde, desto gieriger umschlang sie ihn mit den Beinen, desto feuriger waren ihre Küsse.

„Ich befehle dir, sag' sofort: Fick mich richtig gut durch!"

„Fick mich mit deinem großen, harten Schwanz!", hauchte sie ihm ins Ohr. „Ich bin geil auf dich."

„Du siehst so aus, als würde es dir gefallen, wenn ich auch noch dein kleines Arschloch ficke. Und? Soll ich jetzt dein kleines, süßes Arschloch ficken?"

Doch bevor Isabelle antworten konnte, ging plötzlich die Tür auf.

Blitzartig ließ er sie herunter und drehte sich um. „Vater!", stieß er verlegen aus. Sofort zog er sich seine Hosen hoch und schloss den Reißverschluss. Isabelles Nacktheit verdeckte er schützend mit seinem muskulösen Körper. Er baute sich vor ihr auf wie eine spanische Wand. Sie war kaum mehr zu sehen. „Wolltest du nicht übers Wochenende nach Monte Carlo fliegen?"

Ferdinand de Valence nickte verlegen und schloss hinter sich sofort wieder die Tür, als er die Situation überblickte. Seinen Sohn hatte er soeben mit heruntergelassenen Hosen in seiner Bibliothek erwischt. So wie es aussah und so wie es sich auch angehört hatte, hatten sich die beiden gerade ihren Gelüsten hingegeben. Eigentlich war er nur ganz harmlos auf der Suche nach seinem Sohn und seiner Schwiegertochter gewesen. Der Wagen stand noch draußen, also mussten sie ja noch in der Villa sein, dachte er sich. Aber er konnte sie in der ganzen Villa nicht finden. Zumindest nicht dort, wo er sie aber eigentlich erwartet beziehungsweise vermutet hatte. Doch was er auf Anhieb überhaupt nicht verstand, war, wieso Isabelle mit einem Seil an seinem Kronleuchter angebunden war. Die Peitsche am Boden hatte er in dieser für beide Seiten sehr peinlichen Situation nicht bemerkt.

„O je, chéri, was machen wir denn jetzt?"

De Valence schüttelte ungläubig den Kopf. „Ich versteh' das nicht. Ich hab' ihn doch mit Mutter noch wegfahren sehen… komm', ich mach' dich schnell los." Er löste den Knoten und ließ Isabelle herunter. „Geh' du schon mal rauf. Und nimm die hier mit." Er hob die Pferdepeitsche auf. „Geh' aber hinten rum, damit du Mutter nicht auch noch übern Weg läufst."

Sie nickte. Schnell klaubte sie die Fetzen ihrer Bluse vom Boden auf und eilte zur Tür.

Noch bevor sie die Tür erreicht hatte, rief er sie plötzlich zurück. „Willst du deinem Herrn denn kein Abschiedsküsschen geben?" Er lächelte sie an.

Sie lief auf ihn zu, stellte sich auf die Zehenspitzen und küsste ihn. „Sébastian. Ich liebe dich.", sagte sie leise.

„Geh' jetzt. Ich komm' so schnell wie möglich nach."

Isabelle verließ den Raum.

De Valence packte sein schwarzes Hemd, das über dem Sofa lag, und zog es sich schnell über. Er schleifte einen Stuhl in die Mitte des Zimmers, stieg hastig hinauf und machte das Seil vom Kronleuchter los. Er verstaute es hinter ein paar Büchern im untersten Fach direkt hinter dem Schreibtisch, dann verließ auch er das Zimmer.

♣♣♣

De Valence betrat den roten Salon. „Vater, ich…"

„Du musst es mir nicht erklären.", fiel er ihm ins Wort. „Ihr könnt' machen, was ihr wollt. Ihr solltet beim nächsten Mal aber lieber das Zimmer absperren. Wenn euch Mutter erwischt, bekommt sie sicherlich eine Herzattacke, wenn sie euch so sieht."

De Valence lächelte ihn verlegen an. Schamröte stieg ihm ins Gesicht. „Wieso seid ihr denn nicht nach Monte Carlo geflogen? Abflug war doch um zwölf, wenn mich nicht alles täuscht."

„Die Maschine war noch nicht zurück. Sie hängt gerade in Rom fest. Der Flug wurde verschoben. Sie landet erst heute Abend. Der Flughafen hatte wegen des Unwetters heute Morgen alle Flüge gestrichen. Ich habe versucht, dich vom Flugplatz aus zu erreichen, aber du bist nicht ans Handy gegangen."

„Oh…" Er erinnerte sich sofort daran, dass er das aufdringliche Klingeln seines Mobiltelefons im Nebenzimmer nicht beachtet hatte, als er Isabelle an den Kronleuchter band. Dass ihn sein Vater nun während deren Sexspiels erwischt hatte, war ihm äußerst unangenehm. „Dann fliegt ihr also heute Abend?"

Sein Vater nickte. „Ja. Um zehn. *Local Time.* Wenn ihr wollt, können wir vorher noch essen gehen."

De Valence nickte. Er erhob sich vom Sofa. „Ich zieh' mir nur schnell was anderes an, dann können wir gleich losfahren. Und, Vater, es ist nicht so, wie's ausgesehen hat…"

„Ja, ja… schon gut, Sébastian. Du musst es mir wirklich nicht erklären. Sperr' einfach beim nächsten Mal ab, dann geht auch nichts mehr schief." Er lächelte ihn an.

De Valence nickte. „Ich brauche nur zehn Minuten. Ihr könnt' ja schon mal vorfahren." Er verließ den Salon und eilte die Treppen hinauf.

♣♣♣

De Valence lag über ihr. Tief war er in sie eingedrungen. Mit den Händen packte er sie am Haar und zog ihren Hals sanft in den Nacken. „Und? Sagst du mir jetzt, was ich hören will?"

„Ich gehöre dir.", stieß sie erregt aus, während er immer tiefer in sie eindrang.

„Ja. Mir!" Nun begann er sie leidenschaftlich zu stoßen. Tief stieß er ihr seinen steifen Schwanz in die Möse, bis er sie dazu brachte, lustvoll zu schreien. „Und wenn du mich verlässt, töte ich dich!"

Isabelle erschauderte.

28

De Valence zog sein Glied aus ihr heraus und warf sich rücklings aufs Kopfkissen. „Komm', steig drauf.", hauchte er ihr zu. „Reite mich wie *Sandsturm.*"

Isabelle setzte sich auf sein steifes Glied. Nachdem er tief in sie eingedrungen war, ritt sie auf ihm auf und ab. „Und? Reite ich gut?"

„Ja...", stieß er berauscht aus.

„Musstest du denn gleich meine Bluse zerreißen, chéri? Es war meine Lieblingsbluse..."

„Bekommst von mir zehn neue... schönere... teurere... ja, hör' nicht auf, Schatz. O ja, das machst du *guuut...* schneller... ja, das machst du sehr *guuut...*" De Valence packte sie an den Hüften, hob sie von sich herunter, drehte sie um die eigene Achse und zog ihren Hintern zu sich hoch. Stürmisch drang er von hinten in sie ein. Leidenschaftlich stieß er seinen harten Penis immer tiefer in das Objekt seiner Begierde. Er bückte sich zu ihr herunter. „Darf ich?", wollüstig sah er sie an.

Sie nickte. Sie war wild auf ihn.

De Valence zog sein männliches Glied wieder heraus und befeuchtete Isabelles Arschloch sowie die Spitze seines Schwanzes mit Spucke. Behutsam drang er in sie ein. Zärtlich begann er, ihre Möse zu reiben, die vor Geilheit weit geöffnet war und förmlich nach ihm schrie. Die Schamlippen waren dick angeschwollen und signalisierten ihm, dass sie genommen werden wollte, dass ihr Körper nach einem Orgasmus verlangte!

„Ja... fick' mich... o ja, tiefer, schneller..."

Er beugte sich abermals zu ihr herunter. „Du gehörst mir allein. Vergiss das nie! Sonst muss ich dir eines Tages doch noch wehtun. Hast du das verstanden?"

Isabelle stöhnte ein leises *Ja.* Doch wirklich bewusst war ihr in diesem Moment nicht, wie ernst de Valence seine Worte auch tatsächlich meinte. Sie war vollkommen zufrieden damit, von ihm genommen zu werden und sich ihm im Bett zu unterwerfen. Es machte ihr Spaß, mit ihm zu spielen. Im Bett wollte sie eine gute Sklavin sein. Vor einiger Zeit hatte er es von ihr verlangt und sie hatte ihm versprochen, zu gehorchen und sich ficken zu lassen, wann auch immer er es von ihr verlangte. Es war für sie nur ein Spiel. Doch dieses Spiel erregte sie so sehr, dass sie an solchen Abenden immer mehrmals zum Orgasmus kam. Sie genoss es sehr, seine Sklavin zu sein.

2

„Wie lange willst du noch tatenlos zusehen?! Hast du nicht langsam die Schnauze voll? Die lachen doch schon alle über uns. Wer nimmt uns denn noch ernst?! Onkel, ich schaff' es. Ich schwör's dir. Gib mir nur endlich dein *Okay* dazu… du wirst sehen, dass ich…"

„Lee! Ich habe dir schon tausendmal gesagt, wir können es uns nicht leisten, einen offenen Krieg mit denen anzufangen. Du weißt, wozu die fähig sind!"

„Du warst doch früher auch nicht so feig…"

„Schweig!", stieß Young wütend aus und erhob sich abrupt vom Stuhl. „Du weißt ganz genau, was Sache ist. Du bist doch nicht dumm! Wieso gibst du nicht endlich Ruhe damit?!"

„Was heißt hier *Ruhe?! S.Q. 5* wäre heute noch in unserer Hand, wenn du den Mut zum Handeln gehabt hättest. So warst du doch nicht immer! Schwach und mutlos! Das war früher aber mal ganz anders, hab' ich mir sagen lassen. Du warst stark und mächtig. Man hat über dich gesprochen. Das tut man aber schon lange nicht mehr. Nein, Onkel, heute spricht niemand mehr über dich! Du warst einmal ein großer Mann. Wie konntest du dir einfach so dein Gebiet wegnehmen lassen? Früher wäre das nicht so einfach gegangen. Da hättest du nicht einfach so zugesehen. So wie jetzt. Du sitzt nur da, wie ein alter, ängstlicher Mann und scheust dich davor, irgendetwas zu unternehmen. Willst du zuschauen, bis sie dir alles genommen haben?! Was machst du, wenn…"

„Schweig', hab' ich gesagt! Wenn wir sie umlegen, haben wir nichts damit gewonnen. Außer dass unser Erzfeind alles zunichte macht, was ihm anschließend in die Quere kommt. Der ist nicht zu unterschätzen. Merk' dir eins, in Blunt weckst du den schwarzen Drachen, wenn sie tötest. Den schwarzen Drachen, mehr nicht! Du kennst ihn nicht, aber ich! Und ich weiß, wozu der fähig ist. Alle hat er damals ausgelöscht, die ihr zu nahe gekommen wären. Alle. Auch ihren Vater. Und das nur mit dem kleinen Finger! Willst du, dass alles wieder von vorne beginnt?! García hatte den schwarzen Drachen in sich und trotzdem hat er ihn, ohne mit der Wimper zu zucken, einfach kaltgemacht!"

Bei einem Bandenkrieg zwischen den beiden Clans vor einigen Jahren, hatte García fast die ganze Familie von Young in einer einzigen Nacht auslöschen lassen. Damit Young wusste, wer es getan hatte, hatte er allen Opfern schwarze Drachen auf die Stirn malen lassen und ihm eine Nachricht zukommen lassen. *„Grüße aus der Hölle! Der schwarze Drache ist ab heute mein Untertan!"* Young war seit diesem Zeitpunkt davon überzeugt, dass García sowie seine Männer mit dem Teufel im Bunde waren. Er hatte panische Angst, mit Garcías Leuten einen Krieg anzufangen. Daher hatte García über die Jahre hinweg immer mehr Gebiete von ihm übernommen. Young hatte dies kampflos zugelassen. Er war entmutigt, als er auch noch seine Geliebte durch den schwarzen Drachen verloren hatte, die an jenem Abend bei ihm war. Young war diesem Anschlag nur knapp entkommen. Doch die Selbstvorwürfe, wie ein Feigling davongelaufen zu sein, zerfleischten ihn von Tag zu Tag ein Stückchen mehr. Aber gegen diese Übermacht wäre er niemals angekommen. Das wusste er in jener Nacht. Deshalb entschied er sich damals auch für die Flucht. Alle wussten es. Dennoch wagte es niemand, ihm diese Flucht als Feigheit auszulegen. Youngs Leute hatten nach wie vor großen Respekt vor ihm. Und auch die Menschen in den Gebieten, die unter seinem Schutz standen. Die Wahrheit kannte aber niemand. Young hatte sich entgegen seiner Behauptung, an jenem Abend nicht zu Hause gewesen zu sein, wie ein feiges Schwein auf dem Dachboden versteckt, bis die Abschlachterei ein Ende gefunden hatte. Erst danach war er aus dem Haus geflohen. Diese Nacht versuchte er zu vergessen, doch der schwarze Drache ließ es nicht zu. Es war ihm nicht möglich zu verhindern, jede Nacht erneut daran erinnert zu werden.

„*Paaaah!* Den schwarzen Drachen. Du bringst mich zum Lachen, Onkel… dann leg' ich ihn eben gleich mit ihr um, wenn du so vor ihm zitterst." Lee erhob sich und ging auf Young zu. Er legte den Arm um ihn. „Glaub' mir, Onkel, ich erledige das so, dass nichts passieren wird... der schwarze Drache ist für immer tot! Der kommt nicht wieder zurück. Du wirst schon sehen. Und was macht es schon aus, wenn ich das dumme Weib und den Idioten zur Hölle schicke?! Nichts. Es gibt so viele, die mir dankbar dafür wären. Du musst mir nur vertrauen. Hab' endlich Mut, Onkel! Glaub' mir, ich bring' das alles wieder in Ordnung. Noch heute Nacht. Und morgen schon gehört uns *S.Q. 5* wieder. Und ich lass' nicht zu, dass es uns irgendjemand wieder wegnimmt. Ich mach' dein Syndikat wieder groß. Zur *Nummer Eins* von Chicago! Nicht nur zur lächerlichen *Nummer Zwei!* Vertrau' mir."

„Du hast leicht reden!" Er stieß Lee von sich. „Glaubst, du kommst aus China hierher und änderst die Weltordnung... tötest so mir nichts dir nichts den Boss des größten Mafiasyndikats in Chicago. Du bist zu übermütig!"

„Nein, Onkel. Ich bin nicht zu übermütig. Aber du bist zu feig..."

„Schweig'! Ich will davon kein Wort mehr hören. Sei froh, dass ich meiner Schwester versprochen habe, dich in meine Obhut zu nehmen, sonst würde ich dir jetzt für diese Unverschämtheit deine Zunge rausschneiden. Und glaub' mir, die hätten noch mehr mit dir angestellt, wenn du nicht geflohen wärst. Du legst dich immer wieder mit den falschen Leuten an! Lernst du denn nie aus deinen Fehlern?! Du denkst tatsächlich, du warst drüben ein großer Mann..."

„Das war ich auch!", unterbrach er ihn barsch.

„Mag schon sein, dass du überzeugt davon bist, ein großer Mann gewesen zu sein..." Ein gewisser Zynismus lag in seinen Worten verborgen. „.... aber du weißt überhaupt nicht, wie die Dinge hier laufen. Dass ich auf *S.Q. 5* verzichtet habe, hat mir am Ende viel mehr eingebracht, als wenn ich einen sinnlosen Krieg mit denen angefangen hätte, der nur Leben auf beiden Seiten gefordert hätte. Und so lange du das nicht begreifst, will ich nicht ein einziges Wort mehr davon hören... und sage nie wieder, ich sei feig! Hüte deine Zunge, Lee! Sonst verlierst du sie eines Tages noch. Bring' mich nicht dazu, dass ich mich vergesse. Und glaub' ja nicht, ich habe Angst, dich in einem Sarg nach Hause zu schicken, nur weil sie meine Schwester ist. Nein, Lee! Wirklich nicht! Die Dinge laufen hier anders, anders als in China! Begreif' das endlich oder ich schick' dich in einem Sarg wieder zurück, *kleiner Mann.* Egal wie groß du drüben warst: Hier bist du ein Nichts! Das hier ist mein Syndikat. Das hier ist meine Stadt..."

„Aber, Onkel..."

„Schluss jetzt! Das war mein letztes Wort! Geh' jetzt!"

Lee stieg die Schamröte ins Gesicht. Zorn kroch langsam in ihm empor. Er ärgerte sich furchtbar darüber, dass ihn Young nicht ernst nahm. Wütend drehte er sich um, schritt auf die Tür zu und riss sie auf. Bevor er jedoch hinaustrat, wandte er sich ein letztes Mal Young zu. „Wie du meinst, Onkel!", er stolzierte hinaus und warf die Tür hinter sich zu.

✦✦✦

Es war Nacht.

Nur noch ein paar Lichter brannten in der Villa.

Er versteckte sich hinter dem Gebüsch und wartete. Als eine dicke Wolke den Mondschein verdeckte, huschte er über die Gartenanlage zum Pool. Er näherte sich dem Gebäude. Vor dem Pool entdeckte er einen einzelnen Mann. Er pirschte sich lautlos an ihn heran. Als er dicht hinter ihm stand, stieß er ihm das Messer in den Hals und drehte die Klinge einmal um die eigene Achse. Mit der Hand hielt er ihm den Mund zu. Das leise Wimmern des Mannes war kaum zu hören.

Er zog den Leichnam behutsam hinter das Gebüsch.

3

Leonardo

Rom. Im Jahr 1972

Scarlett saß im Kinderzimmer und beobachtete ihren vierjährigen Sohn beim Schlafen. Er hatte, so wie auch sie, rotbraun, gelocktes Haar. Sie strich ihm sanft übers Haar. Ihren schönen Namen hatte sie ihrer Mutter zu verdanken, die damals völlig begeistert *Vom Winde verweht* gelesen hatte und von diesem Zeitpunkt an für sie feststand, ihre ungeborene Tochter, mit der sie sich im siebten Monat befunden hatte, Scarlett zu nennen. Dieser Name war zu jener Zeit in Frankreich sehr außergewöhnlich.

Scarletts Leiden hatte genau vor fünf Jahren begonnen, als sie ihrem Ehemann, Alesandro Beluci, einem reichen Industriellen aus Rom in Paris das erste Mal über den Weg gelaufen war. Es war Liebe auf den ersten Blick gewesen. Doch ihr Traum zerplatzte wie eine Seifenblase in derselben Nacht, als sie ihm das Ja-Wort gab. Er entpuppte sich als Tyrann und beherrschte sie von dem Tag an, als sie zu ihm nach Rom zog. Doch sie wusste keinen Ausweg. Leonardo war bereits unterwegs und sie mittellos. Auch drohte er ihr immer wieder, sie zu töten, verließe sie ihn eines Tages. *„Ich finde dich Scarlett.",* hatte er immer wieder zu ihr gesagt. *„Egal, wo du dich vor mir versteckst. Ich finde dich und ich töte dich. Dich und Leonardo. Niemand macht mich zum Gespött der Leute. Nicht einmal meine eigene Familie hat das Recht dazu."* Sie hatte Angst, große Angst vor Beluci. Um ihren Sohn zu schützen, fügte sie sich in ihr Leid und ertrug die Demütigungen und die Schläge ihres herrschsüchtigen Mannes. Doch sie litt darunter. Und das sehr.

Leonardo wimmerte in seinem kleinen Kinderbettchen. Er wurde wach. Scarlett strich ihm übers Haar und begann leise zu singen. Sie hatte eine wunderbare Stimme. Es dauerte nicht lange und Leonardo schlief wieder ein.

Scarlett sah gedankenverloren zum Fenster hinaus. Es war Nacht.

Plötzlich griff sie in ihr Korsett und zog einen zusammengefalteten Zettel heraus. Sie faltete ihn auseinander.

Liebe Scarlett,

es hat mich sehr viel Mut gekostet, Ihnen zu schreiben, das können Sie mir ruhig glauben, aber ich muss es Ihnen endlich sagen: ich liebe Sie! Und das seit dem Tag, als ich Sie vom Flugplatz abgeholt habe. Ich weiß, dass Sie unglücklich sind. Ich weiß, dass Sie fürchterlich leiden. Er hält Sie wie eine Gefangene! Er schlägt Sie, wann immer ihm danach ist. Es stört ihn noch nicht einmal, dass ihm andere dabei zuschauen müssen. Meine Anwesenheit schien für ihn nicht von Belang gewesen zu sein. Und ich denke, es war der Wein, der ihn vor mir seine Beherrschung verlieren ließ. Wer weiß, ob er sonst zugeschlagen hätte. Glauben Sie mir, Scarlett, als er Ihnen ins Gesicht geschlagen hat, habe ich einen tiefen Stich in der Brust verspürt. Am liebsten hätte ich ihn dafür getötet, glauben Sie mir, und hätte er nicht sofort damit aufgehört, als ich eingeschritten bin, ich hätte mich nicht mehr zügeln können. Ich konnte mich so oder so schon kaum zurückhalten. Das Schlimmste an diesem Abend war für mich, dass sich meine Befürchtungen, die ich schon seit längerem gehegt habe, nun bewahrheitet hatten. Ich habe schon lange geahnt, dass er Ihnen wehtut. Ich konnte und wollte mir einfach nicht vorstellen, dass Sie ständig gegen eine Tür rennen oder gegen einen Schrank. Auch wenn ich mich nicht getraut habe, Sie anzusehen, die blauen Flecken in Ihrem schönen Gesicht habe ich dennoch immer gesehen. Alesandro hat zwar immer gesagt, Sie seien so tollpatschig und schlagen sich ständig irgendwo an; aber ich konnte es irgendwie nicht glauben. Ich wollte nicht. Die Ungewissheit hat mich zerfleischt, das sage ich Ihnen. Tag für Tag.

Woche für Woche. Aber als er dann letzte Woche die Hand gegen Sie erhoben hatte... ich war schockiert.

Glauben Sie mir, meine Wut war unbändig groß. Von diesem Moment an wusste ich, dass ich nicht länger schweigen darf, dass ich nicht länger darauf warten darf, bis eines Tages irgendetwas geschieht. Ich weiß, dass Sie Angst vor ihm haben und ich weiß, dass Sie niemals wagen werden, sich gegen ihn zu erheben. Sie sind die Gefangene Ihres traurigen Schicksals. Seine Gefangene! Nun wusste ich, ich musste endlich handeln. Es quält mich Tag und Nacht, wenn mir in den Sinn kommt, dass er Sie möglicherweise genau in diesem Moment schlägt. Ich bekomme diese grauenhaften Gedanken einfach nicht mehr aus meinem Kopf. Die Gewissheit, dass er Sie misshandelt, bringt mich noch an den Rand des Wahnsinns. Ich leide, weil ich weiß, dass Sie es tun. Und das sicherlich fürchterlich. Scarlett, ich kann Ihr Schicksal ändern! Bitte lassen Sie sich von mir helfen. Ich liebe Sie. Aber ich erwarte keine Gegenleistung von Ihnen. Sie brauchen nichts zu befürchten. Am miesesten fühle ich mich nachts, wenn ich in meinem Bett liege, alleine, und an Sie denken muss. Schließlich weiß ich ja nicht, was für Grausamkeiten er sich noch einfallen lässt, um Ihnen wehzutun, wenn Sie, na ja, wie soll ich es sagen, wenn Sie gezwungen sind, es eben mit ihm tun zu müssen... als seine Ehefrau. Und dass Sie es wahrscheinlich nicht gerne tun, sehe ich Ihnen an. Ich ahne es.

Alesandro ist ein Sadist! Ich hasse ihn dafür! Ich möchte nicht wissen, wie viele blaue Flecken Ihren Körper bedecken, die Sie unter Ihrer Kleidung verstecken.

Und ich weiß, Sie sind machtlos gegen seine Gewalttätigkeiten, seine Brutalitäten, können sich gegen ihn nicht wehren.

Aber ich kann Ihnen helfen. Glauben Sie mir. Ich werde für Sie und Ihren Sohn sorgen. Es wird Ihnen an nichts fehlen, das schwöre ich Ihnen bei meinem Leben. Und, wie gesagt, ich verlange hierfür nichts von Ihnen! Sie sind mir nichts schuldig!

Scarlett, ich weiß nicht, wie lange er mir noch traut. Ich fühle, dass es ihm sehr missfallen hat, dass ich dazwischen gegangen bin. In seinen Augen hätte ich mich nicht einmischen dürfen. Es gefällt ihm nicht, wenn man sich in seine Angelegenheiten einmischt, aber das wissen Sie sicherlich selbst besser als ich, Sie kennen ihn. Er hat mir wahrscheinlich nur deshalb verziehen, weil ich ein alter Freund der Familie bin. Aber ich befürchte, er verbietet mir irgendwann das Haus. Ich habe Angst, dass ich Sie dann nie wieder sehe.

Deshalb bitte ich Sie inständig, kommen Sie morgen Nacht um elf in den Garten.

Ich warte an der großen Zypresse auf Sie.

Ich erkläre Ihnen alles. Erkläre Ihnen genau meinen Plan. Und haben Sie keine Angst, Alesandro wird vor Dienstag nicht zurückkommen. Er hat mich gebeten, ein Auge auf Sie zu werfen. Noch traut er mir. Aber wer weiß, wie lange noch. Bitte kommen Sie. Lassen Sie sich von mir helfen, bevor Sie daran zugrundegehen. Und glauben Sie mir, ich weiß eine Lösung für Ihr Problem.

Ihr

Pete Moss

Sie faltete den Zettel wieder zusammen und steckte ihn ins Mieder zurück.

Sie erinnerte sich daran, wie ihr Pete Moss am gestrigen Abend heimlich den Zettel zusteckte. Er saß im Sessel und fuhr sich mit seiner linken Hand durch sein pechschwarzes, glattes Haar, das von der Länge her seinen Nacken bedeckte. Dabei stieß er einen leisen Seufzer aus. Moss trug einen Mittelscheitel. Die beiden vorderen langen Strähnen, die seine Wangen bedeckten, fielen ihm vornüber und verdeckten seine ausdrucksvollen Augen, als er sich nach vorne gebeugt hatte, um die verbleibende Asche seiner Zigarette in dem bereits überfüllten Aschenbecher abzuschütteln. Er hatte dunkelbraune Augen, geziert mit langen, pechschwarzen Wimpern und seine schwarzen, dichten Augenbrauen verfeinerten seine männlichen Gesichtszüge. Moss hatte ein sehr kantiges und ebenmäßiges Gesicht, dessen einziger Farbtupfen seine roten, schmalen Lippen waren. Sein Lachen faszinierte so manch eine Frau. Moss hatte eine schmale Nase, einen länglichen Mund und sein Dreitagebart war sein typisches Merkmal. Er war sehr groß, sein muskulöser Körper gut gebaut. Er war unglaublich sportlich. Sie hatte ihn oft vom Zimmer aus beobachtet, wenn er im Pool mit Alesandro um die Wette schwamm. Seine Ausdauer war bemerkenswert. Alesandro hatte ihn nie geschlagen. Moss war in diesem Sommer fünfunddreißig Jahre alt geworden. Er war in der Tat sehr attraktiv. Als sie den Aschenbecher ausleeren wollte, drückte er ihr plötzlich einen Zettel in die Hand. Schnell verbarg sie ihn in ihrem Mieder. *„Danke, Scarlett.",* hatte er leise gesagt. Sie warf ihm ein Lächeln zu und nahm den Aschenbecher in die Hand. In diesem

Moment betrat Sofia das Zimmer. Sie entfernte sich hastig ein paar Schritte von Moss und verließ das Zimmer. Kurz darauf kam sie mit einem leeren Aschenbecher zurück. Sie stellte ihn auf den Tisch und verließ wieder das Wohnzimmer. Sie eilte in ihr Zimmer hinauf. An diesem Abend kam sie nicht mehr herunter.

Moss, ein waschechter Engländer, war ein enger Vertrauter ihres Mannes. Er arbeitete für ihn schon seit über acht Jahren als freiberuflicher Unternehmensberater. Alesandro hielt viel von ihm. Mindestens einmal die Woche kam er zum Abendessen in ihr Haus. An diesen Abenden war er jedoch ihr gegenüber immer sehr distanziert gewesen. Niemals hätte sie vermutet, er hege tiefe Gefühle für sie. Doch als Alesandro letzte Woche das erste Mal vor ihm die Hand gegen sie erhoben hatte, war sie glücklich darüber gewesen, dass er sich sofort dazwischen gestellt hatte und Alesandro davon abhielt, ihr wehzutun. Einerseits hatte sie sich darüber gefreut, andererseits sehr dafür geschämt, dass er zusehen musste, wie Alesandro unerbittlich auf sie eingeschlagen hatte. Und das nur, weil sie es gewagt hatte, ihm vor Moss zu widersprechen. Alesandro hatte zwar sofort aufgehört, auf sie einzuschlagen, seinem Freund sogar beteuert, es sei nur ein dummer Ausrutscher gewesen, doch die Schläge, die sie bezogen hatte, nachdem Moss gegangen war, waren um einiges brutaler gewesen, als diejenigen, die sie in der Regel immer von ihm bekam, wenn sie ihm widersprach. Seinen ganzen Zorn ließ er in dieser Nacht an ihr aus. Er war mächtig wütend darüber, dass sie ihn dazu gebracht hatte, vor Moss seine Beherrschung verloren zu haben.

Sie hatte ihr Leben so satt und nichts wünschte sie sich mehr, als mit Leonardo zu fliehen und sich vor Alesandro zu verstecken. Ihn nie wieder zu sehen, wäre der Himmel auf Erden für sie gewesen, auch wenn sie dafür in Armut hätte leben müssen.

Sie zog Moss' Brief abermals heraus und las ihn. ,... was soll ich nur tun?...', dachte sie. Sie steckte den Zettel zurück. Stumm saß sie vor Leonardos Bettchen und dachte nach. Es war kurz vor elf. Sie war noch sehr unschlüssig. War es am Ende gar eine Falle, die ihr Beluci stellte, um ihre Treue zu prüfen? Nein. Das konnte unmöglich so sein. Er hätte sich sonst sicherlich nicht dazwischen geworfen, um ihr zu helfen. Der Brief schien ehrlich gemeint zu sein. Plötzlich erhob sie sich. Sie sah auf Leonardo herab. Er schlief. Leise schlich sie sich aus dem Zimmer hinaus.

♣♣♣

Scarlett erschrak, als sie plötzlich eine Stimme hinter sich hörte.

„Wo gehst du denn hin?", fragte Sofia und sah sie misstrauisch an. Sie hatte beobachtet, dass Scarlett die Treppen hinuntergeschlichen war und war ihr gefolgt. Vor der Haustür hatte sie sie dann angesprochen, nachdem Scarlett ihren Mantel vom Bügel genommen hatte.

„Ich wollte nur absperren." Scarlett hängte sofort wieder den Mantel an die Garderobe zurück. Blitzschnell griff sie nach dem Türschloss. Nervös drehte sie den Schlüssel im Schloss, doch die Tür war bereits abgesperrt.

„So, so... absperren also... mit dem Mantel... mitten in der Nacht... für wie dumm hältst du mich eigentlich, du dummes Stück?"

Scarlett schwieg.

„Du solltest wieder raufgehen, bevor Leonardo wach wird. Eine gute Mutter lässt ihr Kind nicht alleine. Hab' ich nicht recht, Scarlett? Außerdem würde mir sein Geschrei nur furchtbar auf die Nerven gehen."

„Ich wollte doch nur..."

„Spar's dir lieber, Scarlett! Geh' jetzt wieder nach oben. Aber schnell."

„Ich wollte wirklich nur ein bisschen Luft schnappen gehen..."

„Spar's dir, hab' ich gesagt!", zischte Sofia bösartig. Sie zog den Schlüssel von der Tür ab und steckte ihn in die Hosentasche. Langsam ging sie auf Scarlett zu. „Wir waren heute aber sehr ungezogen, nicht wahr, Scarlett?" Sanft strich sie ihr übers Dekolleté. Sie lächelte sie an.

„*Okay.* Ich geh' wieder nach oben. Fühle mich heute nicht besonders gut. Ich glaub', ich werde krank." Scarlett wandte sich abrupt von ihr ab. „Gute Nacht.", sagte sie ängstlich und eilte die Treppen hinauf, in der Hoffnung, Sofia würde sie nicht zurückrufen.

„Gute Besserung.", erwiderte Sofia zynisch. ,*... für wie dumm hält die mich eigentlich!? Krank! Paaaah!... das sollte ich Alesandro melden... ja, Sofia, das solltest du tun. Dein Bruderherz wird dir auf ewig dankbar dafür sein. Außerdem hat sie schon lange keine Tracht Prügel mehr bekommen. Und schaden tut's meiner kleinen Hure sicherlich nicht...',* dachte sie, während sie Scarlett die Treppen hinauffolgte.

✦✦✦

Scarlett betrat das Wohnzimmer. Sie strahlte übers ganze Gesicht.

Moss saß im Sessel und erhob sich, als sie eintrat.

Sofia war ihr gefolgt.

„Guten Abend.", begrüßte er freundlich beide Damen. Er folgte ihnen ins Esszimmer. Er verhielt sich, wie immer, Scarlett gegenüber sehr distanziert. Er sah sie nicht ein einziges Mal an, obwohl sie heimlich den Blickkontakt zu ihm suchte. Das verunsicherte sie etwas.

Nach dem Essen erhob sich Sofia vom Tisch und ging auf die Bar zu.

Scarlett nahm ihren ganzen Mut zusammen und steckte Moss unbemerkt einen kleinen Zettel zu. Stumm sahen sie sich an. Er lächelte.

„Welchen wollen Sie, Mister Moss?", fragte Sofia und drehte sich den beiden wieder zu.

„Ich überlasse es Ihnen, Miss Beluci. Ihr Geschmack ist unübertrefflich." Er überspielte seine Nervosität mit einem gekünstelten Lächeln.

Sofia lächelte ihm zu. „Sie sind ein echter Charmeur, Mister Moss.", sagte sie lachend. ,*... Männer! Wie ich euch alle hasse!...',* dachte sie und lächelte Moss freundlich ins Gesicht.

Nach dem Abendessen verabschiedete sich Moss von Sofia mit einem Küsschen auf die Wange. „Schade, dass Sie schon gehen müssen.", sagte Sofia und freute sich insgeheim darüber, dass Moss schon so zeitig ging. Ihre vorgespielte Freundlichkeit war ihm jedoch nicht entgangen. „Ja, schade. Aber ich muss heute etwas früher weg." Moss konnte es kaum erwarten, Scarletts Nachricht zu lesen.

Scarlett beachtete er beim Öffnen der Tür nicht. Beim Hinaustreten gab er ihr lediglich flüchtig die Hand.

Es war schon kurz vor zehn Uhr.

Als er endlich im Wagen saß, zog er hastig den Zettel aus der Westentasche heraus und las ihn.

Lieber Mister Moss,

ich konnte letzte Nacht leider nicht kommen.

Wenn Sie mich noch ~~sehen wollen~~ *sprechen wollen, dann seien Sie bitte heute um Mitternacht an der Zypresse.*

Ich werde da sein.

Scarlett

Moss steckte den Zettel wieder ein. Er zündete den Motor und fuhr mit quietschenden Reifen davon.

♣♣♣

Scarlett hastete über die Gartenanlage. Den sonst so hellen Mondschein trübten dunkle Regenwolken am Nachthimmel. Sie konnte kaum ihre Hand vor Augen sehen, so finster war es in dieser Nacht. Als sie an der Zypresse ankam, packte sie plötzlich jemand an der Hand und zog sie hinters Gebüsch.

„Danke, dass Sie gekommen sind.", hörte sie Moss sagen. Trotz dass sie dicht vor ihm stand, konnte sie sein Gesicht kaum erkennen.

„Ich habe nicht viel Zeit…"

„Ich weiß. Sofia ist schlimmer als jeder Wachhund, den ich kenne. Er lässt Sie von ihr beschatten. Ich weiß das. Alesandro ist ein Psychopat. Glauben Sie mir, wenn Sie nicht wären… ich wäre schon längst weg. Aber ich kann Sie nicht alleine zurücklassen. Ich will Sie nicht Ihrem Schicksal überlassen. Es wäre sonst so, als würde ich Sie im Stich lassen. Sie tun mir so leid, Scarlett. Bitte glauben Sie mir das."

Sie sah ihn stumm an.

„Ich bringe Sie von hier fort. Ich habe auch schon einen Plan. Sie müssen nur noch einwilligen…"

„Wieso tun Sie das?", unterbrach sie ihn.

Er zögerte für einen kurzen Moment. „Das wissen Sie doch ganz genau, Scarlett. Ich hab's Ihnen doch geschrieben. Ich liebe Sie. Und das schon seit fast fünf Jahren. Sie leiden. Ich sehe das. Ich will mir das nicht mehr länger mitansehen. Es reicht." Er verstummte wieder.

Sie sah zu ihm auf und schwieg.

„Kommen Sie mit mir nach England. Ich besorge Ihnen eine neue Identität. Er wird Sie niemals finden. Sie können ein neues Leben anfangen, Scarlett… wenn Sie wollen, mit mir zusammen."

Sie schwieg immer noch.

„Wieso sagen Sie denn nichts?"

„Mister Moss, ich…"

„Bitte sagen Sie doch Pete zu mir."

„Pete, ich weiß nicht. Wenn ich fortlaufe und er mich findet, tötet er nicht nur mich, sondern auch Leonardo. Er droht mir ständig damit…"

„Scarlett, bitte, vertrauen Sie mir. Ich habe gute Kontakte. Es wird ein Kinderspiel sein, Ihnen neue Papiere zu besorgen… auch Leonardo. Sie bekommen eine völlig neue Identität. Mein Bruder ist beim MI6. Er kann das alles für mich organisieren. Der MI6 gibt Ihnen eine neue Identität. Ich habe schon mit ihm gesprochen. Alesandro wird Sie niemals finden. Er wird auch nicht vermuten, dass Sie in England sind. Er weiß, dass Sie das Klima dort hassen. Und Sie sprechen kaum ein Wort Englisch. Aus welchem Grund sollten Sie dann genau dorthin fliehen wollen? Sehen Sie, aus keinem wird er sich denken!"

„Aber, was mache ich denn, wenn Sie mich satt haben, oder eine andere Frau kennenlernen? Dann bin ich in einem fremden Land, dessen Sprache ich noch nicht einmal verstehe. Ich werde alleine nicht zurechtkommen. Also werde ich nach Paris zurückkehren müssen und dort findet er mich ganz sicher wieder. Er weiß ja, wo meine Eltern wohnen. Und die würden ihm bestimmt verraten, wo er meine Schwester findet. Sie hassen mich. Es wäre ihnen bestimmt recht, wenn er mich zurückholen würde. Nadine ist die Einzige, die mich schon immer bedauert hat. Wissen Sie, sie hat mich vor ihm gewarnt. Aber damals wollte ich nicht auf sie hören. Ich war blind vor Liebe. Pete, wenn Sie eine andere Frau kennenlernen, dann werden Sie mich fallen lassen. Ich will kein Klotz an Ihrem Bein sein..."

„Scarlett... das wird niemals geschehen! Für mich gibt es keine andere Frau! Niemals! Ich liebe Sie. Sie dürfen das jetzt aber bitte nicht falsch verstehen. Ich will mir Ihre Liebe weder erkaufen noch will ich sie erzwingen. Ich helfe Ihnen, auch wenn Sie keine Gefühle für mich hegen... nichts für mich empfinden... ich werde für Sie da sein. Sie vor ihm beschützen. Ein Leben lang. Sie brauchen sich nicht zu fürchten. Kommen Sie mit mir nach England und ich trage Sie auf Händen... ohne etwas dafür von Ihnen zu verlangen. Aber wenn Sie hier bleiben, dann gehen Sie irgendwann kaputt daran. Ich weiß das. Oder aber er schlägt sie vorher schon tot. Scarlett, hören Sie, dieser Zustand ist unerträglich. Nicht nur für Sie, sondern auch für mich. Ich kann mir nicht länger mitansehen, wie er Sie misshandelt, wie er mit Ihnen umgeht." Er verstummte wieder. „Und ich will nicht mehr stillhalten... ich kann nicht!"

„Danke, Pete. Danke für Ihr Angebot, Ich werde darüber nachdenken."

„Aber denken Sie nicht zu lange darüber nach. Er wird immer unberechenbarer. Und das wissen Sie."

Sie nickte. „Ja. Ich weiß."

„Nächste Woche bin ich am Donnerstagabend wieder bei Ihnen. Wenn Sie wollen, dass ich Ihnen helfen soll, dann stecken Sie mir wieder eine Nachricht zu. Ich brauche dann circa eine Woche, um alles vorzubereiten, und dann bringe ich Sie von hier weg. Glauben Sie mir, der Albtraum hat dann für immer ein Ende. Für Sie und für Ihren Sohn. Und für mich."

„Ich muss jetzt wieder gehen." Sie wandte sich von ihm ab.

Er griff nach ihrer Hand und zog sie zurück. Sie stürzte, doch er fing sie auf. Dabei streifte er versehentlich mit seiner Hand zärtlich ihre Wange. Diese sanfte Berührung erregte ihn ungemein und löste bei ihr ein Zittern aus. Schmachtend sah er ihr in die Augen. Seine Liebe zu ihr trieb ihn in manchen Nächten regelrecht an den Rand des Wahnsinns. Immer wieder hatte er sich ausgemalt, wie es wäre, würde er sie zärtlich berühren. Sie küssen. Sich mit ihr leidenschaftlich lieben. Sie in seinen Armen halten und nie wieder loslassen. „Scarlett. Glauben Sie mir, ich lüge nicht. Alles, was ich Ihnen gerade gesagt habe, alles was ich Ihnen geschrieben habe, meine ich auch so. Mir ist es verdammt ernst, das sag' ich Ihnen. Vertrauen Sie mir. Ich liebe Sie, aber Sie sind mir nichts schuldig, wenn ich Sie hier heraushole. Sie sind dann wieder ein freier Mensch! Ich will nur, dass Sie das wissen." Er küsste in einem unbeherrschten Moment zärtlich ihre Hand, doch er ließ sie sofort wieder los. „Entschuldigen Sie bitte.", sagte er verlegen.

Sie strich ihm zärtlich über die Wange. Ihre Berührung traf ihn in diesem Moment wie ein Stromschlag. Er erzitterte am ganzen Körper. Sein Herzschlag überschlug sich. Er atmete schneller. Sein leises Atmen durchbrach die Stille der Nacht. Sie lächelte ihn an. „Sie brauchen sich doch nicht zu entschuldigen."

„Bitte kommen Sie mit mir nach England. Ich flehe Sie an... *je vous aime, ma petite Scarlett.*" Er sah sie schmachtend an. „*Je vous en prie, allez avec moi chez l'Angletaire. Venez avec moi, s'il vous plaît. Vous êtes* mon grand amour, Scarlett... pour toujours!", flüsterte er ihr leise auf Französisch zu. "Ich werde immer für Sie da sein. Immer! Das schwöre ich Ihnen bei meinem Leben. *Please, come with me.*"

„Danke, Pete. *Bonne nuit.*" Sie wandte sich abermals von ihm ab und huschte über die Gartenanlage zurück zum Haus.

♣♣♣

Scarlett betrat leise das Haus. ‚... o je...' Sie eilte die Treppen hinauf, weil sie Leonardo weinen hörte.

„Wo warst du?!", fegte Sofia Scarlett giftig an.

Erschrocken drehte sie sich um. Sofia stand unten an der Treppe und fixierte sie mit bösen Blicken. „Nur ein bisschen Luft schnappen.", stieß sie ängstlich aus. Ihr Herz begann zu rasen.

„Für wie blöd hältst du mich eigentlich?!"

„Aber..."

„Geh' zu deinem Balg! Er schreit sich schon seit zwanzig Minuten die Seele aus dem Leib. Aber seine Mutter war ja nicht da, um ihm das Maul zu stopfen... wir reden morgen über deinen kleinen Nachtausflug. Wenn Alesandro wieder da ist."

„Bitte, Sofia, sag' ihm nichts. Bitte. Ich wollte wirklich nur ein bisschen Luft schnappen gehen. Bitte, Sofia, sag' ihm nicht, dass ich nachts das Haus verlassen habe." Scarlett sah sie flehend an.

„So, so... ich soll also für dich lügen, hab' ich dich jetzt richtig verstanden?"

Scarlett nickte und senkte den Blick.

„Du weißt, was du zu tun hast, wenn du willst, dass ich vor ihm meinen Mund halte." Sie warf ihr ein zynisches Lächeln zu.

Scarlett sah zu Boden. Ihr rotbraunes, langes Haar verdeckte ihr schönes Gesicht. „Ja."

„Dann soll ich ihm also nichts von deinem kleinen Ausflug verraten?"

Scarlett nickte. „Bitte sag's ihm nicht."

„Na gut. Ich lass' die Tür offen. Aber lass' mich nicht zu lange warten. Das hasse ich." Sofia warf ihr ein zynisches Lächeln zu.

Scarlett nickte.

„Geh' jetzt endlich zu Leonardo. Das Geschrei geht mir schon tierisch auf den Nerv."

Scarlett huschte die Treppen hinauf.

Sofia stieg lächelnd die Stufen hoch und betrat das Bad.

♣♣♣

Sofia lag bereits im Bett und wartete auf sie. Sie hatte sich noch schnell die Schamhaare abrasiert und ihre Möse mit Rosenblütenduft einparfümiert. Plötzlich öffnete sich die Tür. „Na endlich! Das hat aber verdammt lange gedauert. Machst du das mit Absicht?!"

„Entschuldige, Sofia, aber..."

„Halt den Mund und komm' endlich ins Bett. Ich hab' deine Entschuldigungen langsam satt. Ständig muss ich auf dich warten und ständig ist dies und das.", meckerte sie vor sich hin. Sie schlug die Decke auf. „Komm' jetzt endlich!"

Scarlett ließ den Bademantel entlang ihres nackten Körpers auf den Boden gleiten und stieg zu Sofia ins Bett.

„Küss' mich, meine kleine Hure.", sagte Sofia sarkastisch und spreizte die Beine.

Scarlett beugte sich über sie, küsste zaghaft Sofias Wangen und berührte mit der Hand ihre Scham.

Wütend griff Sofia nach Scarletts Haar und zog sie von sich weg. „Wenn du meinst, dass du mir hier nur mit der Hand einen runterholen sollst, dann hast du dich geschnitten. Ich will, dass du mir zeigst, wie geil du auf mich bist. Und wenn du das nicht hinbringst, dann hau' ab! Dann kannst du ja Alesandro die geile Hure vorspielen, nachdem er dich gescheit durchgelassen hat!" Sie stieß Scarlett zur Seite.

„Entschuldige, Sofia. Ich wollte dich nicht verärgern... ich kann das besser... ehrlich... wir müssen Alesandro wirklich nichts sagen..."

„Hau' ab! Soll sich doch Alesandro mit dir rumärgern..."

„Bitte, Sofia, ich kann das wirklich besser. Bitte sag' ihm nichts.", flehte Scarlett und strich Sofia zärtlich übers Haar. Sie küsste ihr sanft auf die Stirn. „Bitte. Ich liebe dich doch. Sag' ihm nichts."

„Halt endlich die Klappe, Scarlett. Zeig' mir lieber, wie leidenschaftlich du sein kannst. Von mir aus kannst du mir auch was vorspielen, aber mach's verdammt noch mal richtig!", zischte sie gereizt.

Scarlett nickte. Erneut beugte sie sich über Sofia und küsste zärtlich ihre Brüste. Diesmal versuchte sie, etwas leidenschaftlicher zu sein. Sanft leckte sie mit der Zunge über Sofias harte Brustwarzen.

„O ja, das gefällt mir. Das machst du wirklich gut, meine kleine Hure. Komm', leck' mich, zeig' mir, wie geil du auf meinen Geilheitssaft bist. Und steck' mir deine Zunge tief in die Möse, das gefällt mir. Das weißt du doch. Und glaub' mir, Scarlett, keine leckt so gut wie du." Sie schubste Scarlett unsanft zum Fußende des Bettes.

Scarlett schloss die Augen, während sie Sofia mit der Zunge über die Klitoris leckte. Den Zeigefinger bohrte sie ihr dabei tief ins Arschloch. Sie wusste, dass das Sofia besonders gut gefiel und sie danach immer sehr schnell zum Orgasmus kam. In manchen Nächten wurde Sofia durch diese Behandlung derart befriedigt, dass sie Scarletts Dienste in jenen Nächten dann nicht mehr allzu lange in Anspruch nahm und die Tortur für Scarlett damit schneller beendet war. Aber nur, wenn Scarlett Glück hatte. Es war schon vorgekommen, dass sie die ganze Nacht die unersättliche Sofia befriedigen musste, weil Sofia einfach nicht genug von ihr bekam. Es war jedes Mal ein reines Glücksspiel, wahrhaftig ein russisches Roulette.

„Ja... schneller... komm', stoß sie hinein... ganz tief... ja, das machst du gut, du kleine Hure. O ja... nicht aufhören, du dumme Schlampe... ja, mach' weiter so...", stöhnte Sofia, während sie Scarletts Kopf gegen ihren Unterleib presste. Weit spreizte sie ihre Beine. Die Fingernägel bohrte sie dabei lustvoll in ihre Schenkel. Sie war mächtig geil auf ihre kleine Hure, wie sie Scarlett schon so oft genannt hatte. Sie beobachtete sie dabei, wie sie mit der Zunge über ihre Schamlippen leckte und wie sie sie tief in ihre Möse einführte. „O ja, ich komm' gleich... ich komm' gleich... ja, ja...", stieß Sofia erregt aus, als sie ihren Orgasmus bekam.

Scarlett sah ihr beschämt in die Augen. Sofias Geilheitssaft lief ihr die Mundwinkel herunter. Sie schämte sich fürchterlich. Aber sie fürchtete sich vor Alesandros Schlägen so sehr, dass sie lieber das kleinere Übel in Kauf nahm und zu seiner sadistisch veranlagten Schwester ins Bett stieg, um sich dadurch ihr Schweigen zu erkaufen.

Sofia lachte ihr sarkastisch ins Gesicht. „So. Und jetzt bist du dran. Hinlegen!"

Scarlett legte sich auf den Rücken und schloss die Augen.

Sofia beugte sich vor zum Nachtkästchen und holte ihr Lieblingsspielzeug, einen Analplug aus blauem Gummi, aus der Schublade heraus. „Beine spreizen!", stieß sie lachend aus.

Scarlett folgte ihren Befehlen. Sie spreizte die Beine.

„Weiter!"

Sie spreizte die Beine noch weiter.

Sofia befeuchtete Scarletts Arschloch mit Spucke, dann stieß sie ihr den Analplug tief in den Anus hinein.

Scarlett stöhnte auf.

„Na, das gefällt dir wohl, du kleine, geile Hure. Mir kannst du doch nichts vormachen. Komm', sag' mir, was ich hören will.", befahl sie ihr und lachte ihr dreckig ins Gesicht.

„Fick' mich... fick' mich...", stieß Scarlett immer wieder wie in Trance aus.

Während ihr Sofia über die Schamlippen leckte und ihre Zunge tief in Scarletts Möse einführte, zog sie den Analplug immer wieder heraus und stieß ihn erneut bis zum Anschlag tief in Scarletts Anus hinein. Sofia saugte an Scarletts Schamlippen, biss mit den Zähnen in das zarte Fleisch und ließ erst wieder los, als Scarlett vor Schmerzen aufschrie und Sofia anflehte, sie solle aufhören, ihre Möse zu zerbeißen. „Stell' dich nicht so an!", rief ihr Sofia lachend zu. „So schlimm war das doch gar nicht. Man sieht meine Zahnabdrücke ja fast gar nicht." Sie lachte. Zärtlich leckte sie ihr über die Bisswunde. Das Spiel trieb sie noch dreimal mit ihr. Sie war wirklich ziemlich sadistisch veranlagt. Sofia wurde währenddessen wieder so furchtbar geil, dass sie sich auf Scarletts Gesicht setzte und ihr befahl, sie zu lecken, während sie deren Hintern mit dem Analplug bearbeitete. „Ja, stoß mir deine geile Zunge in mein Loch, du kleine, käufliche Hure. Ja... ja, das machst du gut... tiefer...", stöhnte Sofia. Nachdem sie ein zweites Mal gekommen war, stieg sie aus dem Bett und holte aus dem Schrank einen Gummischwanz heraus, der an einer Vorrichtung befestigt war, verbunden mit einem Ledergürtel. Sie schnallte sich den Schwanz um ihre Lenden und stieg zu Scarlett zurück ins Bett. „So, du kleine Hure, und jetzt fick' ich dir die Seele aus dem Leib." Sie lachte dreckig. „Liebst du Sofias kleine Spielchen?"

Scarlett nickte.

„Liebst du deine Sofia?"

Scarlett nickte abermals.

„Dann zeig' deiner Sofia, wie sehr du es liebst."

Scarlett richtete sich auf und küsste Sofia auf den Mund. Leise hauchte sie ihr ins Ohr. „Fick' deine kleine, geile Hure mit deinem großen Schwanz und sie wird vor Freude schreien."

Sofia lachte. „Ja, so gefällt mir mein kleines Mädchen. Sie schob Scarlett ihre Zunge in den Rachen. Wild und unbeherrscht küsste sie ihre kleine Hure. Ihren Zeigefinger steckte sie dabei tief in deren Möse. „So, meine kleine Hure, jetzt dreh' dich um und spreiz' schön deine Beine. Dann zeigt dir deine Sofia gleich, um wie viel besser ihr Schwanz ist. Alesandros taugt dir doch nicht, hab' ich recht?" Sie lachte. „Kannst es ruhig zugeben."

Scarlett nickte.

„Ich konnte dich nicht hören?"

„Alesandros Schwanz taugt nichts im Gegensatz zu deinem."

„So, so... er fickt also nicht besonders gut?"

„Nein."

„Wer fickt dich dann am besten?"

„Du, Sofia. Nur du allein. Du bist die Beste.", stieß Scarlett leise aus. Sie schämte sich fürchterlich für diese Sexspiele, die sie über die Jahre hinweg mit Sofia schon spielen musste, um ab und an Alesandros Schlägen zu entgehen und sich damit Sofias Schweigen zu erkaufen.

„Dann beug' dich jetzt nach vorn!"

Scarlett befolgte Sofias Anweisungen.

Sofia steckte ihr den Analplug wieder ins Arschloch. Bis zum Anschlag schob sie das blaue Sexspielzeug in Scarletts schönen Anus hinein. Ihre prallen Pobacken zog sie lustvoll auseinander. Sie schlug ihr mit der flachen Hand auf den Hintern. „Geiler Arsch!", stieß sie lachend aus und schlug noch fester zu.

Scarlett stöhnte.

„Gefällt dir das?"

„Ja... sehr..." Mehr Worte brachte sie nicht über die Lippen.

„Dann warte erst ab, bis ich dir *das hier* hineingeschoben habe." Sie setzte die Spitze des Gummischwanzes an und drang tief in Scarlett ein. Nun begann sie sie hart zu stoßen. Währenddessen schlug sie ihr immer wieder mit der flachen Hand fest auf die Pobacken. „Ja, deine Sofia stopft dir deine beiden, geilen Löcher, meine kleine Hure. Und soll ich dir ein kleines Geheimnis verraten? Es gefällt mir, dass du alles für deine Sofia tust, damit sie ihren süßen, kleinen Mund hält. Wie eine kleine Hure. Du bist doch eine kleine Hure, nicht wahr?"

„Ja."

„Und wessen Hure bist du?"

„Deine."

„Du bist wirklich gut, Scarlett... und? Wie gefällt dir das? Bin ich gut? Wie mache ich das?", stöhnte sie.

„Ja. Gut.", stieß Scarlett leise aus.

„Dann sag' es! Laut und deutlich! Damit ich dich gut hören kann."

„Niemand fickt so gut wie du."

„Lauter!"

„Niemand fickt so gut wie du."

„Schrei' es in die Welt hinaus. Los, du kleine, geile Hure! Schrei' mir zu, was ich hören will! Schrei: Fick' mir die Seele aus dem Leib, liebste Sofia! Niemand fickt so gut wie du!"

Scarlett schrie wie paralysiert immer wieder dieselben Worte, die Sofia in ihrem Sinnenrausch unbedingt hören wollte.

„Jaaa... wie recht du hast." Sofia begann zu lachen. „Ich sehe schon, wie sehr es dir gefällt, wenn ich deine enge, nasse Fotze mit meinem Schwanz hart ficken tu'. Komm', lechze nach meinem Schwanz. Ja, *guuuut* machst du das... schrei' lauter... ja, brav machst du das... zeig' deiner Sofia, wie geil du auf sie bist... ja, lauter! Stöhne, meine kleine, geile Hure! Stöhne!" Hart stieß sie ihr immer wieder aufs Neue den Gummischwanz in die Vagina. Den Analplug zog sie jedes Mal aus Scarletts Anus heraus, wenn sie ihr den Schwanz tief in die Möse hineinstieß. Zog sie jedoch den Schwanz heraus, stieß sie den Analplug wieder tief in deren Anus hinein. Es bereitete ihr ein großes Vergnügen, Scarlett stöhnen zu hören. Es war wie Musik in ihren Ohren. Bereits eine halbe Stunde war vergangen, als sie sich plötzlich auf den Rücken warf und die Beine spreizte. „Leck' zuerst meinen Schwanz und dann meine Fotze, meine kleine Hure. Ich möchte, dass du beide Geilheitssäfte förmlich in dich aufsaugst! Zuerst deinen, dann meinen. Ja, so ist es schön brav... und jetzt meine Fotze. O ja, deine Zunge ist herrlich... ja... leck' mich, saug' an meinen Schamlippen, spiel' mit meinem Kitzler... ja, das machst du gut... sei schön wild... leck' mich, meine kleine geile Hure, und zwar so, dass ich auch das Gefühl bekomme, du hast die Wahrheit gesagt. Du weißt, wie sehr ich es hasse, wenn man mir was vorlügt. Und Sofia merkt sofort, wenn ihr ihre kleine Hure nicht die Wahrheit gesagt hat." Sie lachte. Weit spreizte sie ihre Beine. Sie genoss Scarletts Liebesdienste in vollen Zügen.

Scarlett musste Sofias Demütigungen fast die ganze Nacht lang ertragen.

Im Morgengrauen durfte sie dann in ihr Zimmer zurück. „Und? Fühlst du dich jetzt gut durchgefickt?"

„Wirst du es Alesandro sagen?" Ängstlich sah sie zu ihr hoch.

„Natürlich nicht, meine kleine Hure! Komm', küss' mich!" Sofia lachte und zog Scarlett an den Haaren zu sich hoch.

Und dann durfte sie endlich in ihr Zimmer zurück. Sofia hatte ihr jedoch hoch und heilig versprochen, für diese außergewöhnliche Nacht Scarletts kleinen Nachtausflug für sich zu behalten.

Scarlett hatte keine andere Wahl, als ihr zu vertrauen. Sie hoffte so sehr, Sofia würde sich auch daran halten.

44

Erschöpft warf sie sich aufs Bett. Es dauerte keine zwei Minuten und sie schlief völlig übermüdet ein.

♣ ♣ ♣

„Ich weiß nicht, wo sie war.", sagte Sofia und grinste höhnisch. Sie war ein wirklich bösartiges Weibsbild. „Und das mitten in der Nacht. Eine Schande ist das!", stachelte sie ihren Bruder gegen ihre Schwägerin auf.

„Du hast so verdammt recht. Diese elende Schlampe. Nichts als Ärger macht sie mir.", zischte Alesandro wütend durch die Zähne.

„*Mir* wollte sie es ja nicht sagen. Aber ich bin mir sicher, *dir* sagt sie es bestimmt, wenn du sie danach fragst." Sie warf ihr Haar zurück und stieß dabei einen leisen Seufzer aus. Sie öffnete den obersten Knopf ihrer Bluse und strich sich übers Dekolleté. Sofia wusste genau, womit sie ihren Bruder reizen konnte. „Und? Wann frägst du sie?"

Er strich zärtlich über Sofias Schultern. „Nachher.", stieß er erregt aus.

„Lass' das!" Sie stieß Alesandro von sich. „Nein! Nicht *nachher!* Jetzt! Geh' verdammt noch mal jetzt zu ihr rauf und frag' sie, wo sie war. Ich will nicht bis *nachher* warten! Dass ich dir immer sagen muss, was du zu tun hast, kotzt mich echt an, Alesandro. Es ist immer das Gleiche mit dir! Wie wär's denn, wenn du mal von alleine drauf kommen würdest, was du zu tun hast und was deine Sofia glücklich macht. Muss ich's dir denn immer sagen?! *Paaaah, aber was erwartest du denn von einem Idioten, Sofia!*", äffte sie sich nach. Sie piesackte Alesandro für ihr Leben gern. Sie liebte es, ihn mit Füßen zu treten. Sie nutzte schon seit Kindheit das Wissen um seine Gefühle zu ihr schamlos aus. „Meine kleine Bitte scheint für dich echt utopisch zu sein. Aber so warst du ja schon immer. Ich will verdammt noch mal wissen, was sie nachts draußen zu suchen hatte und ob sie jemanden getroffen hat! Und zwar jetzt! Ich trau' der kleinen Schlampe nicht!"

„Wie du willst.", sagte Alesandro kleinlaut. Er sah zwar, dass Sofia gereizt war, dennoch wagte er es noch einmal, ihr zärtlich über die Schultern zu streicheln.

Sie schlug seine Hand von sich weg. „Geh' jetzt endlich. Und prügel aus der kleinen Hure die Wahrheit heraus!"

Alesandro erhob sich wütend von der Couch. Er hasste es, wenn Sofia derart abweisend zu ihm war. Er liebte seine Schwester. Er wollte ihr seine Zuneigung zeigen, aber sie ließ es einfach nicht zu. Egal, was er tat. Sie blieb eisern. Sie machte ihm das Leben an manchen Tagen wahrhaftig zur Hölle. Er konnte sich noch gut daran erinnern, wie sie ihn vor zig Jahren eine ganze Nacht lang an ihren Brüsten saugen ließ, weil er ihr einen Herzenswunsch erfüllt hatte. Sie hatte damals von ihm gefordert, dass er an ihrem Geburtstag das Haus ihrer Eltern anzündete. Alesandro hatte das in jener Nacht auch getan. Seine Eltern waren qualvoll im Schlaf erstickt. Das Haus brannte bis auf die Grundmauern nieder. Niemand hatte ihn damals verdächtigt. Alles hatte er für seine Schwester getan. Alles. Er vergötterte sie. Doch sie spielte nur mit ihm.

Plötzlich lächelte sie ihn an, zog ihre Bluse aus und schob sich die Träger ihres seidenen Spitzentops von den Schultern. Das Seidentop rutschte ihr vom Körper und ihre prallen Brüste kamen zum Vorschein.

Alesandro bekam Herzklopfen.

„Willst du an Sofias Brüsten saugen?"

Er nickte ganz aufgeregt mit dem Kopf. Sein Herz schlug immer schneller.

„Dann komm'!"

Er ließ sich hastig auf der Couch neben ihr nieder, bückte sich über sie und küsste leidenschaftlich ihre Brüste. Fest zog er sie an sich. Er biss zärtlich in ihre harten Brustwarzen. Wild verschlang er ihre schöne, pralle Weiblichkeit. Leidenschaftlich saugte er an ihr. Er befand sich in einem wahrhaftigen Sinnenrausch! Er liebkoste sie. Er wurde immer wilder, er wurde immer stürmischer, er war wie von Sinnen. Der Rausch trieb ihn an den Rand des Wahnsinns. „Sofia…", stieß er erregt aus. Sein steifer Schwanz presste sich durch den Stoff seiner Hose. Er schmerzte vor Erregung. Er war mächtig geil auf sie.

Plötzlich stieß sie ihn von sich. „Du bekommst mehr, wenn du mir sagst, wo die kleine Hure war. Ich versprech's dir, geliebter Bruder." Sie zog sich die Träger wieder über die Schultern und lachte ihm dreckig ins Gesicht. „Los! Geh' schon! Idiot!" Sie liebte es, ihn zu demütigen.

„Ich komme wieder, Sofia. Ich hoffe, du hältst dich diesmal an dein Versprechen." Er kannte Sofia; daher wusste er nur zu genau, dass sie nicht oft Wort hielt. Alesandro erhob sich von der Couch und verließ das Zimmer.

♣♣♣

„Wo warst du letzte Nacht?", fegte er sie bösartig an.

„Nur ein bisschen Luft schnappen. Im Garten." Scarlett sah ihn ängstlich an. Sie konnte nicht fassen, dass sie Sofia, trotz der letzten Nacht, bei Alesandro verpetzt hatte.

„Lüg' mich nicht an!", schrie er sie zornig an. „Wo warst du?"

„Nur ein bisschen Luft…"

Er schlug ihr mit der flachen Hand ins Gesicht. „Lüg' mich nicht an, du Hure! Wen hast du gefickt?! Sag's mir sofort, oder ich schlag dich tot!"

„Niemanden. Bitte, Alesandro, ich war wirklich nur…"

Er schlug abermals zu. Diesmal saß der Schlag dermaßen fest, dass Scarlett zu Boden stürzte. „Steh' auf, du Hure! Sag' mir sofort, wer dein Liebhaber ist!" Er trat ihr mit dem Fuß in den Unterleib.

Scarlett lag wimmernd am Boden. „Bitte, Alesandro…"

„Du sollst mir sagen, wo du warst, hab' ich gesagt! Sofort!", brüllte er. Er war außer sich vor Zorn. Unkontrolliert schlug er auf sie ein. Es ärgerte ihn maßlos, dass ihn Sofia nicht an ihren Brüsten saugen ließe, würde er ihr nicht sagen können, wo sie gewesen war.

Scarletts Schreie hallten durchs ganze Haus.

♣♣♣

Sofia stand vor der Schlafzimmertür ihres Bruders und lauschte.

Sie hörte ihn brüllen und die kleine Hure schreien. Sie lachte. „Vielleicht wirst du deiner Sofia das nächste Mal nichts mehr vorspielen, du kleine Hure. Das soll dir eine Lehre sein.", stieß sie leise aus. Lächelnd schritt sie in ihr Zimmer und warf sich aufs Bett. Scarletts Schreie waren wie Musik in ihren Ohren. Sie schloss die Augen und lächelte in sich hinein, während sie Scarletts Schreien lauschte.

♣♣♣

Moss saß bereits am Esstisch. Der Tisch war mit zahlreichen Leckereien gedeckt. Er hatte Scarlett zwar kaum beachtet, seit er das Haus betreten hatte, dennoch waren ihm die blauen Blutergüsse in ihrem schönen Gesicht sofort aufgefallen. Sein Herz raste vor Wut. Doch er musste sich beherrschen. Er hoffte so sehr, Scarlett würde auf seinen

Vorschlag eingehen. Nur zu gern hätte er sie von hier fortgebracht. Er liebte sie so sehr, dass er sie ein Leben lang beschützen wollte, auch wenn sie ihm nicht das geben würde, was er sich von ihr aber am sehnlichsten erhoffte.

Er sah auf die italienischen Spezialitäten herab, doch bei deren Anblick drehte sich ihm der Magen um. Er bekam kaum einen Bissen herunter. Nach dem Essen rauchte er mit Alesandro noch eine Zigarre im Wohnzimmer. Egal, wie sehr er sich bemühte, er brachte einfach kein vernünftiges Gespräch zustande. Ihm war irgendwie nicht nach Reden zumute. Alesandro bemerkte davon jedoch nichts. Er war ein wirklicher Tölpel, was die Wahrnehmung beziehungsweise Deutung Gefühle anderer betraf.

Sehnsüchtig wartete Moss auf eine Nachricht von Scarlett, doch sie hielt sich den ganzen Abend lang fern von ihm. Gegen Mitternacht verabschiedete er sich von allen. Enttäuscht darüber, von ihr keine Nachricht erhalten zu haben, ging er zum Wagen. Er griff in seine Jackentasche, um den Schlüssel herauszuholen, dabei befühlte er mit den Fingern einen zusammengefalteten Zettel.

Hastig zog er ihn heraus und faltete ihn auseinander.

Lieber Pete,

ich gehe mit Ihnen nach England.

Scarlett

Moss' Herz begann zu rasen. Ungewollt huschte ein Lächeln über sein Gesicht. Er stieg in den Wagen, startete den Motor und fuhr mit quietschenden Reifen davon.

♣♣♣

Als sie vor ihrer Schlafzimmertür standen, lächelte sie ihren Bruder teuflisch an. „Schickst du mir bitte Scarlett noch schnell rüber? Sie soll mir mein Haar kämmen." Sie warf ihm einen heimtückischen Luftkuss zu und berührte für einen kurzen Augenblick seine Weichteile. Er stöhnte kurz auf. Sie lachte. „Gute Nacht, geliebter Bruder. Träum' was Schönes."

Alesandro wurde heiß. Er stieß einen leisen Seufzer aus. „Sofia…", sagte er fast lautlos und sah sie schmachtend an. Er näherte sich ihr, doch sie schubste ihn von sich weg.

Sie betrat ihr Schlafzimmer. „Hinter verschlossenen Türen stecken mehr Geheimnisse als du denkst, Bruder.", war alles, was sie ihm sagte, bevor sie ihm die Tür vor der Nase zuwarf.

Dieser Satz brachte ihn zum Grübeln. Langsam schritt er auf sein Schlafzimmer zu. „Du sollst Sofia noch das Haar kämmen.", sagte er lieblos, als er das gemeinsame Schlafzimmer betrat. Alesandro folgte seiner Schwester in der Tat wie ein dressiertes Hündchen aufs Wort. Er war ihr hörig und das schon seit Jahren.

„Ich bin müde, Alesandro. Kann ich nicht…"

„Scarlett! Das war keine Bitte. Geh', bevor du mich wütend machst!"

Ohne Widerrede verließ Scarlett das Zimmer.

♣♣♣

Sie betrat Sofias Schlafzimmer.

Sofia saß vor der Spiegelkommode und hielt die Bürste in der Hand. „Na endlich! Hier!"

Scarlett nahm ihr die Bürste aus der Hand und begann, Sofias schwarze Haarmähne zu kämmen. „Du hast wirklich sehr schönes Haar.", sagte sie leise. Vorsichtig bürstete sie deren Haar.

Mit einem Mal zog sich Sofia das Nachthemd über die Schenkel und berührte ihre Scham mit der Hand. Gleichmäßig begann sie, ihre Schamlippen zu massieren. Leise stöhnte sie dabei.

Scarlett tat so, als würde sie dies nicht bemerken und kämmte unbeirrt weiter.

„Was meinst du, würde Alesandro sagen, wenn ich ihm erzählen würde, mir ist aufgefallen, dass du unserem Mister Moss schöne Augen machst? Denkst du, er würde dich dafür verprügeln? Oder würde er Moss das Haus verbieten?" Sofia begann laut zu lachen.

„Ich mach' ihm doch keine schönen Augen, Sofia.", sagte Scarlett kleinlaut.

„Nein? Ich sehe das aber ein klein bisschen anders als du." Sie lachte.

Scarlett kämmte Sofias Haar und schwieg.

„Leck' mich, meine kleine Hure. Und ich werde meine Vermutungen vor Alesandro nicht laut äußern. Ich versprech's dir." Scarlett wusste zwar, dass sich Sofia selten an ihre Abmachungen hielt, aber was für eine andere Wahl blieb ihr denn? Keine. Das wusste sie. Und ihr zu widersprechen, wagte sie nicht. Sie fürchtete ihren Zorn.

„Aber, wenn Alesandro reinkommt…"

„Keine Angst, der kommt nicht! Er darf mein Zimmer ohne Aufforderung nicht betreten. Na komm' schon, lass' dich von mir nicht so bitten!" Sofia sah in den Spiegel und fixierte Scarletts Spiegelbild. „Ich sag's ihm, wenn du nicht parierst!"

Scarlett legte die Bürste auf die Kommode und kniete sich vor Sofia auf den Boden. Ohne Widerrede leckte sie ihr sanft über die Schamlippen.

„Ja, meine kleine Hure. Du bist die Beste. Schön machst du das… ja, saug' an meinen Lippen… o ja, tiefer… komm', steck' mir deine Zunge hinein… ja, ja… hör' nicht auf… o Gott, ich komme gleich…", stöhnte Sofia leise, während ihr Scarlett über die Möse leckte.

„Warte kurz. Ich will noch nicht kommen. Hör' auf, hab' ich gesagt!", sagte Sofia plötzlich. Sie stieß Scarlett unsanft von sich und zog die Schublade auf. Sie suchte nach dem Analplug. „Da bist du ja!", stieß sie erfreut aus. Sie hielt ihn Scarlett hin. „Fick' mein Arschloch damit, meine kleine Hure. Besorg's deiner Sofia wie ein richtiger Mann. Ja… steck' ihn tiefer hinein… ja, mach' weiter so… das machst du *guuuut*… tiefer… komm' schon!"

„Aber wenn Alesandro doch reinkommt… was dann?" Scarlett sah ängstlich zu ihr auf.

„Ich hab' dir doch gesagt, der Idiot betritt nie ohne meine Erlaubnis mein Zimmer. Ich hab's ihm verboten. Glaub' mir, kleine Scarlett, er wird uns nicht überraschen." Sie drehte ihren Kopf zur Seite. Mit den Augen fixierte sie das Schlüsselloch und lachte. Mit einem Mal drückte sie Scarletts Kopf fest gegen ihren Unterleib. „Leck' mich… ja, steck' deine Zunge tief hinein, meine Kleine. Ja… schön machst du das. Du machst deine Sofia sehr glücklich.", stöhnte sie in einem fort. Sie zog sich die Träger des Nachthemdes von den Schultern und massierte währenddessen mit den Händen ihre nackten, prallen Brüste. Mit den Fingernägeln kniff sie sich in die harten Brustwarzen. Sie stieß dabei lustvoll einen leisen Schrei aus. Immer wieder sah sie zum Schlüsselloch hinüber. Sie spreizte ihre Beine, so weit es ging und presste Scarletts Gesicht fest gegen ihre entblößte Scham, bis deren schönes Gesicht vollkommen mit ihrem Geilheitssaft benetzt war. Sie genoss die zärtlichen Küsse auf ihrer Vagina. Sie liebte es, wenn man an ihren Schamlippen saugte, sie liebte es, wenn Scarlett die Zunge tief in ihre Möse einführte. Sie war wahrhaftig sexbesessen.

Nachdem sie mehrere Male hintereinander gekommen war, zwickte sie die Schenkel fest zusammen. „Du kannst jetzt gehen. Den Rest mach' ich allein.", sagte sie lieblos und stieß Scarlett von sich.

Scarlett kippte nach hinten um und fiel auf den Boden. Sie erhob sich hastig und verließ Sofias Zimmer.

♣♣♣

Nachdem Scarlett das Zimmer verlassen hatte, um Sofias Haar bürsten zu gehen, schlich ihr Alesandro auf Zehenspitzen hinterher.

Er folgte ihr leise bis zu Sofias Schlafzimmer.

Als sie eingetreten war, kniete er sich vor deren Tür auf den Boden und sah durchs Schlüsselloch.

Scarlett stand hinter Sofia und kämmte ihr Haar. Mit einem Mal zog sich Sofia das Nachthemd über die Schenkel. Alesandro bekam Herzklopfen. Sofia hatte keinen Slip an. Er sah, dass sie sich an der Scham berührte. Langsam begann sie, sich da unten zu streicheln. Er hörte ihr leises Stöhnen. Plötzlich kniete sich Scarlett vor ihr nieder und begann, deren schöne Möse zu lecken. Sein Herz schlug immer schneller. Er beneidete seine Frau. Er beneidete sie darum, dass sie ihr so nah kam, so nah wie er noch kein einziges Mal in seinem Leben. Gierig beobachtete er das erotische Sexspiel beider Frauen.

Doch nun packte auch ihn die Geilheit. Er fasste sich an die Hose, zog den Reißverschluss herunter und berührte sein steifes Glied, das sich bereits in voller Größe aufgerichtet hatte. Während er die beiden Frauen beobachtete, rieb er sich an seinem Glied. Er war überaus erregt. Er rieb immer schneller. Es wurde ihm immer heißer. Er fühlte, dass er gleich käme.

Doch plötzlich sah Sofia zur Tür. Ihre Augen streiften die seinigen.

Er erschrak.

Schlagartig wich er zurück.

Hatte sie ihn gesehen? Nein.

Sie konnte ihn unmöglich gesehen haben, dachte er. Oder doch?

Er sah wieder durchs Schlüsselloch. Immer wieder sah sie zur Tür und lachte. Es sah fast so aus, als wolle sie ihm zeigen, wie sehr sie seine Frau beherrschte. Er hatte das Gefühl, sie zeige ihm bewusst, was sie alles könne. Sie zeigte ihm in aller Deutlichkeit, wie sie das Gesicht seiner Frau fest an ihre Scham drückte. Es sah für ihn fast so aus, als wolle sie ihm das alles bewusst zeigen. Unbewusst ließ er seinen Penis los. Er erschlaffte ihm. Alesandro war sich dennoch nicht sicher, ob sie ihn tatsächlich gesehen hatte. ‚... *das ist unmöglich. Das Schlüsselloch ist zu klein... sie hat mich sicherlich nicht gesehen... und was, wenn doch? Sofia, wieso tust du mir das nur an?! Du Hexe!...*', schwirrten ihm die Gedanken durch den Kopf.

Er erhob sich leise vom Boden und schlich in sein Schlafzimmer zurück.

♣♣♣

Als Scarlett das Schlafzimmer betrat, lag Alesandro bereits im Bett. „Das hat aber lange gedauert.", maulte er. Er fühlte sich unbefriedigt.

„Du kennst sie doch. Sie liebt es, wenn man ihr das Haar bürstet.", erwiderte Scarlett beschämt und stieg ins Bett. Sie knipste die Nachttischlampe aus und drehte sich auf die andere Seite. Plötzlich fühlte sie seine Hände auf ihrem Hintern. Er zog ihr unliebsam das Unterhöschen vom Leib und drang brutal von hinten in sie ein. Er rammelte sie wie ein geiler Bock. Während des Sexualverkehrs sprach er kein Wort mit ihr. Er zeigte keinerlei Gefühle. Er wollte nur befriedigt werden und dachte nebenbei an seine schöne Schwester. Nachdem er sich in Scarlett ergossen hatte, drehte er sich wieder um. Er warf ihr noch nicht einmal ein *Gute Nacht* zu. Sofia spukte unentwegt in seinem Gehirn herum. Kurz darauf schlief er ein.

Scarlett sah in die Dunkelheit. Sie dachte an Pete Moss. An ihn und sein umwerfendes Geständnis.

✦✦✦

Moss drückte auf die Klingel. Er fühlte sich gut. Er fühlte sich glücklich.

Sofia öffnete ihm die Tür.

„Guten Abend, Sofia.", sagte er lachend und trat ein.

„Gut gelaunt?"

Er nickte.

„Sie sind heute aber sehr früh dran. Das Essen ist noch nicht fertig." Sie lächelte ihn freundlich an. ‚... *Idiot! Hältst du mich tatsächlich für so dumm?!...'*

„Ich kann warten, Sofia. Ist Alesandro im Wohnzimmer?"

Sie nickte.

Moss legte den Mantel ab und schritt aufs Wohnzimmer zu. Alles Notwendige hatte er letzte Woche schon für Scarletts Flucht vorbereitet. Jetzt musste er ihr nur noch seine Nachricht zukommen lassen. Er war sehr aufgeregt. Er freute sich mächtig darüber, dass sie sich entschlossen hatte, mit ihm nach England zu gehen.

Nach dem Abendessen räumte Scarlett den Tisch ab. Sie verschwand in der Küche.

Alesandro erhob sich vom Stuhl. „Eine Zigarre?" Moss nickte. Alesandro ging ihm voraus ins Wohnzimmer. Moss folgte ihm. An der Tür streifte er Scarlett beim Vorbeigehen, die gerade wieder eintreten wollte, um noch den Rest des Geschirrs abzudecken. Dabei drückte er ihr unbemerkt einen zusammengefalteten Zettel in die Hand. Sie versteckte ihn sofort in ihrem Mieder.

Moss schritt weiter und betrat das Wohnzimmer. Er war froh, dass er ihr die Nachricht zukommen lassen konnte. Er ließ sich auf dem Sofa nieder. Scarlett betrat kurz darauf das Wohnzimmer. „Ich gehe jetzt schlafen. Gute Nacht, Alesandro. *Bonne nuit,* Mister Moss." Sie lächelte ihm freundlich zu.

„Bring' Pete und mir noch ein Glas von unserem guten Wein.", sagte Alesandro in einem strengen Ton. „Dann kannst du gerne zu Bett gehen."

Sie nickte und verließ den Raum. Sie brachte beiden auf einem kleinen Tablett ein Glas Wein. In einem unbeobachteten Augenblick lächelte sie Moss liebevoll an, dann verließ sie das Zimmer.

✦✦✦

Scarlett saß auf ihrem Bett. Sie griff in ihr Mieder und holte Moss' Zettel heraus.

Liebste Scarlett,

ich bin <u>sehr</u> glücklich, dass Sie sich entschlossen haben, mit mir nach England zu gehen.

Sie werden sehen, ich halte mein Versprechen. Sie werden es nicht bereuen!

Kommen Sie am Donnerstag um Mitternacht zur Zypresse. Bringen Sie Leonardo mit.

Im Bad, unter dem Wäschekorb, finden Sie ein kleines Fläschchen „Bella Donna". Es ist zwar ein starkes, aber dafür ein sehr geschmackloses Schlafmittel. Tröpfeln Sie deshalb davon nur ein bisschen was auf Alesandros und Sofias Abendessen.

Zur Sicherheit sollten Sie aber noch vier Tropfen in den Wein mischen.

Das Bella Donna ist nicht tödlich, wenn man es richtig anwendet. Befolgen Sie daher meine Anweisungen genau.

Beide werden dann bis zum Morgen schlafen, ohne dass Gefahr bestünde, sie würden aufwachen, wenn Sie sich davonschleichen.

Nehmen Sie keinen Koffer mit. Er behindert Sie nur auf der Reise. Ich kaufe Ihnen und Leonardo in England neue Kleider. Sie bekommen von mir, was Ihr Herz begehrt. Nehmen Sie wirklich nur mit, was Sie ohne Probleme am Körper tragen können und nur die nötigsten Erinnerungsstücke, sollten Sie welche mitnehmen wollen.

Ich bringe Sie dann zum Hauptbahnhof.

Der Zug fährt um zwei Uhr morgens nach Paris. Dort können Sie sich von Ihrer Schwester verabschieden. Ich dachte mir, dies wäre sicherlich Ihr Wunsch, denn wenn Sie eine neue Identität haben, werden Sie sie nie wieder sehen. Es wäre zu riskant. Ich hole Sie in Paris in genau zwei Tagen ab. Wir treffen uns am Eiffelturm um 16:00 Uhr. Alles Weitere besprechen wir in Paris.

Auf der Fahrt nach London reisen Sie als meine Ehefrau und Leonardo als mein Sohn. Sie haben dann bereits eine neue Identität. Reisepässe und Geburtsurkunden hat mir mein Bruder schon zukommen lassen.

Er hat schon alles Nötige für unsere Ankunft arrangiert.

In London habe ich bereits ein kleines Häuschen für uns gekauft. Es hat zwei Schlafzimmer. Ich halte mich an das, was ich gesagt habe. Ich erwarte hierfür keine Gegenleistung von Ihnen, das habe ich Ihnen ja bereits bei unserem letzten Treffen gesagt. Sie müssen nichts tun, was Sie nicht selbst tun wollen.

Vertrauen Sie mir. Ich zwinge Sie zu nichts und ich fordere auch nichts von Ihnen für meine Hilfe!

Scarlett, ich liebe Sie, das wissen Sie jetzt, aber bitte, haben Sie keine Furcht vor mir: ich verlange niemals von Ihnen, dass Sie mich auch lieben müssen. ~~Obwohl ich es mir schon wünschen würde, wenn ich ehrlich sein soll. Ich habe mir nachts schon oft vorgestellt, wie es sein würde, wären Sie meine Frau und lägen Sie in meinem Bett. Ich würde Sie so gerne berühren.~~ Sie brauchen niemals Angst vor mir zu haben. Ich werde Sie zu keinem Zeitpunkt missbrauchen, Sie niemals zwingen, mir Ihre Dankbarkeit auf sexuellem Wege zu zeigen.

Ich werde Ihnen niemals wehtun.

Ich habe noch nie eine Frau geschlagen und ich werde auch niemals damit anfangen. Sie können mir vertrauen.

Ich kann Ihnen gar nicht sagen, wie glücklich es mich macht, mit Ihnen ein neues Leben anfangen zu können. Wissen Sie, Sie sind mein Lebenselixier, und das schon seit sehr langer Zeit. Für Sie würde ich alles tun. Sogar Alesandro töten, wenn Sie es von mir verlangen würden!

Für Sie gehe ich sogar durch die Hölle!

Bitte, sehen Sie mich ab heute einfach als Ihren Beschützer an.

Solange Sie in meiner Obhut sind, werde ich niemals zulassen, dass er Ihnen jemals wieder wehtut.

Ich beschütze Sie vor ihm!

Verlassen Sie sich darauf.

Das schwöre ich Ihnen beim Grabe meiner Mutter!

Sobald Sie sich in meine Hände begeben haben, werde ich zu verhindern wissen, dass er Sie nur noch ein einziges Mal anfasst!

Ehe dies geschieht, töte ich ihn!

Er hat Sie schon viel zu lange gequält. Das hat jetzt ein Ende, Scarlett! Liebste Scarlett, ich werde Ihnen und Leonardo ein Leben bieten, von dem andere nicht mal zu träumen wagen. Vertrauen Sie mir!

Ihr

Pete Moss (Auf immer und ewig!)

P. S.:

Achten Sie bitte darauf, dass Sie nichts tun, was Alesandro misstrauisch machen könnte.

Ich möchte nicht, dass er Ihre Flucht vereitelt.

Scarletts Augen füllten sich mit Tränen. Zu sehr hatte sie Moss' Brief überwältigt. Sie faltete ihn sorgfältig wieder zusammen und versteckte ihn unter der Matratze. Dort hob sie auch den ersten von ihm auf. Beide Briefe würde sie nach England mitnehmen. Sie wollte es zwar nicht wahrhaben, aber sie glaubte, sich in Moss verliebt zu haben. Seit er ihr die erste Nachricht hatte zukommen lassen, sah sie ihn mit anderen Augen. Fast jede Minute musste sie an ihn denken. Immer wieder rief sie sich seine Worte ins Gedächtnis. Sie wollte sich ihm öffnen, auch wenn sie vor langer Zeit geschworen hatte, nie wieder einem Mann zu vertrauen. Aber Pete Moss hatte sie eines Besseren belehrt.

Sie erhob sich vom Bett und eilte ins Badezimmer. Dort holte sie das *Bella Donna* und versteckte es in ihrem Mieder. Sie schlich sich ins Kinderzimmer hinüber und versteckte es zwischen den Spielsachen. Leonardo lag in seinem Bettchen und schlief. Sie strich ihm sanft übers Haar. „Deine Mama liebt dich... bald fangen wir ein neues Leben an, mein süßer Schatz. Mit Pete. Er wird ein besserer Vater für dich sein... ich verspreche es dir." Sie küsste ihm auf den Kopf. Gedankenverloren betrachtete sie ihren Sohn und vergaß darüber hinaus vollkommen die Zeit.

Plötzlich betrat Alesandro das Zimmer. „Hier bist du also! Ich such' dich schon überall. Hast du mich denn nicht rufen hören?"

Sie schüttelte den Kopf.

„Komm' jetzt ins Bett. Ich will noch was von dir."

„Alesandro, ich habe Kopfweh. Können wir nicht..."

„Scarlett! Du zwingst mich doch hoffentlich jetzt nicht dazu, dich daran erinnern zu müssen, dass du gewisse eheliche Pflichten erfüllen solltest, ohne dabei zu jammern. Also, lass' mich jetzt nicht hier mit dir darüber diskutieren, ob ich heute Nacht bekommen kann, was mir zusteht, sondern komm' endlich ins Bett! Und tu' ohne Gejammer das, was ich dir gesagt habe. Und das war jetzt keine Bitte!"

Scarlett nickte und folgte ihm ins Schlafzimmer.

***

„Scarlett! Hilfst du mir mal mit dem Geschirr?!", hörte man Sofia aus der Küche rufen.

„Hast du sie nicht gehört?! Beweg' deinen faulen Arsch! Meine Schwester ist nicht deine Dienstmagd.", fegte sie Alesandro bösartig an, weil sie sich nicht sofort vom Sessel erhoben hatte.

Scarlett erhob sich umgehend und verließ das Wohnzimmer.

Als sie die Küche betrat, war sie kein bisschen überrascht über den Anblick, welcher sie dort erwartete. Sofia saß mit gespreizten Beinen auf dem Tisch. Den Rock hatte sie über die Schenkel gerafft und sich das Unterhöschen bereits ausgezogen. Die nackte, rasierte Scham lachte ihr entgegen. „Alesandro ist im Wohnzimmer.", sagte sie leise.

„Keine Angst. Du weißt doch, die Küche macht ihm Angst."

„Sofia. Bitte. Mir geht es heute gar nicht gut..."

„So, so... gar nicht gut, sagst du?! Dann muss ich Alesandro jetzt wohl doch noch erzählen, dass du unserem Mister Moss gestern Abend schöne Augen gemacht hast. Und wenn ich so recht überlege, machst du ihm ja eigentlich schon seit letzter Woche schöne Augen. Glaub' ja nicht, ich habe das nicht bemerkt. Euer heimliches Techtelmechtel könnt' ihr vor mir nicht verstecken. Auch wenn er versucht, dich nicht zu beachten, ich sehe, wie er dich förmlich mit seinen Augen auszieht, wenn er dich heimlich ansieht. Wer weiß, vielleicht fickt ihr ja schon miteinander. Vielleicht war's ja er, wegen dem du nachts das Haus verlassen hast. Mal sehen, wie Alesandro darüber denkt. Vielleicht geht es dir ja wieder besser, wenn du dich mit ihm auseinandersetzen musst." Sie lachte ihr dreckig ins Gesicht.

Scarlett hatte keine andere Wahl. Sie schritt langsam auf Sofia zu, ließ sich auf dem Stuhl vor ihr nieder und berührte ihre Schamlippen mit der Zunge. Dabei bemerkte sie, dass Sofias Analplug tief in deren Anus steckte. „Du hattest die ganze Zeit über das Ding in dir?" Sie sah fragend zu ihr auf.

Sofia lachte. Sie packte sie am Haar und zog ihr den Kopf in den Nacken. „Stell' nicht so viele dumme Fragen. Leck' lieber meine Fotze. Ich bin so rattenscharf auf dich. Und Dank Moss bekomme ich ab heute immer, was ich will. Und das nur, weil sich meine kleine Hure in Moss verliebt hat. Das ist ja echt so süß. Jetzt kann ich dich endlich so oft ficken, wie ich Lust dazu habe. Und du, liebe Scarlett, wirst es in Zukunft tun, ohne zu murren. Und weißt du auch warum? Weil du nicht willst, dass ich Alesandro dein kleines Geheimnis verrate. Habe ich recht? Du willst doch sicherlich nicht, dass Sofia vor ihrem großen Bruder dein kleines Geheimnis ausplaudert, oder? Verliebt in Pete Moss. Was für ein süßes Geheimnis."

Scarlett schwieg.

„Antworte gefälligst!"

„Es ist nicht so, wie du denkst..."

„Papperlapapp! Scarlett, ich kenne dich besser, als du denkst. Wenn du willst, dass ich Alesandro nicht erzähle, dass sich meine kleine Hure in Pete Moss verliebt hat, dann tust du gefälligst in Zukunft genau das, was ich dir sage. Haben wir uns verstanden?!" Sie zog fest an Scarletts Haar.

Scarlett nickte.

„Schön." Sofia lachte ihr zynisch ins Gesicht. „Und jetzt, liebe Scarlett, mach' deine Sofia glücklich!" Sie presste Scarletts Gesicht fest gegen ihre Scham. „O wie schön das ist... jetzt hab' ich endlich meine eigene Sexsklavin! Und sie muss ab heute alles tun, was ich ihr befehle... alles, was ich von ihr verlange... alles, was mein Herz begehrt... ja... du machst das *guuut*... ja, steck' sie rein, Scarlett... tiefer... o ja, deine Zunge fühlt sich mächtig gut an... ja... fick' mein Arschloch mit meinem Spielzeug... gut machst du das... sehr *guuut*..." Sofia stöhnte wie eine läufige Hündin. Sie war überaus zufrieden. Sie hatte Scarlett nun soweit, dass sie jederzeit von ihr haben konnte, was sie wollte und sie hatte Alesandro in der Hand. Sie wusste ganz genau, dass er in diesem Augenblick am Schlüsselloch klebte, um sie zu beobachten. Sie kannte ihren Bruder. Er war ein Voyeur aus Leidenschaft. Und genau aus diesem Grund hatte sie sich anfangs so positioniert, dass man vom Schlüsselloch aus einen wunderbaren Blick auf sie werfen konnte. Sie wollte nicht, dass ihr Bruder nur eine Sekunde verpassen würde, wie ihr seine Frau auf den Knien die Zunge tief in die Möse steckte. Es machte sie geil, Menschen zu beherrschen. Und sie beherrschte nicht nur ihn schon seit Jahren, nein, nun beherrschte sie auch Scarlett. Und sie war sich sicher, dass die kleine Hure nie wieder eine Migräne vortäuschen würde, wenn sie ihr befahl, ihre Möse zu lecken. Ja, Sofia fühlte sich mächtig gut. Ihrem Bruder zu zeigen, was er niemals besitzen könnte, machte sie überglücklich. Noch nie hatte ihr das Ficken einen derart großen Genuss bereitet. Sie sah zur Tür hinüber und warf ihm einen Luftkuss zu. Sie lächelte ihn an. Sie wusste, dass er sich dahinter an seinem großen, steifen Schwanz rieb. Das machte sie richtig wild. ‚... du sollst die geilste Show deines Lebens bekommen, Bruderherz. Deine Sofia macht alles möglich...', dachte sie und schmunzelte in sich hinein. Sie gab ihm mit der Hand ein unmissverständliches Zeichen. Sie winkte ihn zu sich. Sie wollte, dass er leise die Küche betrat.

Alesandro befolgte ihren Wunsch.

Leise öffnete sich die Tür. Er trat lautlos ein und versteckte sich hinter dem Kühlschrank. Während er seine Schwester beobachtete, rieb er sich an seinem steifen Schwanz.

Scarlett bekam hiervon nichts mit.

Mit einem Mal stieß sie Scarlett von sich, sprang vom Tisch herunter, drehte ihr den Hintern zu und beugte sich über den Tisch. „Leck' mir mein Arschloch, meine kleine Hure. Und leck' es so gut wie meine Fotze, sonst bestraft dich am Ende Alesandro mit seiner Peitsche." Sie lachte und sah heimlich zu ihm hinüber. Erneut warf sie ihm einen Luftkuss zu. Mit der Zunge leckte sie sich verführerisch über die Lippen. „Und dafür werde ich sorgen. Also, fang' endlich an!"

Scarlett leckte erst über Sofias pralle Pobacken, während sie ihren Finger tief in deren Anus steckte. Sie fühlte Sofias Schließmuskel. Er zog sich immer wieder fest zusammen. Scarlett zog den Finger wieder heraus. Mit der Zungenspitze berührte sie den Schließmuskel. Zaghaft leckte sie drüber.

„Ja… das machst du guuuut… ja, steck' sie rein… o ja, das ist guuuut, das fühlt sich gut an… o ja… nicht aufhören! O Gott ich komme gleich…" Sofia rieb fest an ihrer Möse, während sie sich von Scarlett ihr Arschloch bearbeiten ließ. Nachdem Sofia ihren Orgasmus bekommen hatte, wandte sie sich wieder Scarlett zu, umarmte sie und drückte ihren Kopf fest an ihre Brust. Sie sah zu Alesandro hinüber und lachte ihm ins Gesicht. Seine Hose war voll Sperma. Zweimal war er gekommen, als er seine Frau dabei beobachtete, wie sie seiner geliebten Schwester nicht nur gierig über die Möse leckte, sondern auch übers Arschloch. Er war noch niemals so geil gewesen wie an diesem Tag.

Sie gab ihm ein Zeichen mit der Hand, dass er verschwinden solle.

Alesandro schlich sich leise wieder hinaus.

„So, und jetzt machst du den Abwasch, meine kleine Hure. Und danach das Abendessen. Ich habe Hunger.", befahl ihr Sofia und stieß sie von sich. Lachend verließ sie die Küche. Sie war auf dem Weg ins Wohnzimmer zu Alesandro.

♣♣♣

Sofia betrat das Wohnzimmer.

Alesandro saß auf dem Sofa und starrte sie ehrerbietig an. Er rührte sich nicht.

Sie schritt langsam auf ihn zu und ließ sich neben ihm nieder. „Hat es dir gefallen, mich dabei zu beobachten?"

Er nickte.

Zärtlich fuhr sie ihm in die Hose und berührte mit der Hand sein steifes Glied. Sie rieb daran. Mit der Zunge leckte sie ihm über die Lippen. „Wirst du in Zukunft immer tun, was ich von dir verlange, wenn ich dich zur Belohnung dafür jedes Mal dabei zuschauen lasse? Vielleicht lasse ich dich sogar eines Tages mitmachen. Hängt ganz von dir alleine ab. Und? Was sagst du dazu?"

Er nickte abermals. „Ja… alles, was du willst.", stöhnte er. Die Berührung seiner Schwester erregte ihn sehr.

„Du tust also ab heute, was ich dir befehle?" Sie rieb fest an seinem Schwanz.

Er nickte aufgeregt mit dem Kopf. Er war mächtig geil auf sie und träumte schon seit Jahren davon, sie zu ficken. Und nun machte sie ihm Hoffnung darauf, sie und seine lästige Frau gleichzeitig mit seinem Schwanz zu bearbeiten. Schon oft hatte er sich des Nachts vorgestellt, Scarlett seinen Schwanz tief in die Möse zu schieben, während sie Sofia genüsslich über die Schamlippen leckte. Da er immer große Lust verspürte, wenn er sie schlug, wäre es für ihn ein wahrer Genuss gewesen, sie auch während des Sexes zu schlagen. Da er niemals gewagt hätte, Hand an Sofia zu legen, ließ er oft seine aufgestauten Gelüste an Scarlett aus und schlug sie an manchen Abenden ohne Grund grün und blau. Dabei stellte er sich immer wieder vor, es wäre seine heißgeliebte Schwester. O wie sehr er sie liebte. Wie eine Göttin. Und nun machte sie ihn heiß mit ihrem Angebot. Er bekam kaum Luft. Sein Herz schlug in einem rasenden Tempo. Keine größere Wonne konnte er sich in diesem Moment vorstellen. Allein bei dem Gedanken verlangte es ihn abzuspritzen. Er war überaus erregt und fühlte, dass er gleich käme. Geleitet von einer übermächtigen Wollust, fasste er Sofia in den Schritt und berührte ihre Fotze. Zärtlich rieb er mit den Fingern an ihren Schamlippen, spielte mit ihrer Klitoris, führte den Finger tief in ihre Öffnung ein. Endlich erfüllten sich seine Träume. Er würde seine Schwester nun endlich besitzen. Ihr dienen, sie sexuell befriedigen, egal in welcher Richtung. Was sie von ihm verlangte, wäre er bereit zu tun. Er tauschte seine Freiheit, und das nur, um seine sexuellen Wünsche ausleben zu können. Er stöhnte. Er wurde immer lauter. „Ja, das ist gut… nicht aufhören… bitte…"

Doch Sofia war ein Miststück. Sie zog ihre Hand wieder aus seiner Hose.

„Dann geh' jetzt in die Küche und verpass' ihr eine Tracht Prügel. Aber mit der Peitsche." Sie lachte. „Und wenn du zurückkommst, dann mach' ich's dir mit der Hand… vielleicht sogar mit dem Mund. Kommt ganz darauf an, wie laut du sie vorher zum Schreien gebracht hast. Je lauter desto besser. Und vielleicht lass' ich dich sogar an meinen Brüsten saugen. Los! Geh' endlich! Und beweis' mir deine Unterwürfigkeit! Aber denk' daran, Sofia belohnt dich nur, wenn du sie zum Schreien bringst." Sie lachte.

Er sprang auf und lief in die Küche hinüber.

Sofia lehnte sich zurück und schloss die Augen. Plötzlich hörte sie sie schreien. Es war wie Musik in ihren Ohren.

♣♣♣

Das *Bella Donna* hatte bereits seine Wirkung gezeigt. Alle im Haus schliefen tief und fest, als Scarlett mit Leonardo auf dem Arm die Treppe hinunterschlich. Leise öffnete sie die Haustür und huschte über die Gartenanlage zur Zypresse.

Moss wartete dort schon auf sie. Er sah auf Leonardo herab. „Schläft er?"

„Ja."

„Scarlett, ich bin froh, dass Sie gekommen sind."

„Ich bin auch froh, dass ich den Mut dazu gefunden habe, Pete. Sie haben mir Mut gemacht. Ich vertraue Ihnen."

Er lächelte und strich ihr sanft über die Wange. „Danke."

Sie erzitterte bei seiner Berührung. „Pete?"

„Ja?"

„Ich liebe Sie."

Moss' Herz begann höher zu schlagen. Er brachte im ersten Moment kein Wort heraus. „Das ist schön." *‚… wieso hab' ich denn das jetzt gesagt… Pete, du bist ein echter Idiot!…',* schalt er sich in Gedanken.

Sie lächelte ihn an.

Er lächelte zurück. Tief sahen sie sich in die Augen. Die sexuelle Spannung zwischen den beiden war enorm groß. Die Lust, sich gegenseitig berühren zu wollen, spürten beide gleich stark. Doch sie sahen sich nur stumm an, denn jetzt war bei Gott nicht die Zeit, an so etwas zu denken. Moss war der Erste, der aus seiner Wollust wieder erwachte. „Kommen Sie. Es wird Zeit."

Beide schlichen sich zum Wagen.

♣♣♣

Bevor sie in den Zug einstieg, stellte sie sich auf die Zehenspitzen und gab ihm ganz unerwartet einen Kuss auf die Wange.

Moss errötete. „Sprechen Sie mit niemandem. Und nicht vergessen: Wir treffen uns in genau zwei Tagen am Eiffelturm."

Sie nickte.

Moss nahm seinen ganzen Mut zusammen. Er bückte sich zu ihr herunter und berührte ihre Lippen mit seinem Mund. Zärtlich küsste er sie. Sein Herz schlug mit einem Mal schneller, als sie plötzlich seinen Kuss erwiderte. Sie entfachte das Feuer in ihm. „Ich liebe dich, Scarlett. Denk' immer daran. Bitte sei vorsichtig."

„Ja, Pete. Ich werde daran denken. Und ich werde mit niemandem sprechen."

„Steig' jetzt ein. Es wird Zeit." Er strich ihr liebevoll über ihr langes Haar. Sie erzitterte am ganzen Körper bei seiner zärtlichen Berührung. Und sie wusste im selben Moment, dass er schon lange die Wollust in ihr zum Erwachen gebracht hatte. Sie wollte es sich lange Zeit nur nicht eingestehen. Aber ab der heutigen Nacht wollte sie nur noch ihm allein gehören. Es gab keine Sofia mehr und auch keinen Alesandro. Und auf ein Leben mit Moss zusammen freute sie sich schon sehr. Sie wusste, er wäre ein guter Vater für Leonardo und ein guter Ehemann für sie. Sie fühlte sich glücklich. „Bis Samstag." Sie stieg in den Zug.

Moss sah dem Zug hinterher, bis er aus seinem Blickfeld verschwand.

Er lief zum Wagen zurück.

★★★

Scarlett war mit Leonardo schon um halb vier am Eiffelturm.

Touristen aus aller Welt tummelten sich auf den Straßen. Die Sonne schien. Es war sehr warm. Sie freute sich schon sehr darauf, ihn wieder zu sehen. Mit Leonardo ließ sie sich auf dem Gras nieder. Ein großer Baum spendete den beiden Schatten. Der Abschied von ihrer Schwester war ihr verdammt schwer gefallen. Am schlimmsten war aber, dass sie ihr nicht sagen durfte, sie käme nie wieder zurück.

„Mama. Ich will Eis.", bettelte Leonardo.

Scarlett sah auf die Uhr. Es war schon kurz vor vier. „Gleich kaufe ich dir ein Eis, mein kleiner Schatz. Wir warten noch, bis Pete kommt. Dann kauft dir Mama sofort ein Eis."

„Mama. Eis. Eis…", nörgelte Leonardo und begann, mit seinen Füßen auf dem Boden zu stampfen. „Eis. Jetzt Eis. Mama."

„Okay. Warte hier. Mama holt dir dort drüben schnell ein Schokoladeneis. Aber geh' nicht weg von hier. Hast du verstanden, was dir deine Mama gesagt hat, Leonardo? Und sprich mit niemandem. Wenn dich jemand zu sich ruft, dann bleibst du einfach hier sitzen. Und wenn jemand mit dir weggehen will, dann fängst du gleich an zu schreien. Mama ist nur schnell dort drüben. Mama hört dich sofort, Schatz. Hast du Mama verstanden? Sprich mit keinem Fremden! Hast du Mama verstanden? Antworte deiner Mama, Leonardo!"

Leonardo nickte mit dem Kopf. „Schokoladeneis. Schokoladeneis."

Scarlett gab Leonardo ein Küsschen auf die Stirn, dann erhob sie sich und lief hastig zum Eisstand, der sich genau gegenüber von der Wiese befand, auf der Leonardo unter einem Baum auf sie wartete.

Sie kaufte drei Tüten Schokoladeneis. Sie war sich sicher, Moss käme gleich, daher wollte sie ihn ebenfalls mit einem Eis überraschen. Jedesmal, wenn sie an ihn dachte, schlug ihr Herz schneller. Als sie zu Leonardo zurücklaufen wollte, hörte sie jemanden ihren Namen rufen. Sie kannte diese ihr vertraute Stimme. Sie drehte sich hastig um und erblickte Moss auf der anderen Straßenseite. Er winkte ihr aufgeregt zu. Scarlett lächelte ihm zu. Die Freude, ihn zu sehen, war so enorm groß, dass sie ihm ein Stückchen entgegenlaufen wollte. Sie hatte nur noch Augen für ihn. Leider bemerkte sie gerade deshalb in ihrer Liebestollheit nicht, dass sich ihr ein Mann auf Inline Skatern mit einer enorm hohen Geschwindigkeit näherte. Als sie einen Schritt auf Moss zulief, wurde sie von ihm erfasst. Der Mann konnte ihr nicht mehr ausweichen. Beide stürzten zu Boden. Der Mann erhob sich wieder, Scarlett blieb jedoch bewusstlos liegen. Mit dem Kopf war sie auf das harte Steinpflaster geknallt. Moss hatte dieses dramatische Schauspiel von der anderen

Straßenseite aus mitverfolgt. Er eilte über die Straße und lief auf sie zu. Er bückte sich sofort zu ihr hinunter. Sie atmete noch. Er hob behutsam ihren Kopf an. Ihr Blut benetzte seine Hand. In Sekundenschnelle bildete sich eine Menschenmasse um Scarlett. Irgendjemand rief den Notarzt. Das Sirenengeheul war schon von Weitem zu hören. Moss legte seine Jacke unter ihren Kopf. Dann erhob er sich hastig. Er suchte mit seinen Augen nach Leonardo, aber er konnte ihn nicht entdecken. Er war sehr aufgeregt. Sein Herz trommelte ohne Unterlass. ‚... wo ist er nur?...' Leider hatte er aus dieser Entfernung nicht erkennen können, dass der Junge auf der gegenüberliegenden Wiese Scarletts Sohn war. An den Abenden bei Alesandro hatte Leonardo jedesmal fest in seinem Kinderbettchen geschlafen. Er hatte ihn so gut wie nie zu Gesicht bekommen. Moss begann laut nach ihm zu rufen. Aber Leonardo gab keine Antwort.

Als der Krankenwagen kam, wurde Scarlett in den Wagen gehievt. Moss bat die Sanitäter noch zwei Minuten zu warten. Er war verzweifelt. Er wusste nicht, was er tun sollte. Er konnte Leonardo nirgendwo finden. Er suchte den gesamten umliegenden Platz nach einem kleinen vierjährigen Jungen ab. Er rannte den Weg ein Stückchen aufwärts. ‚... das kann doch jetzt nicht wahr sein! O verflucht. Was mache ich denn jetzt nur?...' Der ganze Platz wimmelte nur so von kleinen Jungs, die auf den Wiesen tollten. Er lief wieder zurück. Verzweifelt stieg er zu Scarlett in den Krankenwagen und fuhr mit ihr in ein nahegelegenes Krankenhaus.

Nach einer Notoperation lag sie zwei Tage im Koma. Moss rührte sich nicht von ihrem Bett weg. Er hatte furchtbare Angst, sie stürbe, verließe er sie nur für eine einzige Stunde. Auch litt er furchtbar darunter, Leonardo nicht gefunden zu haben. Er war sich sicher, seine Mutter hätte ihn nicht aus den Augen gelassen. Er musste in der Nähe gewesen sein, aber er hatte ihn einfach nicht gesehen.

Selbstvorwürfe zerfleischten ihn.

Er wusste nicht im Geringsten, wie er es ihr erklären sollte, wenn sie aufwachen würde.

♣♣♣

Scarlett schlug die Augen auf.

Moss hielt ihre Hand fest. „Hallo."

„Qui êtes-vous?" Wer sind Sie fragte sie ihn auf Französisch. Sie hatte vollkommen vergessen, dass sie auch fließend Italienisch sprach.

„Tu ne le sais pas?" Du weißt es nicht erwiderte er ihr ebenfalls auf Französisch. Pete Moss sprach nicht nur fließend Italienisch, sondern auch perfekt Französisch.

„Nein. Wo bin ich?"

„Du hattest einen Unfall.", sagte er leise.

„Einen Unfall? Aber wer sind Sie?"

„Kannst du dich denn nicht mehr daran erinnern, wer ich bin?"

„Nein. Wer sind Sie?"

Ohne auf ihre Frage einzugehen, stellte er ihr nun eine Gegenfrage, die sein weiteres, zukünftiges Leben bestimmen sollte. „Weißt du noch, wer Alesandro ist? Kannst du dich an eine Sofia erinnern? Oder an einen Leonardo?" Moss achtete peinlich darauf, nicht mit ihr Italienisch zu sprechen. Er wollte unter allen Umständen vermeiden, dass sie sich möglicherweise doch noch an ihr früheres Leben zurückerinnern könnte, würde er plötzlich auf Italienisch antworten.

Sie schüttelte den Kopf. „Wer sind diese Leute?"

„Niemand, Schatz. Nur flüchtige Bekannte, die wir auf unserer Reise nach London im Zug kennengelernt haben."

„*Schatz?* Aber ich kenne Sie nicht."

„Wir sind verheiratet. Du bist meine Frau."

„Deine Frau?"

Er nickte.

„Und wie heißt du?"

„Pete."

„Hallo, Pete. Wie heiße ich denn?"

„Carmen." Die Ärzte hatten ihn schon vorgewarnt, es könne sein, dass sie sich möglicherweise an nichts mehr, was vor dem Unfall geschehen war, würde erinnern können. Die Gehirnverletzungen waren bei dem Sturz zu schwer gewesen. Moss wusste nicht, wie er ihr hätte vernünftig erklären sollen, dass er ihren Sohn verloren hatte. Er hatte ihr doch versprochen, auf sie und ihn aufzupassen. Er hatte gesagt, sie solle ihm vertrauen. Nun hatte er aber sein Versprechen nicht halten können. Als er bemerkt hatte, dass sie sich an nichts mehr erinnern konnte, hatte er in einem Bruchteil von einer Sekunde beschlossen, ihr nichts von Leonardo zu erzählen. Er wollte nicht, dass sie schon wieder leiden müsse. Da er befürchtete, dass man ihm auf der Wache unangenehme Fragen stellen würde, wenn er Leonardo bei der Polizei als vermisst gemeldet hätte, hatte er dies einfach unterlassen. Er wollte Alesandro keine Möglichkeit offen stehen lassen, sie zu finden. Und dass dieser eine Vermisstenanzeige aufgeben wollte, als er am Morgen das Verschwinden seiner Frau und seines Sohnes bemerkt hatte, wusste er. Alesandro hatte ihn schließlich an jenem Morgen ganz aufgeregt angerufen. Moss waren die Hände gebunden, er konnte nicht anders handeln. Er ging aber davon aus, dass die Polizei Leonardo mit Sicherheit schon aufgegriffen hatte. Kein Kleinkind konnte sich in Paris über mehrere Tage hinweg alleine auf der Straße aufhalten. Es würde sicher sofort auffallen. Über Interpol würde man sicherlich auch sofort die Spur zu seinem Vater aufnehmen und er käme wieder nach Rom zurück. Eigentlich wollte er damit aber nur sein Gewissen beruhigen. So sehr es ihn auch quälte, Leonardo seinem Schicksal überlassen zu haben, er durfte Scarletts Zukunft nicht gefährden, er durfte nicht zulassen, dass sie sie jemals wieder fände. Er hatte gesehen, was er ihr angetan hatte. Ihr Körper war mit blauen Blutergüssen übersät. Er wusste gar nicht, wie er es ihr je hätte erklären sollen. Die Blutergüsse sprachen für sich und sogar der Arzt hatte ihn gefragt, ob er ihm die Blutergüsse am Körper seiner Frau erklären könne. Er konnte sich nicht vorstellen, dass sie Pete Moss seiner Frau zugefügt hatte. Er hatte ihn beobachtet und ein Mann, der seine Frau schlägt, verhalte sich anders, habe er in einem vertraulichen Gespräch zu ihm gesagt. Moss hatte es ihm daraufhin gebeichtet, gebeichtet, dass er sie liebe und sie mit ihm vor ihrem gewalttätigen Ehemann geflohen sei. Doch wenn sich seine Befürchtungen bewahrheiten sollten und sich Scarlett nicht mehr würde daran erinnern können, er es ihr ein Leben lang verschweigen werde. Und wenn er die ganze Situation von diesem Aspekt aus betrachte, hätte ihm eigentlich nichts Besseres passieren können, als dass sie die Misshandlungen, die sie durch ihren Ehemann erfahren hatte, einfach vergessen würde. Heimlich wünschte er sich, sie würde mit einer Amnesie wieder erwachen. Er liebte sie. Über alles. Er wusste, er könne sie über kurz oder lang davon überzeugen, ihn ebenfalls zu lieben. Auf Händen wollte er sie tragen, um ihre Liebe zu gewinnen. Und er würde zu verhindern wissen, dass sie jemals wieder solche Qualen erleiden müsse. Seine einzige Angst, die ihn Tag und Nacht begleitete, war, dass sie Alesandro eines Tages möglicherweise doch wieder aufspüren könnte. Doch alles in seiner Macht stehende würde er dafür tun, dass dies niemals geschähe. Nur deshalb ließ er Leonardo im Stich. Nur deshalb tat er nicht sein Bestes, um ihn für sie zu finden. Doch Moss hoffte, er sei bereits auf dem Weg nach Rom zu seinem Vater. Er wusste ja, er würde sie suchen. Was Moss bedauerlicherweise jedoch nicht wusste, war, dass Alesandro niemals eine Vermisstenanzeige aufgegeben hatte. Er wollte nicht zum Gespött der Leute werden, also hatte er allen erzählt, er habe seine Frau vor die Tür gesetzt. Somit hatte Leonardo niemals die Möglichkeit bekommen, wenigstens zum Vater zurückkehren zu können. Er war von diesem verhängnisvollen Tag an auf sich alleine gestellt. Doch das wusste Pete Moss nicht, sonst hätte er sicherlich anders gehandelt.

„Ich liebe dich, Carmen. Über alles." Er küsste ihre Hand voller Leidenschaft.

Sie lächelte ihn an. „Habe ich dich geliebt?"

Er nickte. „Sehr sogar."

Sie küsste seine Hand. „Wirst du mir alles über uns erzählen?"

Er nickte abermals.

„Es tut mir leid, dass ich alles vergessen habe. Aber ich kann mich einfach nicht mehr erinnern."

Moss beugte sich über sie. „Ich werde dir deine Erinnerungen an uns wieder zurückgeben. Alle. Das verspreche ich dir, Schatz.", stieß er leise aus. Er drückte ihr einen sanften Kuss auf die Lippen. Er war glücklich, glücklich darüber, ihr ein Leben bieten zu können, das er ihr in jener Nacht unter der großen Zypresse versprochen hatte.

In diesem Moment hatte er Leonardo bereits aus seinem Gedächtnis verdrängt.

♣♣♣

Leonardo sah seiner Mama hinterher. Er sah, dass sie am Eisstand anstand, um ihm ein Schokoladeneis zu kaufen. Sie drehte sich immer wieder nach ihm um und winkte ihm zu.

Er winkte ganz aufgeregt zurück. Er war total überdreht.

„Schokoladeneis.", stieß er lachend aus. Ein kleiner Dackel lief an ihm vorbei. „Hund...", rief er ihm fröhlich zu. Er sah dem Hund hinterher, bis er aus seinem Blickfeld verschwand. Als er wieder zu seiner Mama hinübersah, konnte er sie plötzlich nicht mehr sehen. So viele fremde Menschen standen auf ein Mal dort, wo er seine Mama vermutet hatte. Aber seine Mama war nicht mehr da. Er bekam Angst. Plötzlich hörte er jemanden nach ihm rufen. Er wusste nicht, wer nach ihm rief. Er kannte die Stimme nicht. Er konnte niemanden erkennen. Seine Mama hatte ihm strikt verboten, mit Fremden zu sprechen, also blieb er unter dem Baum sitzen und gab keinen Mucks von sich. Die Menschenmasse löste sich langsam wieder auf. Jeder schien wieder seiner Wege zu gehen. Alles schien seinen natürlichen Lauf zu nehmen. Die Uhr tickte langsam weiter, so als habe niemand an der Zeit gedreht.

Doch für Leonardo blieb sie einfach stehen. Er wartete. Sein kleines Herz schlug immer schneller. Immer wieder brach er in Tränen aus. Er beruhigte sich wieder. Er wartete auf seine Mama. Aber sie kam nicht. Er begann wieder zu weinen. Er rief nach ihr. Leonardo bewegte sich nicht einen Millimeter von der Stelle. Wie versteinert saß er unter dem Baum und sah immer wieder zum Eisstand hinüber. Dort hatte er seine Mama das letzte Mal gesehen, bevor sie mit einem Mal verschwunden war. Immer wieder sah er in diese Richtung. Er sprach mit niemandem, trotz dass ihn Passanten ansprachen. Er ging mit niemandem mit, trotz dass ihm eine Frau freundlich die Hand reichte. Er tat alles, was ihm seine Mama gesagt hatte. Er war sich sicher, sie käme zurück, wenn er ihr gehorchte. Plötzlich kam ihm eine Idee. Vielleicht hatte sie sich ja hinter den Bäumen versteckt. Er begann von einem Baum zum anderen zu laufen. Aber da war sie nicht. Er lief zu seinem Baum zurück, obwohl er sich nicht mehr sicher war, ob es derselbe Baum war, an dem er auf seine Mama warten sollte. Alle Bäume sahen plötzlich gleich aus. Er sprach mit niemandem. Genauso wie es ihm seine Mama aufgetragen hatte, bevor sie ihm ein Schokoladeneis holen wollte.

Es wurde Abend.

Es wurde Nacht.

Leonardo weinte leise. „Mama..." Wieso kam seine Mama nicht zurück? Wo war sie nur? Er wurde müde, dennoch versuchte er wach zu bleiben. Er begann zu frieren. Die Augen fielen ihm zu.

Am Morgen standen plötzlich große Männer vor ihm. Sie fragten ihn ständig nach seinem Namen. Aber er antwortete ihnen nicht. Seine Mama hatte ihm verboten, mit fremden Männern zu sprechen. Er weinte. Als plötzlich einer nach seinem Arm griff, fing er fürchtlich laut an zu schreien. Er rief ständig nach seiner Mama.

Er versuchte, sich an dem Baum festzuklammern, aber er hatte keine Chance. Er wurde in die Höhe gelupft. Er sah dem Baum hinterher. Leonardo verstand nicht, wieso seine Mama nicht zurückgekommen war. Er vermisste sie. Er hatte doch alles getan, was sie ihm gesagt hatte, dennoch kam sie nicht zurück. Wieso nicht? Er weinte bittere Tränen um seine Mama. Er war todunglücklich.

Plötzlich sah er den Baum nicht mehr. Er begann fürchterlich laut zu schreien. Doch niemand hörte auf sein Gewinsel. Man brachte ihn ohne Gnade von dort weg.

♣♣♣

„Wie heißt du, Kleiner?", fragte ihn eine Frau.

Leonardo schwieg.

„Willst du mir denn nicht sagen, wo deine Mama ist?" Sie reichte ihm eine Tafel Schokolde.

Leonardo hatte Hunger. Er nahm ein Stückchen und stopfte es sich in den Mund.

„Wo ist deine Mama, Kleiner? Wenn du es mir sagst, bringe ich dich sofort zu deiner Mama zurück."

Leonardo begann zu rufen. „Mama, Mama... Schokoladeneis holen für Leon... ado... ich habe Mama lieb. Wo ist Mama?" Er sah sie mit seinen großen Kinderaugen fragend an. Dass er das ‚R' noch nicht aussprechen konnte, bemerkte die Frau vom Jugendamt dummerweise nicht.

„Léon heißt du also, Kleiner... deine Mama hat dir ein Schokoladeneis holen wollen?"

Leonardo nickte. „Ich habe Mama gesehen. Schokoladeneis für Leon... ado holen. Mama weg. Mama, Mama..."

Da Scarlett ihren Sohn zweisprachig erzogen hatte, war es für Leonardo kein großes Problem, in Sekundenschnelle von Italienisch auf Französisch umzuschwenken. Das war für ihn ein Kinderspiel. Er antwortete immer in derjenigen Sprache, in welcher er angesprochen wurde. Bedauerlicherweise war daher auch niemandem aufgefallen, dass der kleine, unbekannte Junge aus dem Park vor drei Tagen aus Rom angereist war. Alle hielten ihn automatisch für einen Franzosen.

♣♣♣

Paris. Auf einem Schulhof. Im Jahr 1980.

„Ja logo, jetzt wird mir alles klar. Du kannst ja gar nichts dafür, Kleiner! Das kannst du ja gar nicht wissen. Schließlich hast du ja keine Mutter! Das erklärt natürlich alles!", rief der Junge lachend aus und lachte Léon zynisch ins Gesicht. „Weißt du denn nicht, dass die, die ohne Mutter aufwachsen, über kurz oder lang *schwachsinnig* und *dämlich* werden, Kleiner?"

Léon wurde ziemlich wütend, als er das hörte. Dass der Achtklässler fast zwei Köpfe größer war als er selbst, interessierte ihn in seinem blinden Zorn nicht mehr. „Und? Stimmt das, du Penner?! Du pisst doch nachts bestimmt immer noch ins Bett? Das tun doch alle Muttersöhnchen, hab' ich gehört. Und du bist doch sicherlich keine Ausnahme. Bist doch ein beschissenes Muttersöhnchen, hab' ich recht? Anscheinend bekommt dir wohl die Muttermilch auch nicht so gut, du beschissener Arsch! Komm', antworte, du Bettnässer! Wie schmeckt Mamas Muttermilch, du beschissener Froschfresser?" Léon schnaubte vor Wut.

Im Schulhof versammelten sich die Kinder um die beiden. Sie wollten alle bei der Schlägerei dabei sein.

Der Achtklässler stürzte sich auf Léon und warf ihn auf den Boden.

Auf einmal tauchte David auf. Er war in Léons Nebenklasse und hatte Léon schon des Öfteren heimlich beobachtet. Daher hatte er auch schon vor Wochen bemerkt, dass Léon ein Einzelgänger sein musste. Erst vor ungefähr drei Monaten wurde Léon auf dieser Schule eingeschrieben. Er musste oft die Schule wechseln. In den Pausen war er die meiste Zeit allein. Er kapselte sich bewusst von den anderen Kindern ab. David fühlte sich auf eine seltsame Art und Weise zu ihm hingezogen. Möglicherweise lag dies jedoch nur daran, dass auch David sehr verschlossen war. Der Arzt habe seiner Mutter gesagt, er wäre introvertiert und verschließe sich immer mehr den anderen gegenüber. Er hatte Mitleid mit Léon. Er glaubte zu erkennen, dass sich Léon sehr einsam fühlte. David packte den Achtklässler, trotz dass er selbst erst in der sechsten Klasse war, am Haar und riss ihn von Léon weg. „Na, wie ist das, wenn man sich an Schwächere 'ranmacht, du Schlappschwanz?!", brüllte er ihn an. Am Kragen zog er den Jungen von Léon herunter und nahm ihn in den Würgegriff. „So, und jetzt entschuldigst du dich gefälligst bei ihm, du beschissener Froschfresser!" Er drückte mit seinem Arm gegen die Kehle des Jungen und schnürte ihm somit die Luftzufuhr ab. Der Achtklässler rang nach Luft. Er keuchte. Er kam ins Schwitzen. Er hatte nicht die geringste Chance gegen den Schüler aus der sechsten Klasse.

Die anderen begannen, David anzufeuern.

Nachdem sich der Junge bei Léon entschuldigt hatte, ließ ihn David los und gab ihm einen Fußtritt in den Hintern. „Mach', dass du Land gewinnst. Und leg' dich nie wieder mit meinen Freunden an, Froschfresser!" Er wandte sich Léon zu und reichte ihm die Hand. „Das war ja eben ganz schön todesmutig von dir! Machst du das öfters?", fragte er Léon und half ihm vom Boden auf.

✢✢✢

Nachdem die beiden den ganzen Tag durch die Straßen gezogen waren und lauter Blödsinn gemacht hatten, zeigte ihm Léon am späten Nachmittag sein Zuhause.

„*Hier* wohnst du?" David war schockiert.

Léon nickte.

„Ich habe noch nie ein Waisenhaus von innen gesehen."

„Sei froh."

„*Okay,* jetzt hab' ich dein Zimmer gesehen und nun musst du dir auch mein Zimmer ansehen! Gleiches Recht für alle! Und wir sind doch nun Freunde, oder!? Und das gehört zu einer Freundschaft nun mal eben dazu. Mum macht heut' übrigens Käsepizza. Die schmeckt echt lecker. Sie kann echt super kochen. Und? Hunger? Na komm' schon, hast doch heute sicherlich nichts Besseres vor, oder? Na also, komm' schon!", sagte er und stieß Léon freundschaftlich in den Arm.

Das war der Beginn einer großartigen Freundschaft.

Léon hatte bis dato noch keinen einzigen Freund gehabt. Seit ihn seine Mama verlassen hatte, hatte er niemandem mehr vertraut. Im Stich gelassen zu werden, war für ihn das Schlimmste, was ihm je passieren konnte. Ein Albtaum. Nur deshalb war Léon ins Waisenhaus gekommen. Das wusste er.

Oft versuchte man ihn zu vermitteln. Doch in seiner Akte stand irgendwann *schwer zu vermitteln,* daher war er auch selten länger bei einer Pflegefamilie als ein paar Monate. Je älter Léon wurde, desto schwieriger war es, ihn bei geeigneten Pflegeeltern unterzubringen.

Doch in David hatte er einen wahren Freund gefunden; einen Bruder, den er niemals hatte, den er sich aber heimlich gewünscht hatte, wenn er nachts wach in seinem Bett lag und an seine Mama dachte. Schon oft hatte er sich gefragt, wieso sie ihn verlassen hatte. Eine Antwort darauf hatte er jedoch nie gefunden. Mit der Zeit hatte er langsam angefangen, sie zu hassen. Er wollte sie vergessen.

Dafür hatte er aber begonnen, umso mehr zu David aufzuschauen. Er klammerte sich an ihn wie an einen einzelnen Strohhalm in der unendlichen Weite seiner Einsamkeit. David war nach seiner Mutter der erste Mensch, zu dem er wieder Vertrauen aufbauen konnte. Und seit dem Tag auf dem Schulhof war er *sein Held.* Er hatte ihn vor einem Achtklässler gerettet. Das hätte wohl keines der anderen Kinder für ihn getan.

♣♣♣

„Mum, das ist Léon.", sagte David zu seiner Mutter, als er mit Léon das Haus betrat. „Wir kennen uns von der Schule. Kann er mitessen?"

„Aber natürlich." Madame Fort lächelte und reichte Léon freundlich die Hand. „Hallo, Léon. Schön, dich kennenzulernen." Sie hatte wahrhaftig das liebevolle Lächeln einer Mutter.

„Hallo, Madame Fort...", stieß Léon schüchtern aus.

„Sag' Laura zu mir, Léon." Sie lächelte immer noch. „Komm', deck' den Tisch mit deinem neuen Freund, David. Und dann hol' Vater und deinen Bruder. Sie sind bei Jamie. Wir essen in fünfzehn Minuten. Und, David, klär' Léon auf, bevor du ihm Daniel vorstellst."

„Hab' ich schon, Mum. Léon weiß bereits, dass er mein Spiegelbild ist."

Madame Fort hatte bedauerlicherweise schon oft erleben müssen, dass fremde Kinder erschrocken waren, wenn sie unvorbereitet auf ihre beiden eineiigen Zwillinge getroffen waren. Sie glichen einander in der Tat wie ihr eigenes Spiegelbild. Diese Tatsache weckte bei manchen Kindern untereinander ein richtiges Unbehagen. Es löste bei manchen sogar eine unbegründete Furcht aus. Daher hatten die beiden auch kaum Freunde. Aus diesem Grunde hatte Madame Fort ihre beiden Söhne auch auf unterschiedlichen Schulen eingeschult. Sie war überzeugt davon, dies sei das Beste für ihre Söhne. Daniel und David dachten darüber jedoch nie ernsthaft nach. Sie sahen das immer schon ein bisschen anders als ihre Mutter.

David deckte schnell den Tisch, dann machte er sich mit seinem neuen Freund auf den Weg zu Jamie.

Und so lernte Léon an jenem Tag seine neue Familie kennen.

♣♣♣

Paris. Im Jahr 1986.

Daniel stellte seinen Brüdern seine *Große Liebe* aus Berlin vor. „Das ist sie. Das ist meine Maria-Magdalena." Am Nachmittag war er mit ihr aus Nizza angereist, wo er mit ihr gemeinsam seinen Urlaub verbracht hatte.

David und Léon waren überwältigt von ihrer Schönheit.

Nach nur kurzer Zeit stellte David aber bereits mit Entsetzen fest, dass er sich in sie verliebt hatte. Doch der Ehrenkodex unter den Brüdern verbot es, sich gegenseitig an die Freundinnen heranzumachen.

Alle drei hielten sich strikt an ihren Kodex.

David begann furchtbar zu leiden.

65

Die sinnlose Liebe zu ihr brachte ihn oftmals an den Rand des Wahnsinns. Jedesmal, wenn er ihr im Haus irgendwo über den Weg gelaufen war, steckte ihm buchstäblich ein Kloß im Hals fest. Er brachte keinen vernünftigen Satz über die Lippen.

Er stellte sich oft an wie ein Idiot.

♣♣♣

„Bonsoir, mon ami.", sagte Maria-Magdalena fröhlich, als sie die Küche betrat. Maria wirkte in der Tat ziemlich aufgedreht. Sie wollte Daniel ein paar belegte Brote machen, deshalb war sie schnell alleine heruntergekommen. Er hingegen wartete oben im Bett auf sie. Es war zwar schon fast Mitternacht, aber Daniel bekam nach dem Sex grundsätzlich Hunger. Also war es keine Seltenheit, dass sie ihm nach ihrem ausgiebigen Sexspiel ein paar belegte Brötchen machte.

David bekam Herzklopfen. „Bonsoir.", erwiderte er leise. Er starrte auf ihren Bademantel. Er war knallrot mit weißen Puscheln am Bund der Ärmel und am Kragen. Ihr langes, gewelltes Haar bedeckte ihren ganzen Rücken. Ein paar dicke Strähnen fielen ihr vornüber und verdeckten ihr Dekolleté. Ihre weiblichen Rundungen kamen trotz Bademantel hervorragend zur Geltung. Unbewusst öffnete er den obersten Knopf seines Hemdes.

Sie schritt zum Kühlschrank.

„Hunger?"

„Nein. Aber Daniel. Du weißt ja, er bekommt nachts grundsätzlich... na ja, wie sagt man dazu... *Hitzehunger?*"

„Du meinst bestimmt *Heißhunger.*" David lächelte. Ein dicker Kloß steckte ihm plötzlich im Hals fest.

„Ja, ja... Heißhunger. Richtig, so heißt das hier." Maria-Magdalena öffnete den Kühlschrank und holte Käse, Wurst, Gurken, Tomaten, Oliven sowie Butter heraus. „Und? Was machst du so spät noch in *die* Küche? Bist wohl auch *ein kleiner* Naschkatze, was?" Sie lächelte ihn an. Sie griff nach dem Messer und holte zwei Teller aus der Vitrine.

Er lächelte zurück und zuckte mit den Schultern.

„Soll ich's dir machen? Ich habe ein kleines Hand dafür." Eigentlich wollte sie ihn nur fragen, ob sie ihm auch ein Brot machen solle, weil sie doch ein Händchen für Sandwiches hatte. Aber irgendwie hatte ihr dieser Satz unwissentlich Probleme bereitet. Sie ging mit den ganzen Sachen auf dem Arm zu ihm hinüber und setzte sich an den Tisch.

David errötete. „Du meinst, ein Sandwich?", er schmunzelte.

Sie nickte. Sie verstand nicht im Geringsten, was sie gerade so Komisches gesagt haben sollte, das ihn derart zum Erröten brachte. Sie errötete ebenfalls. „Und?", fragte sie verlegen.

Er nickte.

„Ich störe dich doch hoffentlich nicht?"

Er schüttelte den Kopf.

„Wie magst du es am liebsten?"

Die Schamröte schoss ihm abermals ins Gesicht. „Das Brot?"

„Aber ja." Sie war verunsichert.

„Egal."

„Egal?" Sie lachte. „Tut mir leid. Aber ein *Egal* hab' ich im Kühlschrank leider nicht gefunden. Ich kann dir nur Käse oder Wurst anbieten."

Sie entlockte ihm mit ihrer Äußerung unweigerlich ein Lächeln. „Dann nehme ich Käse."

„Mit Butter?"

Er nickte.

Sie bestrich die Scheibe Brot mit Butter, belegte sie mit Käse und verzierte das Ganze mit zwei dünnen Scheiben Tomate und einer halben Essiggurke. Sie reichte ihm das Sandwich auf einem Teller. „Passt das so?"

Er nickte und nahm ihr den Teller aus der Hand. Er stellte ihn vor sich auf den Tisch. Er beobachtete sie.

„Ich dachte, du hast *den* Hunger? Hast du etwa *keine?*" Sie lächelte ihn an und sah auf sein Käsebrot. Er hatte es nicht angerührt.

„Doch, doch..." David biss in das Käsebrot. Er kaute darauf herum, als wäre das Brot aus Gummi. Er versuchte, den Bissen herunterzuschlucken, doch dieser blieb ihm im Hals stecken, als er ihn hinunterwürgen wollte. Sein Herz pochte ohne Unterlass und der Kloß in seinem Hals wurde immer dicker. Er würgte. Und dann verschluckte er sich beinahe noch daran. Er hustete.

„Hast du dich *verschlückt?* Soll ich dich *schlagen auf den Rücken?*"

Er schüttelte den Kopf. „Nein. Nein. Geht schon."

Während sie die Brote bestrich, erzählte sie ihm ein paar Dinge über die Deutsche Küche, über deutsche Lebensmittel, über die deutsche Art, die Dinge zu kochen, die Dinge zu essen. Sie erzählte ihm ein bisschen was von ihrer Kultur.

Er saß nur da und hörte ihr zu. Er liebte ihren deutschen Akzent und die kleinen Versprecher, die sie immer wieder machte. Sie verzauberte ihn. Ihre Stimme klang wie Musik in seinen Ohren. Er liebte es, ihr zuzuhören.

„So. Ich denke, das reicht ihm." Maria-Magdalena erhob sich, holte ein Tablett, ging zum Tisch zurück und setzte sich wieder. Sie legte den Teller mit den Sandwiches für Daniel aufs Tablett, füllte noch ein Glas mit *Coca Cola* und stellte es dazu.

David beobachtete sie stumm. Unbewusst strich er sich mit der Hand durch sein schwarzes Haar.

Sie sah zu ihm auf.

Er senkte sofort den Blick.

„Nun gut, ich gehe wieder." Sie erhob sich. „Gute Nacht, *kleiner* Naschkatze. Vergiss nicht, dein Brot aufzuessen.", sagte sie leise. „Vielleicht hätte es dir ja besser *schmecken,* wenn ich *Egal* aufs Brot geschmiert hätte. *Das nächste Mal werde ich es dir besser machen,* wenn du in *der* Küche kommst, denn ich weiß ja jetzt, wie du es am liebsten magst. Mit *Egal,* nicht wahr?"

David errötete schon wieder.

Sie verstand abermals nicht, wieso, lächelte ihm freundlich zu und verließ die Küche.

David sah ihr hinterher, bis sie aus seinem Blickfeld verschwand. Er blieb vor seinem Käsebrot sitzen und starrte es an. Er brachte keinen einzigen Bissen mehr herunter. Plötzlich erhob er sich, griff nach dem Teller, schritt zum Mülleimer und kippte das Brot in den Müll.

Nun verließ auch er die Küche.

♣♣♣

David lag ausgestreckt auf dem Sofa und betrachtete den leuchtenden Weihnachtsbaum. Die Wandleuchten waren aus. Nur die Weihnachtsbeleuchtung brannte. Das ganze Zimmer duftete nach Zimt und roch nach Bratäpfeln. Er dachte an sie. Plötzlich verdeckte ihm jemand mit den Händen die Augen. Er fühlte, dass es ihre Hände waren. Sie waren so zart und schmal, so unverwechselbar. Er hatte es nicht gehört, als sie leise das Wohnzimmer betrat. Er bekam Herzklopfen.

Sie nahm die Hände wieder herunter, ließ sich neben ihm nieder und begann, ihn zu küssen.

David war wie paralysiert. Anstatt sie darüber aufzuklären, dass er nicht derjenige war, für den sie ihn aber, so wie es aussah, offensichtlich hielt, erwiderte er ihren Kuss mit Leidenschaft. Er konnte sich nicht dagegen wehren. Er zog sie während des Kusses dicht an sich heran. Sie fühlte sich unheimlich gut an. Ihre weiblichen Rundungen machten ihn rasend vor Erregung.

Plötzlich fühlte er ihre Hand auf seiner Hose.

Sie öffnete hastig die Gürtelschnalle und zog den Reißverschluss herunter. Zärtlich befühlte sie mit der Hand sein steifes Glied, das sich bereits in voller Größe aufgerichtet hatte. Sanft rieb sie daran auf und ab.

Davids Atmung beschleunigte sich. Er wusste nicht, wie ihm geschah. Sein Herz drohte zu zerspringen. Nur noch ein einziger Gedanke schwirrte ihm im Kopf umher. Er beherrschte seinen Geist. Er war besessen von ihr. Er wollte sie berühren. Er wollte sie haben.

Er brachte kein einziges Wort über die Lippen. Er war sehr erregt.

Sie glitt an ihm hinab wie eine Schlange. Lustvoll leckte sie ihm über die Eichel. Mit einem verruchten Blick sah sie zu ihm auf, bevor sie sein mächtiges Glied in ihrem Mund verschwinden ließ. Sie saugte an seiner Männlichkeit wie eine junge Göttin. Er stöhnte. Das gefiel ihr. Sie verschlang sein steifes Glied mit ihrem schönen Mund, liebkoste es zärtlich mit ihren Lippen, spielte mit der Zunge an seiner kleinen Öffnung. Spielerisch stieß sie ihm die Zungenspitze hinein. Langsam kroch sie wieder zu ihm hoch. Sie küsste ihn. „So stumm heute?" Sie lächelte ihn an und küsste ihn erneut. Sie berührte ihn abermals mit der Hand. Immer schneller rieb sie an seinem steifen Penis.

Nun verließ ihn der letzte Funke seines Verstandes. Er verlor völlig die Beherrschung. Wie besessen griff er ihr unter den Rock, zog das Höschen beiseite und setzte sie auf sein steifes Glied. Als sie an ihm hinabglitt, explodierte sein Verstand. Er drang tief in sie ein und begann sie stürmisch zu stoßen. „Maria...", stieß er erregt aus. Es war das einzige Wort, das er über die Lippen brachte. Es dauerte nicht lange und er ergoss sich in ihr. Er war mächtig überreizt. Und schuld daran war ihre nasse, enge Vagina, nach der er sich schon seit Monaten verzehrte. Ihre rasierte Scham schrie förmlich nach seinem großen, überreizten Schwanz. Nimm mich, nimm mich, hörte er sie rufen. Die Gedanken an Maria-Magdalena, von denen er beherrscht wurde, hatten ihn heute den größten Fehler seines Lebens machen lassen. Er hatte nicht nur den Ehrenkodex gebrochen, er hatte seinem Bruder mit dieser Tat schamlos ins Gesicht gelacht. Nein. Noch viel mehr. Das war ein harter Schlag ins Gesicht, wüsste er davon.

Sie stieg hastig von ihm wieder herunter und rückte ihr Höschen zurecht. Sie hörte ein Geräusch und sah zur Tür hinüber, aber niemand betrat das Zimmer. „Du bist aber ganz schön mutig. Was, wenn deine Brüder hereingekommen wären?!", flüsterte sie ihm zu und strich ihm zärtlich über sein Haar. „Du bist so schweigsam heute." Sie lächelte ihn an. „Komm' mit.", hauchte sie ihm ins Ohr. „Dann bekommst du mehr, mein _kleiner_ Naschkatze. Aber nur, wenn du wieder mit mir sprichst." Ihre Stimme klang sehr verführerisch. Sie erhob sich vom Sofa und schritt zur Tür. „Lass' mich nicht zu lange warten, mon chéri. Ich bin heiß auf dich. Ich will mehr. Mehr von dir. Und von ihm. Ohne dabei Angst haben zu müssen, dass uns deine Brüder überraschen." Sie warf ihm einen Luftkuss zu und verließ den Raum.

David hatte abartiges Herzklopfen. Sein Pulsschlag überstieg die normale Geschwindigkeit fast um das Doppelte. Er lag auf dem Sofa. Plötzlich wurde ihm bewusst, was er getan hatte. Seine Gedanken sprangen wirr durcheinander. _,... o Mann, was hab' ich nur getan?!... ich muss total verrückt sein!... und wenn ich doch noch mal zu ihr raufgehe? Nur noch ein letztes Mal? Nein, David! Spinnst du!? Du bist total verrückt! Sei froh, dass dich niemand erwischt hat! Du darfst das auf keinen Fall ausnutzen. Kannst du Daniel überhaupt noch in die Augen schauen? Du Schwein!... aber ich muss noch mal zu ihr gehen! Das eben mit ihr, das war das Schönste, was mir je passiert ist... David! Verdammt! Beherrsch' dich gefälligst! Setz' deinen verdammten Verstand endlich wieder ein! Das darf sich_ *nicht mehr wiederholen. Nie mehr! Oder willst du ein Unglück heraufbeschwören?! Na siehst du!... David, du darfst das niemals irgendjemandem erzählen! Sei froh, dass sie's nicht gemerkt hat. Erzähl' das ja niemandem! Nicht einmal Léon! Versprich mir das! Ja, ich schwöre es bei meiner Seele, davon werde ich bei Gott niemandem erzählen! Niemals!... o Gott, was mach' ich denn jetzt bloß? Soll ich nicht doch noch mal zu ihr raufgehen? Ein allerletztes Mal nur? Und dann nie wieder...'* Er rang mit seinem Gewissen. Am Ende beschloss er jedoch, es kein zweites Mal mehr zu tun. Er erhob sich vom Sofa, machte seine Hose wieder zu und eilte ins Billardzimmer hinüber. Daniel und Léon spielten bereits die dritte Partie Billard. „Daniel. Hab' Maria gerade getroffen. Sie hat gesagt, sie wartet auf dich. Oben in deinem Zimmer."

Daniel schmunzelte. Er drückte David seinen Billardqueue in die Hand. „Übernimmst du?"

David nickte. Er konnte ihm kaum in die Augen schauen. Er schämte sich fürchterlich.

Daniel eilte in sein Zimmer hinauf.

„Ist was mit dir?" Léon sah ihn fragend an.

„Nein. Wieso?", erwiderte er kleinlaut.

„Na ja, du schaust irgendwie komisch aus. Deine Gesichtsfarbe ist etwas eigenartig. Hast du etwa Fieber?"

„Nein. Es ist nichts."

„Sicher?"

„Ja, klar. Wer ist dran?"

„Du."

David beugte sich über den Billardtisch und peilte die gelbe Kugel an. Doch es gelang ihm nicht, sie zu versenken.

Er war erleichtert, dass ihn Léon, nicht wie sonst, angefangen hatte zu löchern.

♣♣♣

Daniel betrat sein Zimmer.

Maria lag entblößt auf seinem Bett. Er lächelte ihr zu.

Sie räkelte sich verführerisch auf dem Bett wie eine Katze und spreizte die Beine weit auseinander. „Du hast dir aber ganz schön viel Zeit gelassen." Sie lächelte.

„Kann gar nicht sein. Bin gleich rauf, als mir David Bescheid gesagt hat. Hab' die Partie mit Léon noch nicht mal zu Ende gespielt. Siehst du, so wichtig bist du mir." Daniel schmiss die Tür hinter sich zu.

„Du hast gerade Billard gespielt?!"

Er nickte.

„Im Billardzimmer?"

„Klar. Wo denn sonst? Etwa im Wohnzimmer oder in der Küche?" Er musste unweigerlich lachen. „Du stellst aber komische Fragen."

Maria hörte sofort auf zu lächeln. Sie wurde mit einem Mal ernst.

„Was ist plötzlich mit dir?"

„Nichts." Sie lächelte verlegen und überspielte ihre plötzlich auftretende Nervosität mit einem gekünstelten Lächeln. *,... o Gott. Er war's! Wie konntest du ihm das nur antun, Maria! Jetzt wird er keine Ruhe mehr finden. Und du bist schuld daran. Du hast es doch gemerkt! Gib's zu! Schon die ganze Zeit hast du's gewusst! Er spricht nie viel mit dir. Es konnte ja nur er sein. Das weißt du doch. Jedes Mal, wenn er dich angesehen hat, hast du es gewusst. Gewusst, was er* für dich empfindet. Und tu' jetzt nur nicht so unschuldig! Du weißt es doch schon seit Langem! Weißt, was in ihm vorgeht, wenn er dich ansieht... nein, ehrlich, ich hab's nicht gewusst. Ich weiß nicht, was er denkt... bei Gott, ich wusste nicht, dass er es war. Oder doch?...' Plötzlich überkam sie ein furchtbar schlechtes Gewissen.

Daniel stieg zu ihr ins Bett. „Küss' mich." Von ihrer Unruhe bemerkte er nichts. Er legte die Arme um sie.

❖❖❖

Maria betrat leise die Küche.

David saß am Tisch, aß gerade einen Bratapfel und starrte gedankenverloren auf den Backofen. Gelangweilt kaute er auf dem Bissen herum. Mit einem Mal richtete er den Blick auf die Tür. Er errötete, als er sie sah.

Sie ging hastig auf ihn zu und umarmte ihn. Sie drückte ihn fest an ihre Brust. „Verzeih' mir bitte. Ich wollte dir niemals wehtun, *mon cher ami.*", flüsterte sie ihm ins Ohr. Sie küsste ihn zärtlich auf die Lippen, dann eilte sie wieder hinaus.

Er sah ihr fragend hinterher.

❖❖❖

David lag im Bett. Es war Nacht. Die Augen hielt er geschlossen, doch er schlief nicht.

Er hörte sie. Hörte, wie sie stöhnte.

Daniels Zimmer lag direkt neben seinem.

Er hielt sich die Ohren zu. Doch er hörte sie immer noch. Abrupt sprang er aus dem Bett. Er verließ sein Zimmer und eilte in den Keller.

Er litt fürchterlich.

❖❖❖

Ein Winternachtstraum

Plötzlich wurde er wach. Abrupt schlug er die Augen auf. Sein Blick fiel auf den digitalen Wecker, dessen sanftes Licht sein Gesicht beleuchtete. Es war schon kurz nach drei Uhr morgens. Er konnte ihre Umrisse in der Dunkelheit nur sehr schwer erkennen. Das Licht blendete ihn. Er stieß den Wecker zur Seite. Nun sah er sie. Sie stand über ihm. Er bekam Herzklopfen. „Ma..."

Sie legte ihm blitzschnell den Zeigefinger auf die Lippen. *„Psssst.",* stieß sie leise aus. Sie ließ ihren Bademantel auf den Boden fallen und schlüpfte unter seine Decke. Sanft schmiegte sie sich an ihn und strich mit den Fingern über seinen nackten Körper. Sie presste ihr Bein gegen seinen Unterleib und rieb ihre entblößte Scham an seinen Lenden. Wie eine Katze räkelte sie sich an seiner Brust. Zärtlich berührte sie mit der Hand dabei seinen Penis, der sich in Sekundenschnelle aufgerichtet hatte. Als sie diese Härte zwischen ihren Fingern fühlte, stieg sie über ihn und ließ zu, dass er langsam in sie eindrang. Sanft küsste sie ihn auf den Mund und glitt an seinem steifen Glied auf und ab.

Beide schwiegen, während sie sich leidenschaftlich berührten. Stumm sahen sie sich an.

Sein Herz drohte zu zerspringen. Träumte er? Er wusste es nicht.

Er wusste nur, dass er von diesem schönen Wesen beherrscht wurde. Sie raubte ihm den letzten Funken seines Verstandes. Brachte ihn in langsamen Schritten immer weiter an den Abgrund des Wahnsinns. Was führte sie im

Schilde? Wollte sie ihn kaputtspielen? Stück für Stück? Er wusste es nicht. Er verstand schon lange nicht mehr, was um ihn herum geschah. Blitzschnell lupfte er sie von sich herunter und warf sie aufs Kissen. Er war wie von Sinnen. Schob sein schlechtes Gewissen einfach beiseite. Knipste es aus wie eine Lampe. Im Sinnenrausch packte er sie am Hintern und zog sie zu sich hoch. Er beugte sich hinunter und leckte sanft über ihre Pobacken. Er zog sie auseinander und berührte mit der Zungenspitze ihr schönes Arschloch. Zärtlich leckte er ihr über den Schließmuskel. Er beugte sich tiefer, stieß seine Zunge in ihre nasse, liebliche Möse, saugte an ihren Schamlippen, spielte mit ihrem Kitzler. Sanft leckte er drüber. Er war sehr erregt. Sie stöhnte und ließ ihr Hinterteil im Rhythmus mit seinen Bewegungen kreisen. Er erhob sich wieder. Stürmisch und ohne zu überlegen drang er von hinten in sie ein. Hemmungslos begann er sie nun zu stoßen. Er packte sie an ihrem schönen Haar und zog ihr den Kopf sacht in den Nacken. Leidenschaftlich küsste er ihren Hals. Er nahm sich, was er begehrte, ohne eine Sekunde lang darüber nachzudenken, ob richtig oder falsch, ob erlaubt oder verboten.

Seine Atmung beschleunigte sich. Er fühlte sich wie in Trance. Dieser Traumzustand drohte ihn zu ersticken. War es am Ende nur ein schöner Winternachtstraum? Er rang nach Luft. Sein Verstand hatte bereits in jenem Moment ausgesetzt, als sie zu ihm ins Bett gestiegen war. Es gab kein schlechtes Gewissen mehr. Kein Für und Wider. Es gab nur noch ihn und sie.

Als er am nächsten Morgen die Augen aufschlug, war er sich nicht sicher, ob es nicht doch nur ein schöner Traum gewesen war.

Er starrte gedankenverloren an die Decke. Und plötzlich roch er es in aller Deutlichkeit. Es war ihr Parfum. Es haftete an seiner Haut, es haftete an seinem Haar, es haftete an seinem Kopfkissen, es haftete an seiner Bettdecke. Er vergrub sein Gesicht im Kissen und dachte an sie. Und dann schmeckte er es ganz deutlich auf seiner Zunge. Er irrte sich nicht. Es war ihre süßlich, salzige Haut, die mit einem Mal wieder seine Sinne benebelte.

Und nun wusste er es: Es war kein Traum.

♣♣♣

Alesandro stand vor Sofias Tür. Er klopfte leise an.

„Lass mich in Ruhe!", hörte er Sofia schreien. Seit Scarlett aus dem Haus geflohen war, fühlte sie sich einsam und unbefriedigt. Zunehmend versank sie in tiefe Melancholie und Depressionen. Sie hielt sich tagelang nur noch alleine in ihrem Zimmer auf. Sie sehnte sich nach Einsamkeit. Sie sehnte sich nach Scarlett, sie sehnte sich nach ihrer Zunge auf ihrer Möse. „Bleib draußen!", rief sie durch die Tür. Alesandro trat trotzdem ein.

„Hau' ab! Verschwinde!", schrie sie ihn an. „Du hast sie einfach abhauen lassen! Du hattest sie nicht im Griff! Du Versager! Du Idiot!"

Alesandro ließ die ganzen Demütigungen und Sofias ganzen Zorn stillschweigend über sich ergehen. Er liebte seine Schwester. „Ich hab' dir was mitgebracht. Etwas, was dich aufmuntern wird.", sagte er leise.

„Was?!", zischte sie ihn bösartig an.

Alesandro zog an der Leine und ein Hund kam hinter ihm zum Vorschein. Es war ein Deutscher Schäferhund einer ganz besonderen Art.

Sofias Miene hellte sich sofort auf. „Ein Spielzeug! So wie früher!", stieß sie freudig aus. Sie sprang aus dem Bett und holte aus ihrer Kommode ein Glas süßlichen Sirup. Sie stieg ins Bett zurück und entblößte ihre Scham. Langsam und voller Lust rieb sie sich ihre Möse damit ein und ließ sich aufs Kissen zurückfallen. „Du darfst ihn jetzt herführen.", sagte sie voller Vorfreude.

Alesandro führte den Schäferhund ans Bett und ließ ihn zu Sofia aufs Bett springen. Er drückte dessen Schnauze auf Sofias Scham und der Hund begann, den Sirup herunterzulecken.

71

Sofia stöhnte leise auf und wand sich im Bett wie eine Schlange.

Alesandro wurde bei diesem Anblick dermaßen geil, dass er sich hastig den Reißverschluss herunterzog, sein bereits steifgewordenes Glied herauszog und seinen Penis auf und ab rieb. „Sofia...", stieß er leise aus. Er rieb immer schneller an seinem steifen Glied.

Sofia packte ihn plötzlich.

„O ja, Sofia... reib' an meinem großen Schwanz... ja, gut machst du das... ja, quäle ihn mit deinen Fingernägeln...", stieß er erregt aus.

Sie rieb immer fester, immer schneller an seinem steifen Glied. Sie rieb die Vorhaut auf und ab, zog sie fest zurück, bis die Haut spannte. Mit den Fingernägeln quälte sie seine Eichel. Das alles tat sie mit Alesandros Schwanz, während ihre Möse vom Hund sauber geleckt wurde. Sie genoss sichtlich die sanfte, wohlige Zunge des Hundes auf ihren vor Geilheit dick angeschwollenen Schamlippen. Am erregtesten wurde sie immer dann, wenn er ihre Klitoris mit seiner nassen, langen Zunge unbewusst streifte. Was für ein geiles Gefühl, dachte Sofia, und schmolz dahin.

Alesandro kam aus dem Stöhnen nicht mehr heraus. Erst als er auf dem Bett abgespritzt hatte, verstummte er.

„Lass mich jetzt mit ihm allein!", befahl sie ihrem Bruder.

Alesandro zog den Reißverschluss wieder hoch und verließ geduckt den Raum. Nur ungern ließ er beide alleine im Zimmer zurück. Aber Sofia ließ ihm keine Wahl. Ihr Wort war Gesetz. Also tat er, was sie ihm befahl, um sie nicht zu verärgern.

Doch Sofia wusste ganz genau, dass er sie nun vom Schlüsselloch aus bebobachtete. Sie lachte in sich hinein und spreizte die Beine...

4

Isabelle ging ans Telefon.

„Ich bin's.", hörte sie ihn sagen. Sie freute sich sehr, seine Stimme zu hören. „Am Donnerstag fliege ich nach Zürich. Geschäftlich. Ich nehme von dort aus dann am Freitag den nächsten Flieger nach Paris."

„Daniel, o Daniel, ich freu' mich so... ich kann's kaum erwarten, dich wieder zu sehen!", stieß sie erregt aus.

„Isabelle?"

„Ja?"

„Gib' mir noch einen Kuss, bevor ich auflegen muss.", flüsterte er leise.

Isabelle spitzte die Lippen und küsste ihr Mobiltelefon.

Er hörte einen leisen Schmatz durchs Telefon.

„Wann sehen wir uns dann?", fragte sie leise.

„Am Abend erst, gegen sieben. Bei David.", erwiderte er. „Niemand weiß, dass ich komme."

„Ich *liebe* dich, Daniel."

„Komm'! Sag' mir, was ich hören will... sag's jetzt... und dann leg' ich auf.", befahl er ihr.

„Ich brauche dich wie die Luft zum Atmen."

Nachdem sie diesen Satz ausgesprochen hatte, legte er auf, ohne irgendetwas darauf zu erwidern. Er betrachtete die Flugtickets in seiner Hand.

Nun hatte er endgültig alles vorbereitet, um sie mitzunehmen.

Fort war besessen von Isabelle.

Sie glich in allem, was sie tat, wie sie sich bewegte, wie sie sprach, vor allem aber wie sie lachte, seiner Jugendliebe. Sie stimmte in allem, Punkt für Punkt, überein mit Maria-Magdalena, die er in seiner Jugend versehentlich während eines Wutausbruches getötet hatte und wegen welcher er daraufhin sein Land und seine Familie verlassen hatte, um die Vergangenheit hinter sich zu lassen und endgültig zu vergessen. Die Liebe zu ihr hatte er jedoch niemals überwunden und ihr Tod hatte ihn auf die Schattenseite dieser Welt getrieben. Ruhelos war er umeinander geirrt und hatte buchstäblich die Hölle schon von innen gesehen.

Er war immer tiefer in den Abgrund gestürzt.

Die einzige Frau, die es geschafft hatte, ihn aus diesem Loch wieder herauszuziehen und ihn von seiner Ruhelosigkeit zu befreien, war Evangeline gewesen. Dennoch hatte sie es nicht geschafft, ihn diese Liebe überwinden zu lassen, die ihn in diese Tiefe gestürzt hatte, trotz dass sie alles getan hatte, um ihn glücklich zu machen. Es war ihr nur möglich, diesen Schmerz gelegentlich für ein paar Stunden zu betäuben, wenn er bei ihr war, doch war er wieder alleine, begann er sich von Neuem vor lauter Selbstvorwürfen zu zerfleischen und sein Dasein als völlig sinnlos zu betrachten. Für ihn war es jedesmal nur die Ruhe vor dem Sturm, wenn er Evangeline auf ihrem Zimmer aufgesucht hatte, denn er wusste schon von vornherein, dass der Sturm unausweichlich über sein Gemüt wegfegte, wenn er ihr Zimmer wieder verließe. Daher tötete er nicht nur des Geldes wegen, sondern vielmehr war es der enorme Hass, der ihn von innen heraus zerfleischte, buchstäblich zerfraß und dazu trieb, Leben auszulöschen. Mit jedem neuen Tag, der in seinem Leben verstrich, wuchs langsam der Hass, der ihn zwang, ruhelos und ohne Maria auf dieser Welt zu wandeln. Erst als er an jenem Morgen am Grabe seines Bruders diese Frau gesehen hatte, die seiner Maria so ähnlich sah, war er endlich von ihr befreit, um der neuen Liebe in seinem Leben Platz zu machen, der er schon in der ersten Nacht restlos verfallen war.

An jenem Tag war Isabelles Schicksal besiegelt gewesen.

Fort verstaute die Flugtickets in der Innentasche seines schwarzen Anzuges, setzte sich seine Sonnenbrille auf, anschließend machte er sich auf den Weg zum Flugplatz.

✦✦✦

Sie huschte ins Treppenhaus. Bevor sie die Tür hinter sich schloss, warf sie einen letzten Blick auf die Straße. Niemand war ihr gefolgt. Leise schlich sie sich die Treppen hinauf. Es war schon kurz vor sieben Uhr.

Fast lautlos betrat sie David Forts Wohnung. „Daniel?", rief sie in den Raum hinein, doch er antwortete nicht. ‚… er ist noch nicht da…', dachte sie und warf ihre Handtasche auf die Couch. Sie öffnete das Fenster im Wohnzimmer und sah auf die Straße. Langsam schlenderte sie ins Badezimmer hinüber. Dort entkleidete sie sich vor dem Spiegel. Sie betrachtete ihr Spiegelbild. Sie lächelte. Sie freute sich schon mächtig darauf, ihn wiederzusehen. Schon seit fast zwei Monaten hatte sie ihn nicht mehr gesehen. Sie hatte zwar täglich mit ihm gesprochen, dennoch vermisste sie seine Nähe, seine Berührungen, seine Gier nach ihr.

Sie fieberte darauf zu, ihn endlich mit den Händen berühren zu können. Sie sehnte sich nach seiner Nähe. Sie gierte, sie lechzte nach seinen wilden Küssen, nach seiner Männlichkeit. Sie wollte berührt werden. Sie war begierig und unersättlich zugleich. Ja, sie war leidenschaftlich seine kleine, geile Hure.

Voller lüsterner Gedanken wandte sie sich lächelnd von ihrem Spiegelbild ab.

Isabelle stieg unter die Dusche und drehte den Wasserhahn auf. Das warme Wasser lief ihr über ihr schönes Gesicht und floss entlang ihres geschmeidigen Körpers hinab zum Abfluss. Sie lauschte dem Geräusch des fließenden Wassers, während sie ihren Körper unter dem warmen Nass wand wie eine Schlange. Zärtlich berührte sie sich.

✦✦✦

Er öffnete leise die Tür. Er wusste, sie war da. Ihren Jaguar hatte er unten schon stehen sehen.

Er hörte das Wasserrauschen im Bad.

Er schritt zur Couch und warf einen flachen, weißen Geschenkkarton, um den eine rote Schleife gebunden war, neben Isabelles Handtasche. Er ließ sich auf der Couch nieder, zog eine Zigarettenschachtel aus der Innentasche seines schwarzen Anzuges heraus und zündete sich eine Zigarette an. Er wusste, sie liebte den Duft der *Blauen Gauloises*. Es erinnerte sie an ihn. Mit der Hand fuhr er sich durch sein pechschwarzes, glattes Haar, das von der Länge her seinen Nacken bedeckte, und stieß dabei einen leisen Seufzer aus. Fort trug einen Mittelscheitel. Die beiden vorderen langen Strähnen, die seine Wangen bedeckten, fielen ihm vornüber und verdeckten seine ausdrucksvollen Augen, als er sich nach vorne gebeugt hatte, um die Asche seiner Zigarette im Aschenbecher abzuschütteln. Er hatte dunkelbraune Augen, geziert mit langen, pechschwarzen Wimpern und seine schwarzen, dichten Augenbrauen verfeinerten seine männlichen Gesichtszüge. Fort hatte ein sehr kantiges und ebenmäßiges Gesicht, dessen einziger Farbtupfen seine roten, schmalen Lippen waren. Sein Lachen faszinierte so manch eine Frau. Fort hatte eine schmale Nase, einen länglichen Mund und sein Dreitagebart war sein typisches Merkmal. Er war sehr groß, sein muskulöser Körper gut gebaut und seine unglaubliche Sportlichkeit sowie seine unbeschreibliche Ausdauer waren sein Markenzeichen.

Fort dachte nach. Die Zigarette hatte er mittlerweile bis zum Ende heruntergeraucht. Er erhob sich, schritt zum Fenster und schnippte die Kippe hinaus.

Nun war er bereit, bereit für seinen Plan.

Hastig zog er sich die Klamotten vom Leib und eilte auf die Badezimmertür zu. Lautlos öffnete er die Tür. Leise schlich er sich zur Dusche.

Er beobachtete sie. Ihr leiser Gesang entlockte ihm ein Lächeln. „*Mariposa*… unser Lied…" Er fühlte sich glücklich.

Ohne Vorwarnung stieg er zu ihr unter die Dusche und legte seine Hände um ihre sinnlichen Hüften. Sie stieß einen leisen Schrei aus. *„Psssst.* Ich bin's doch nur...", flüsterte er ihr zu und presste mit den Händen ihren Unterleib fest gegen den seinigen. Fort küsste ihren Hals, ihre Schultern, ihren Rücken. Langsam fuhr er mit den Händen entlang ihrer weiblichen Rundungen hoch zu ihren wohlgeformten Brüsten. Sanft streichelte er sie, während das warme Wasser auf sie prasselte.

„Daniel... wenn du nur wüsstest, wie sehr ich mich nach dir gesehnt habe." Sie drehte sich ihm zu und berührte seine Lippen zärtlich mit den ihrigen. Und mit einem Mal entfachte sie das Feuer in ihm, während beide wie an einem lauen Sommerregentag von dem warmen Nass berieselt wurden. „Daniel?"

„Ja?"

„Liebst du mich?"

„Glaubst du wirklich, ich bin den ganzen weiten Weg zu dir nach Paris gekommen, nur um mich unter deine Dusche zu stellen, weil ich nichts Besseres vorhabe? Glaubst du wirklich, ich wäre hier, wenn ich es nicht täte?"

„Nein."

„Na siehst du. Dann beantworte dir doch die Frage selbst."

„Aber ich würde es so gerne hören, wenn du es mir sagst."

„Dass ich dich *liebe?*"

„Ja."

„Glaub' mir, *Isabeau,* ich wäre sonst nicht hier."

„Daniel?"

„Ja?"

„Ich liebe dich."

„Ich weiß." Fort küsste sie voller Leidenschaft. Es dürstete ihn nach ihren Küssen, es dürstete ihn nach ihrem Körper, es dürstete ihn nach ihrer unersättlichen Lust auf ihn, es dürstete ihn nach ihrer hingebungsvollen Willenlosigkeit, die er uneingeschränkt von ihr forderte. Leidenschaftlich drückte er sie gegen die nassen Fliesen. Langsam schob er sie die Wand entlang nach oben. Er wurde immer stürmischer. Er wurde immer wilder. Die Gier nach ihr beherrschte seinen Verstand.

Isabelle hingegen genoss die lüsternen Berührungen und schlang ihre Beine um seine Lenden. Immer wieder rief sie leise seinen Namen.

„Sag' mir, was ich hören will!", stieß er erregt aus, nachdem er stürmisch in sie eingedrungen war. „Sag's mir jetzt!" Er wurde immer zügelloser, immer hemmungsloser. Bedingungslos musste sie ihm all seine Wünsche erfüllen, die er unter der Dusche von ihr forderte.

„Ich brauche dich wie die Luft zum Atmen.", erwiderte sie leise. Wie in Trance wiederholte sie immer wieder ihre Worte, während Fort sein steifes Glied immer tiefer in sie stieß. Hemmungslos begann er sie nun zu stoßen. Isabelles bedingungslose Hörigkeit während ihres Sexspiels schürte das Feuer in ihm.

„O ja... tiefer... schneller...", rief sie ihm erregt zu und berührte seine Lippen mit ihrem Mund. Rasend vor Lust begann er sie nun zu küssen. Ihr blieb kaum Luft zum Atmen.

Nachdem sie ihren ersten Durst aufeinander gestillt hatten, ließ er sie wieder sanft die Fliesen entlang heruntergleiten. Das warme Wasser berieselte deren beider erhitzte Körper.

♦♦♦

Isabelle lag auf dem Rücken und sah ihn an. Es brannte lediglich die Nachttischlampe, deren sanftes Licht sein schönes Gesicht beleuchtete. Längliche Schatten warf sein muskulöser Körper an die Wand.

Er lag über ihr und streichelte ihre Wangen. „Hast du mich vermisst?"

„Ja… jeden Tag."

„Wie oft hast du an mich gedacht?"

„Jede Stunde habe ich mir mehrmals gewünscht, ich könnte dich nur für einen kurzen Moment in meinen Armen halten, dich nur ein einziges Mal berühren, dich küssen.", stieß sie leise aus und spielte mit seinem schwarzen Haar. Immer wieder drehte sie die vordere Strähne um ihren Zeigefinger. Sie versuchte, den Finger mit seinem dichten Haar zu umwickeln.

„Nehmen wir mal an, du warst pro Tag 16 Stunden wach und hast jede Stunde, sagen wir mal, *sex* Mal an mich gedacht, dann waren das pro Tag genau 96 mal. Wir haben uns jetzt genau 57 Tage lang nicht gesehen. Das würde heißen, du hast in der Zeit, als ich weg war, fast fünfeinhalbtausend Mal an mich gedacht. Ja… das ist oft, würde ich sagen… das gefällt mir, wenn ich ehrlich sein soll." Er grinste.

Sie lächelte. „Respekt. Ich hätte dafür einen Taschenrechner gebraucht… und du? Wie oft hast du an mich gedacht?"

„Rate mal?"

„Fünftausendvierhundertneunundneunzig Mal." Sie lachte.

„Falsch." Er küsste ihre Nasenspitze.

„*Falsch?* Wie oft denn dann?"

„Genau einmal!" Er grinste.

„*Einmal nur?!* Du bist aber ganz schön gemein." Sie stieß ihm in die Rippen und lachte.

„Pro Sekunde versteht sich." Er grinste immer noch.

„O Daniel…" Sie berührte zärtlich seine Wangen und strich ihm liebevoll übers Gesicht. Wie ein leichter Stromschlag huschte ihre Berührung an seinem Körper entlang nach unten und ließ sein Glied erzittern. Langsam richtete es sich auf. Er bekam Gänsehaut. Die Geilheit überkam ihn erneut.

„Komm'! Sag' deinem Daniel, was er hören will." Er küsste ihre Nasenspitze.

„Ohne dich kann ich nicht atmen." Sie lächelte ihn an. „Ich hab's versucht, aber es geht nicht."

Hastig beugte er sich zu ihr herunter und küsste sie zärtlich auf den Mund. „Ich will, dass du mit mir nach Chicago kommst. Freiwillig.", sagte er leise. „Bitte… dann darfst du mich sogar jede Stunde einmal küssen… das wäre doch ein guter Grund, oder? Bitte, sag' ja.", hauchte er ihr ins Ohr. „Ich brauche dich, *Isabeau*. Und du weißt, ich würde es nicht sagen, wenn's nicht so wäre."

Isabelle war zutiefst gerührt. „Daniel, ich brauche dich auch…"

„Dann komm' mit.", hauchte er ihr abermals ins Ohr.

„Und Eva? Sie wird nicht begeistert sein. Du weißt ganz genau, sie hasst mich…"

„Bald habe ich sie soweit und sie steigt freiwillig zu uns beiden ins Bett. Sie ist mir hörig… so wie du! Und sie wird dich berühren, ohne dir wehzutun. Sie wird dich noch lieben. Vertrau' mir. Dafür werde ich sorgen. Bitte, du weißt, wie sehr ich mir das wünsche… sie von hinten zu ficken, während sie zärtlich deine Fotze leckt…" Seine derbe Sprache während des Sexspiels erregte sie ungemein. Das wusste er. Bewusst wählte er daher diese Worte. „… allein der Gedanke macht mich völlig wahnsinnig… das willst du doch auch… erinnere dich nur daran, wie geil du warst, als du sie unten geleckt hast, während ich dich gefickt habe, mit meinem großen, harten Schwanz… du hast gar nicht genug davon bekommen… erinnere dich! Du hast geschrien, ich solle nicht aufhören. Weißt du noch?!… Eva wird dich lieben, dich und deine süße Fotze… und sie tut inzwischen alles, worum ich sie bitte… glaub' mir, sie wird dich lieben…"

„Du weißt ganz genau, dass sie's nicht tun wird. Das Einzige, was sie wahrscheinlich mit Leidenschaft tun würde, wäre mir eine Kugel durch den Kopf zu jagen, wenn sie's wüsste. Und das weißt du. Das ist nur ein Traum von dir. Und ich glaube nicht, dass sie dazu bereit ist, ihn dir jemals zu erfüllen. Sie liebt dich anders als ich... glaub' mir."

„Lass' uns nicht mehr über sie sprechen."

Sie strich ihm zärtlich übers Haar. „Wie du willst."

Beide sahen sich stumm an.

„Komm' mit mir mit. Bitte."

„Du weißt, ich kann nicht... er würde mich niemals gehen lassen. Er ist wie sie..."

„Psssst.", stieß er leise aus und legte ihr den Zeigefinger auf die Lippen. „Sag' nichts mehr. Bitte. Sprich' nicht weiter. Versuch's mir bitte nicht zu erklären. Du weißt, das sind für mich alles keine Argumente. Ich dulde ihn nur, mehr nicht. Aber es gefällt mir ganz und gar nicht. Ich will nicht, dass er dich fickt! Ich hasse es! Das weißt du!" Eine gewisse Schärfe lag in seiner Stimme verborgen. Seine Miene verfinsterte sich und sein Glied war auf dem besten Wege, wieder zu erschlaffen.

Isabelle schwieg. Sie wagte nicht, das Thema erneut aufzugreifen. Sie wollte ihn nicht verletzen. Und das täte sie, denn er würde nicht verstehen, wieso sie ihm diesen Herzenswunsch einfach nicht erfüllen konnte, trotz dass er ihr Herz besaß, trotz dass sie ohne ihn nicht atmen konnte, trotz dass sie ihn so sehr liebte. Traurig blickte sie zu ihm auf.

Beide sahen sich stumm an.

Plötzlich lächelte er sie wieder an. Zärtlich fuhr er mit den Händen entlang ihrer weiblichen Rundungen ihres sinnlichen Körpers hinab bis zu den Schenkeln. Sanft fasste er ihr zwischen die Beine. „Sag' mir, was du an mir vermisst hast."

Isabelle stöhnte leise auf, als er ihr mit den Fingern zärtlich über die Schamlippen strich. Sie liebte es, wenn er ihr in den Schritt fasste. Das machte sie wild. Es erregte sie sehr. Oft tat er es, nur um bestimmte Dinge von ihr zu erzwingen. Sie wusste in diesen Momenten immer, er lechzte danach, dass sie ihm uneingeschränkt gehorchte. Da sie ihn bedingungslos liebte, spielte sie leidenschaftlich mit ihm seine Spielchen, ohne sie jemals anzuzweifeln. Sie wusste genau, was er wollte, sie wusste genau, womit sie ihn anheizen konnte. Sie hatte ihn schon längst durchschaut. Am Schluss tat er nämlich genau das, was sie wollte, wohin sie ihn mit ihrer weiblichen Raffinesse lenkte, ohne zu ahnen, dass sie ihn heimlich dirigierte. Doch sie behielt dieses süße, kleine Geheimnis für sich und gab ihm, was er wollte: das willenlose, kleine Mädchen in der hemmungslosen, unersättlichen Hure. Und sie spielte ihre Rolle perfekt. Das tat sie immer. Und somit wusste zu jeder Zeit, sie war ihm bedingungslos hörig. „Du willst es wirklich wissen?"

„Ja. Sag's mir."

„Dein Lächeln, deine sanften Berührungen, deine Hände zwischen meinen Beinen... deine kleinen, verruchten Spiele im Bett..." Plötzlich stöhnte sie laut auf.

„Und was noch?", fragte er erregt und stieß ihr den Finger in die Vagina. Sanft bewegte er seinen Finger auf und ab und ließ ihn langsam in ihr kreisen.

„Deine Gier nach mir." Sie küsste ihn.

Immer tiefer schob er seinen Finger in ihre Vagina, um sie sexuell zu stimulieren. „Willst du zwei davon?", hauchte er ihr ins Ohr.

Sie nickte. Ihre Augen funkelten vor Geilheit wie zwei leuchtende Smaragde. Sie war im Liebesrausch gefangen; berauscht von der Lust und von der Gier nach ihm, schrie sie ihm leise zu: „Gib mir mehr." Ihr ganzer Körper glühte vor Begierde.

Fort schob ihr sanft noch einen zweiten Finger in die Vagina. „Noch einen dritten? Oder einen vierten?"

Sie stöhnte laut auf. „Ja..."

77

Plötzlich fasste er sie grob an. Sie stieß einen leisen Schrei aus. Er fixierte sie mit durchdringenden Blicken. „Hör'
mir gut zu, *Isabeau*. Ich will, dass du in Zukunft nur noch das tust, was ich dir sage. Und ich will nicht mehr, dass du mit
anderen Männern fickst! Auch nicht mit ihm! Ich will, dass du von heute an mir alleine gehörst! *Mir!* Verstehst du?!",
stieß er auf ein Mal laut aus. Er konnte den Blick nicht von ihr abwenden. Sie faszinierte ihn. „Und wenn du das nicht
begreifst, dann werde ich dich zähmen, bis du begreifst, wovon ich spreche! Soll ich dich zähmen, Isabelle? Sag' mir,
willst du es? Ich tu's sofort! Nur ein Wort von dir reicht." Zügellos küsste er ihren Hals, ihr Dekolleté, ihre Brüste.

„Ja. Zähme mich!", hauchte sie ihm zu. Sie hielt das alles nur für ein Spiel. Berauscht von seiner unersättlichen Gier
nach ihr ließ sie langsam ihre Hüften kreisen. Blinde Liebe lenkte deren beider Lust.

Er zog seine Finger wieder aus ihrer Scheide heraus und drehte sie hastig auf den Bauch. Mit einem schnellen Ruck
zog er ihren Hintern in die Höhe. „Willst du ihn spüren? Er ist hart... er ist gewaltig... er wartet nur auf dich. Er wird dich
durchbohren wie ein Schwert. Soll ich ihn dir reinstoßen? Meinen großen, harten Schwanz? Dich zum Schreien bringen?"
Seine Stimme zitterte vor Erregung.

„Ja.", stieß sie laut aus und streckte ihm ihren prallen Arsch entgegen.

„Dann bettel darum! Überzeug' mich davon, dass ich dich zähmen soll. Los!" Er schlug ihr sanft auf die Pobacken.

„Ich halte es kaum noch aus, Daniel. Zähme mich. Bersorg's deiner kleinen Hure. Zähme sie... bitte, zähme mich.",
rief sie ihm leise zu. Ihre Stimme bebte vor Erregung. Sie liebte seine Spiele. Sie war besessen davon.

„Nein. Das hat mich noch nicht so richtig überzeugt, wenn ich ehrlich sein soll. Als Hure müsstest du das doch
besser können... überzeugender... komm', überzeuge mich!" Er war nicht mehr Herr seiner Sinne. Berauscht durch
diesen Anblick, war sein Glied wieder in voller Größe angeschwollen. Wie von Sinnen rieb er es an ihrer Scham.

„Zähme mich, und ich gehöre *Billy* auf immer und ewig!"

Diese Worte überzeugten ihn zwar nicht wirklich, dennoch wollte er ihr nachgeben. Er wusste ja, sie hatte keine
andere Wahl. Und diese Nacht würde ihr zum Verhängnis werden. Das hatte er so bestimmt. Doch das wusste sie nicht.
Nur er kannte den Plan. Zudem erregte ihn das Liebesspiel selbst so sehr, dass er nicht mehr länger warten wollte.
„Dann sollst du auch bekommen, was du willst... wonach du so laut schreist..." Fort stieß seinen steifen Penis tief in ihre
feuchte, nasse Möse hinein und begann sie hart zu stoßen. Je härter er zustieß, desto lauter schrie sie. Je schneller er
sein Glied in ihr auf und ab bewegte, desto lauter rief sie seinen Namen.

Isabelle war berauscht von seiner Gier, berauscht von seiner Männlichkeit.

Er hingegen war berauscht von ihrer Willenlosigkeit, von ihren lauten Schreien, von ihrer bedingungslosen Hörigkeit,
auch wenn er nicht wusste, dass es für sie nur ein Spiel war, das zu ihrer tiefen Liebe dazugehörte. Sie wollte ihm genau
das geben, was er sich von ihr so sehr wünschte. Das Gefühl, der Überlegenere im Bett zu sein. Deshalb schrie sie
immer lauter nach seiner Männlichkeit. Sie verzehrte sich danach, denn er versetzte sie mit seinen wilden Stößen in
diesen himmlischen Sinnenrausch. Ja, Fort konnte nicht genug davon bekommen. Er beherrschte sie, auch wenn sie sich
das nicht eingestand. Nicht im Geringsten war ihr bewusst, wie hörig sie ihm eigentlich war. Immer tiefer schob er ihr
sein steifes Glied in die Vagina und rieb gleichzeitig mit dem Finger an ihrer Klitoris. Er war verrückt nach ihr, verrückt
nach ihr und ihren Schreien. „Ich nehme dich mit nach Chicago! Und ich lasse dir keine Wahl! Das ist mein letztes Wort."

Isabelle hatte seine Worte, die er laut und deutlich ausgesprochen hatte, zwar vernommen, doch während deren
lautem Liebesgeflüster dennoch nicht richtig registriert. Sie vergötterte ihn, ja, sie verehrte ihn fast. Doch mit ihm gehen
konnte sie dennoch nicht. Denn ihre Liebe galt nicht nur ihm, ihre Liebe galt auch den anderen, die sie nicht verlassen
konnte, nicht verlassen durfte. Doch er wollte sie nicht länger teilen. Dazu war er nicht mehr bereit.

Nach ihrem ausgiebigen Liebesspiel ließen sich beide erschöpft auf die Kissen fallen.

Sie lagen eng umschlungen beieinander und streichelten sich gegenseitig.

„Wie lange bleibst du in Paris?"

„Nur bis morgen."

Isabelle erhob sich abrupt. „Morgen musst du schon wieder zurückfliegen!?" Enttäuschung machte sich in ihrem Gesicht breit. Sie hatte so sehr gehofft, dass er ein paar Tage bleiben würde, als er ihr mitgeteilt hatte, dass er nach Paris käme.

Er nickte. „Komm' mit mir mit, Isabelle. Bitte. Wir könnten uns jeden Tag sehen. Komm' mit und werde meine Frau. Das *One-Way-Ticket* für dich ist in meinem Anzug. Wir könnten zusammen so glücklich sein. Es liegt allein bei dir."

Entgegen seiner guten Vorsätze, sie nicht davon überzeugen zu wollen, mit ihm nach Chicago zu gehen, um unnötigen Debatten aus dem Weg zu gehen, versuchte er es dennoch. Insgeheim wünschte er sich, dass sie freiwillig mit ihm mitgehen würde. Er wusste zwar, wie er sie gegen ihren Willen nach Chicago brächte, ja, aber er wusste immer noch nicht, wie er es ihr am Ende dann aber vernünftig erklären sollte. Doch darüber wollte er sich erst den Kopf zerbrechen, wenn er sie in die Staaten überführt hätte. Und dazu hatte er ja Gott sei Dank noch etwas Zeit. Zugegeben, wesentlich einfacher wäre es sicherlich, müsste er sie nicht dazu zwingen.

„Daniel…", stieß sie leise aus. Sie strich ihm zärtlich übers Haar. „Ich würde ja, aber…"

„Sprich' nicht weiter!", fiel er ihr ins Wort. „Sei bitte still… ich will's nicht hören! Es sind doch eh nur Ausflüchte… lass' uns lieber nicht darüber sprechen! Es ist besser. Außerdem machen mich deine Ausreden nur wütend!" Er wollte die Vorwände, die sie ständig anbrachte, nicht mehr hören. Zudem wurde ihm nun klar, dass er sie niemals davon überzeugen könnte, freiwillig diesen Schritt zu tun. Also gab er auf, sie überreden zu wollen. Er musste sie zwingen, das war sein einziger Ausweg. „Wann musst du gehen?"

„Bevor es draußen hell wird." Sie sah zu ihm auf. „Und du?"

Doch er ließ ihre Frage unbeantwortet. „Ich hab' dir was mitgebracht. Ziehst du es für mich an?"

Isabelle richtete sich auf. Sie lächelte. „Etwa das Kleid von *Dior*?" Vor etwa zwei Wochen hatten die beiden darüber gesprochen. Sie hatte es in der *Vogue* gesehen und ihm davon vorgeschwärmt. Sie liebte Kleider mit zarten Pastelltönen.

Er nickte. „Zieh's für mich an. Jetzt." Er schubste sie aus dem Bett. „Komm', hol' es dir. Es liegt auf der Couch."

Isabelle eilte ins Wohnzimmer hinüber. Als sie das Schlafzimmer wieder betrat, hatte sie das Kleid bereits an. Es war aus feinster Seide gearbeitet. Vier Schichten Stoff in den unterschiedlichsten Rosétönen waren verspielt übereinander gelagert. Es hatte einen tiefen Ausschnitt. Die zarte Farbe des Kleides harmonierte perfekt mit Isabelles blondem Haar und ihren roten Lippen. „Und? Wie findest du es?", rief sie lachend aus und drehte sich vor ihm im Kreis.

Fort schmunzelte. „Komm' her.", rief er ihr zu.

Isabelle stieg zu ihm ins Bett und setzte sich auf seinen Schoß. Der Stoff des Kleides bedeckte seine Beine. Langsam ließ sie ihre Hüften auf ihm kreisen. Mit der Hand befühlte sie sein männliches Glied, das sich bereits wieder aufgerichtet hatte. „Das gefällt dir wohl. Hab' ich recht?" Sie war so unersättlich. Und sie hatte ihn schon so lange nicht mehr zwischen ihren Beinen gespürt. Sie bekam einfach nicht genug von ihm.

Ihm hingegen erging es kein bisschen anders. Er packte sie an den Hüften und lupfte sie von sich herunter. „Nimm' ihn vorher in den Mund.", hauchte er ihr zu und küsste sie stürmisch.

Isabelle tat ohne Widerrede, was er von ihr verlangte. Sie tat immer, was ihn glücklich machte. Wie eine Schlange schlängelte sie sich an seinem Körper hinab und küsste zärtlich sein steifes Glied. Zärtlich leckte sie mit der Zunge über seine Eichel. Sanft rieb sie seine Vorhaut auf und ab. Und dann verschlang sie ihn. Sie ließ ihn langsam in ihrem Mund verschwinden.

Fort packte sie zärtlich am Haar und zog sie behutsam wieder zu sich hoch. „Setz' dich drauf… und sag' mir, was ich hören will."

Während sie auf ihm ritt, rief sie ihm immer wieder zu, was er von ihr hören wollte. Beide befanden sich wie in Trance, als sie sich ihrem Liebesspiel leidenschaftlich und bedingungslos hingaben. Im Rausch der Begierde ließen sie nichts aus.

Als die Morgendämmerung hereinbrach, ließen sie sich erschöpft auf den Kissen nieder.

„Ich muss jetzt gehen.", sagte sie leise und sah zu ihm auf.

Er starrte an die Decke und schwieg.

„Wieso sagst du denn nichts?"

Weiterhin starrte er an die Decke, ohne auf ihre Frage zu reagieren.

Sie erhob sich, stieg aus dem Bett und schritt langsam zum Fenster hinüber. In Gedanken starrte sie zum Fenster hinaus. Plötzlich drehte sie sich um. „Wann sehe ich dich wieder?", stieß sie leise aus.

Er stieg aus dem Bett und ging langsam auf sie zu.

„Antworte bitte, Daniel. Wann kommst du wieder nach Paris?"

Ohne zu antworten, packte er sie am Kleid und zog ihr die hauchdünne Seide über die Schenkel. Er hob sie aufs Fensterbrett und drang stürmisch in sie ein. Hemmungslos begann er sie am Fenster zu stoßen. Isabelles nackter Po presste sich an die Fensterscheibe und hinterließ zwei runde Abdrücke auf dem Glas. Beide bemerkten nicht, dass sie jemand von der Straße aus dabei beobachtete.

„Wann sehe ich dich wieder?", stöhnte sie leise. Schmachtend sah sie ihn an.

„Wir werden uns gar nicht erst trennen.", sagte er erregt und ergoss sich in ihr.

Isabelle stöhnte leise auf. „Bitte mach' dich nicht lustig über mich. Was meinst du damit?" Sie sah ihn fragend an. Doch er küsste sie nur und schwieg. „Würdest du bitte etwas sagen."

Er lächelte nur. „Nein." Langsam ließ er sie die Fensterscheibe wieder heruntergleiten. „Ich habe *noch eine* Überraschung für dich. Komm'!", sagte er und führte sie zum Bett. „Setz' dich. Und schließ' die Augen. Nicht schummeln!"

„Noch eine Überraschung?!", stieß Isabelle freudig aus. Sie wartete. Sie hörte, wie er ums Bett lief, kurz das Zimmer verließ, wieder zurückkam. Sie hörte ein paar seltsame Geräusche, die sie nicht deuten konnte.

„Nicht schummeln.", rief er ihr zu.

„Ich schummel ja gar nicht.", erwiderte sie lachend. Die Neugier packte sie. ‚… *was macht er denn da?…'*, dachte sie sich. Sie ließ die Augen jedoch geschlossen. Sie wollte ihm nicht die Überraschung nehmen, daher beabsichtigte sie auch nicht zu schummeln. Sie hörte, wie er wieder auf sie zulief. Nun stand er dicht vor ihr.

„Nicht spitzeln.", sagte er leise. „Ich will, dass du deine Augen geschlossen hältst. Versprichst du mir das?"

Sie nickte.

„Soll ich dir ein kleines Geheimnis verraten?"

Sie lächelte. „Ja."

„Weißt du, wieso wir uns nicht trennen werden?"

Sie schüttelte den Kopf.

„Ganz einfach. Ich nehme dich heute mit nach Chicago." Er ließ sich neben Isabelle nieder.

Sie lächelte immer noch. „So, so… und wenn ich nicht mitgehe? Was dann?"

„Dann entführe ich dich eben."

„Du willst mich *entführen?*" Sie hielt es immer noch für ein Spiel.

„Ja. Entführen."

Sie lachte. „Ich nehme an, du fesselst mich jetzt gleich. Oder?"

Er küsste ihr zärtlich auf die Lippen. „Ja… und wenn ich dich gefesselt habe, werde ich dich vernaschen wie einen süßen Pfirsich." Er küsste sie abermals und fasste ihr in den Schritt. „Sag': Fessle mich."

Sie stöhnte leise auf. „Fessle mich.", stieß sie erregt aus.

„Dein Wunsch sei mir Befehl, kleine *Isabeau*.", flüsterte er ihr leise zu.

„Darf ich meine Augen wieder öffnen?"

„Nein. Noch nicht. Riech' erst daran… und sag' mir, woran dich der Duft erinnert." Er hielt ihr etwas unter die Nase.

Sie roch daran. „Rosen. Das… das riecht… nach…" Jedoch bevor sie den Satz zu Ende sprechen konnte, versank sie in tiefe Bewusstlosigkeit. Sie kippte zur Seite, doch er fing sie auf.

„Ja, meine kleine *Isabeau*. Du hast recht. Es waren Rosen.", stieß er leise aus. Er sah zum Fenster hinüber. Fest hielt er sie in seinen Armen. Die ersten Sonnenstrahlen fielen durchs Fenster.

5

Fort öffnete die Tür. „Das hat aber verdammt lange gedauert! Mann, bist du etwa noch zehnmal um den beschissenen Block gefahren?! *Fuck it!",* maulte er ihn an. „Wenn ich sage, du sollst hochkommen, dann meine ich verdammt noch mal sofort und nicht erst zehn beschissene Minuten später!" Fort war ziemlich gereizt. Die ganze Situation lag ihm schwerer im Magen, als er sich das zu Anfang ausgemalt hatte.

„Sorry, *Boss."* Jamie verschwieg ihm, dass er versehentlich ein Stockwerk zu weit gelaufen war. Erst als ihm eine alte Frau die Tür geöffnet hatte, hatte er den Irrtum bemerkt. *„Ich kaufe nichts!",* hatte ihn die Alte angekeift und ihm die Tür vor der Nase wieder zugeschmissen. ,... *so 'ne blöde, alte Schachtel... o Mann, ich bin echt ein solcher Schwachkopf...',* hatte er sich gedacht und war dann die Treppen wieder heruntergelaufen.

Fort schritt zum Fenster. „Hast du ihn erreicht?"

„Friedrich?"

„Wen denn sonst!"

Jamie nickte.

„Und? Wann ist er hier?"

Jamie sah auf die Uhr. „Er hat gesagt, so in fünf bis zehn Minuten. Du hast ihm übrigens eine Höllenangst eingejagt, weißt du das?"

Fort antwortete nicht. Stumm sah er zum Fenster hinaus.

Jamie ging auf ihn zu und stellte sich neben ihn. „Ich glaub', der hat sich in die Hosen geschissen, als du den Deckel zugeschmissen hast. Wieso musste er sich eigentlich reinlegen?"

„Jamie, du redest zu viel!" Er starrte immer noch zum Fenster hinaus.

„Sorry, *Boss."*

Fort sah auf die Uhr. „Er hält sich nicht an die verabredete Zeit. Er hätte schon längst hier sein sollen. Das weißt du!"

„Er ist sicher gleich da, *Boss."* Jamie sah abermals auf die Uhr. „Glaub' mir, der hat bestimmt keine Lust, sich mit dir anzulegen. Niemand will das. Vertrau' mir, *Boss."*

„James ist unten im Wagen?"

Jamie nickte.

„Mit Danny?"

„Ja, Boss. Beide kommen dann mit Friedrich rauf. Der Schwächling kann den Sarg ja nicht alleine tragen, sagt er."

„Ist Charles schon zum Flugplatz gefahren?"

Jamie nickte abermals. „Ja. Er kümmert sich um die Papiere."

„*Okay."* Fort schritt zum Schlafzimmer hinüber.

Jamie folgte ihm. Er sah aufs Bett. Isabelle lag ausgestreckt in ihrem rosafarbenen Kleid auf dem Bett und schlief. ,... *o Mann, die ist ja noch schöner, als James gesagt hat...'* Er starrte aufs Bett.

„Starr' sie nicht so an! Das gefällt mir nicht.", sagte Fort. Es lag eine gewisse Schärfe in seiner Stimme.

Jamie wandte sich abrupt von ihr ab und entfernte sich ein paar Schritte vom Bett. Er sah auf die Uhr. ,... *wo ist dieser Arsch nur?!...',* fieberhaft überlegte er, wieso Friedrich noch nicht da war. Alles sollte doch nach Plan laufen. *„Keine Fehler!",* hatte ihm Fort gestern noch gesagt, bevor er zu ihr raufgegangen war. Er hasste Fehler. Das wusste Jamie. Auch endeten sie immer tödlich. Das wusste Jamie ebenfalls. Bereits einmal musste er es miterleben und er war in dieser Nacht äußerst glücklich darüber gewesen, nicht derjenige gewesen zu sein, der den verhängnisvollen Fehler auch begangen hatte. ‚... *wieso kommt der Arsch denn nicht!...*' Jamie ärgerte sich. Er sah abermals auf die Uhr.

Fort stand am Fenster und sah hinaus. Er dachte nach. Er war sich immer noch nicht im Klaren darüber, ob er de Valence am Leben lassen sollte. Er konnte ihn besser leiden, als er sich eingestehen mochte. Zugegeben, de Valence war ausgesprochen nett zu ihm, vor allem aber zu seinem Bruder und zu seiner Mutter, die er seit Längerem auch noch finanziell unterstützte. Und sogar Madame Fort hatte begonnen, de Valence wie ein festes Familienmitglied zu behandeln. Er hatte von seinem Bruder sogar gehört, sie sage zu ihm schon *mein lieber Junge*. Irgendwie mochte ihn jeder. Auch er, was er sich zu seiner Schande selbst eingestehen musste. Und damit kam er aber irgendwie nicht zurecht. Er versuchte ihn zu hassen, weil er zu ihm keine freundschaftliche Beziehung aufbauen wollte, aus Angst, es könne ihn anfangen, sein schlechtes Gewissen zu plagen. Er wollte keine Bande knüpfen. Also versuchte er, ihn zu hassen, doch zugegeben, das fiel ihm äußerst schwer und war nahezu unmöglich. Ihn nun zu eliminieren, käme irgendwie einem Meuchelmord gleich, schoss es ihm plötzlich durch den Kopf. Immer wieder wägte er Für und Wider ab. Er musste bald eine endgültige Entscheidung treffen. Aber darüber wollte er erst entscheiden, wenn er zu ihm fahren würde. Er sah auf die Uhr. ‚... *denk' nach, Mensch! Denk' endlich darüber nach, verdammt noch mal! Das kann doch nicht so schwer sein! Tust du's, oder tust du's nicht? Entscheide dich, Mann! Fuck it!...*' Doch viel Zeit bliebe ihm hierzu jedoch nicht mehr. Dann würde er eine Entscheidung treffen müssen. Ob er wolle oder nicht!

Die Türklingel riss beide aus ihren Gedanken.

„Das ist er.", stieß Jamie erleichtert aus und eilte zur Tür.

❤❤❤

„Sie sind zu spät!", maulte ihn Fort an.

„Der Stau.", erwiderte Friedrich kleinlaut.

„Ich dachte, den hätte ich schon mitbezahlt!"

„Wie bitte?" Friedrich sah ihn an wie ein Ufo. Er konnte ihm nicht mehr folgen. Hastig öffnete er den Sargdeckel, in der Hoffnung, sein Auftraggeber würde nicht länger darauf herumreiten, dass er sich um ein paar Minuten verspätet hatte.

„Vollidiot!", stieß Fort zynisch aus. Er schritt einmal um den Sarg und begutachtete die Luftlöcher.

„Sehen Sie, hier... überall habe ich welche reingemacht. Und man sieht sie nicht.", sagte Friedrich voller Stolz und wies mit dem Finger auf die Löcher.

Fort beachtete ihn jedoch nicht. Er wandte sich von ihm ab, schritt zum Bett und nahm Isabelle in den Arm. Vorsichtig hob er sie hoch und legte sie behutsam in den Sarg hinein. Er strich ihr liebevoll übers Haar, beugte sich zu ihr herunter und gab ihr einen zärtlichen Kuss auf die Lippen. „Bis später, meine kleine *Isabeau*.", flüsterte er ihr leise ins Ohr.

James, Danny und Jamie standen vor dem Sarg und beobachteten wortlos dieses fast schon rituelle Verhalten ihres liebeskranken Bosses.

Nur Friedrich stieß vor lauter Dummheit eine Bemerkung aus, die Fort sofort erzürnte. „Die sieht aber noch recht lebendig aus. Sind Sie sicher, die ist tot?" Er hatte immer noch nicht begriffen, dass kein Toter in diesem Sarg transportiert werden sollte.

Fort richtete sich hastig auf und fixierte ihn mit einem scharfen Blick. „Nur noch eine einzige dumme Frage und ich garantiere Ihnen, es war Ihre letzte!"

Friedrich gefror das Blut in den Adern. Forts durchdringender Blick machte ihm höllische Angst. Er nickte ängstlich. „Entschuldigen Sie bitte...", murmelte er vor sich hin.

Fort bückte sich abermals zu Isabelle herunter. Er verabschiedete sich von ihr mit einem zärtlichen Kuss. Stumm sah er sie an. Er wusste immer noch nicht, ob es richtig war, was er da tat. Abrupt richtete er sich wieder auf. „Schließen Sie jetzt den Sarg!", befahl er in einem eisigen Ton. Er wandte sich von ihr ab. Er brachte es nicht übers Herz mitanzusehen, wie sie unter dem Sargdeckel verschwand.

Nachdem Friedrich den Sarg professionell verschlossen hatte, trug er ihn mit den anderen dreien die Treppen hinab zum Leichenwagen.

Fort folgte dem Sarg. Er dachte nach.

***

„Jamie, du fährst mit Friedrich zum Flugplatz und kümmerst dich mit Charles um sie. Und ihr beiden fahrt mit mir mit. Wir treffen uns dann am Flugplatz." Fort sah auf die Uhr. „Genau in einer Stunde. Und, Jamie, pass' gut auf sie auf, wenn dir dein Leben lieb ist. Ich vertrau' sie dir an! Enttäusch' mich nicht!"

„Klar, *Boss.* Hab' alles im Griff." Jamie stieg in den Leichenwagen und fuhr mit Friedrich davon.

Fort stieg mit James und Danny in seinen Wagen und fuhr zu de Valence. Als sie vor der Villa angekommen waren, befahl er seinen Leuten, im Wagen auf ihn zu warten. „Ihr wartet hier auf mich. Bin gleich wieder zurück."

Fort stieg aus dem Wagen.

Unbemerkt drang er in die Villa ein.

***

Fort sah auf de Miranda herab, der in einem gigantischen Himmelbett lag und fest schlief. Sein ausgestreckter Arm lag über dem zweiten Kissen. Die Finger berührten die vorderen Metallstäbe, deren Eisenstangen weiße Tücher aus Seide umschlangen.

In der Hand hielt Fort ein Taschentuch, getränkt mit einem Betäubungsmittel. Blitzschnell drückte er ihm das Tuch auf die Nase. De Miranda fiel aus dem Tiefschlaf in tiefe Bewusstlosigkeit.

Nun verließ Fort de Mirandas Schlafräume und machte sich auf den Weg nach oben.

Während er die Treppen hinaufeilte, entsicherte er seine Waffe. Er war fest entschlossen, de Valence zu töten. Sein Entschluss stand nun endgültig fest. Er wusste, dass de Valence niemals aufhören würde, sie zu suchen. Und er wollte kein Risiko eingehen, sie möglicherweise wieder an ihn zu verlieren. Auch kam ihm die plötzliche Idee, dass Isabelle möglicherweise nicht mehr nach Paris zurückkehren wollen würde, wüsste sie von seinem Tod. Ja, sein Plan schien perfekt zu sein, dachte er zumindest. Er verlor jedoch an Überzeugungskraft, je näher er de Valence' Schlafräumen kam. Er kam schon wieder ins Grübeln. Sicher war er sich nun doch nicht mehr. Seine Unsicherheit überspielte er mit einem abfälligen Lächeln. „... *niemals wirst du gewinnen. Nicht in diesem Leben! Ich bin dir haushoch überlegen...* ' Doch im Grunde genommen war Fort aber zutiefst verzweifelt. Irgendwie war er sich nicht mehr so sicher, ob sein ganzer Plan überhaupt aufgehen würde. Aber er liebte sie so sehr, dass ihn die Gewissheit zerfraß, sie mit de Valence teilen zu müssen. Oft war er nachts wach im Bett gelegen und hatte furchtbar gelitten, weil er sich permanent vorstellte, wie sie es mit ihm tat. Er bekam diese Bilder gar nicht mehr aus dem Kopf. Nur deshalb begann er ihn abgrundtief zu hassen. Und dass sie regelmäßig mit ihm schlief, wusste er. Schließlich machte sie kein Geheimnis daraus. Als er sie vor einigen Wochen zur Rede stellen wollte, warf sie ihm das Verhältnis mit Evangeline vor. Es war, als hätte sie ihm einen Spiegel vorgehalten. Konnte er überhaupt von ihr verlangen, was er selbst nicht abstellen konnte? Ja, sie hatte so recht: Solange er Evangeline nicht aufgab, konnte er logischerweise nicht von ihr fordern, ihn aufzugeben. Doch er forderte es von ihr. Einfach so. Und nun wollte er sie für sich alleine haben. Und sobald sie in den Staaten wäre, würde er versuchen, Evangeline davon zu überzeugen, sie mit ihm gemeinsam zu lieben. Sie war ihm hörig und bis dato hatte sie ihm jeden Wunsch erfüllt. Obwohl er sich nicht sicher war, inwieweit sie bereit dazu war, Charlie ganz aufzugeben. Er hatte zwar von ihr verlangt, dass sie ihn nicht mehr ficken dürfe, doch ob sie sich auch daran hielt, wusste er nicht. Es irritierte ihn zunehmend, dass Charlie, trotz dass sie sich ihm seines Wissens nach entzog, nach wie vor die beste Laune hatte. Und das konnte unmöglich sein. Fort wusste, dass Charlie in Evangeline vernarrt war. Theoretisch müsste er schlecht gelaunt sein. Und so wusste er in seinem tiefsten Innern, dass sie sich nicht an seine Forderungen hielt. Er war sich sicher, sie schlief nach wie vor mit Charlie. Nur tat sie es so geschickt, dass er nicht mitbekam, wann. Doch er ahnte, dass es wohl so sein musste, wenn er sich nicht in Chicago aufhielt. Auch dauerten die Besprechungen zwischen Evangeline und Charlie immer ewig, wenn er ernsthaft darüber nachdachte. ‚... o Mann, ist das alles richtig, was ich hier mache? Will ich das wirklich so? War's denn nicht gut, so wie es war? Ich weiß es nicht. Fuck it! Wieso ist das alles nur so kompliziert?!...' Sein ganzes Kartenhaus fing an, langsam in sich einzustürzen. Vielleicht sollte er am Ende doch nicht so viel von ihr fordern. Vielleicht sollte er sie mit Charlie teilen? Vielleicht sollte er sogar Isabelle mit de Valence teilen. War es denn nicht gut, so wie es war? Er hatte Zeit für beide Frauen. Und jetzt müsste er eine davon verstecken. Zumindest am Anfang. Wie würde sie überhaupt darauf reagieren, wenn sie wieder erwachte, aus ihrer tiefen Bewusstlosigkeit, in seinen Armen, fern von Zuhause. Was würde sie tun, wenn er ihr offenbarte, er habe sie wirklich entführt? Nach Chicago mitgenommen? Was würde sie tun, wenn sie von seinem Tod erführe? Würde sie ihn verdächtigen? Möglicherweise anfangen zu hassen?

Fort war an dem Punkt angelangt, wo er nicht mehr weiter wusste.

Er fing an, sein ganzes Vorhaben in Frage zu stellen. Würde es überhaupt so bleiben, wenn er versuchte, etwas daran zu ändern? Er fasste sich an den Kopf. Fuhr mit seiner Hand durch sein schwarzes Haar. Seine Gedanken sprangen wirr durcheinander, sie überschlugen sich an Lautstärke, überschwemmten sein Gemüt mit zahlreichen Fragen, auf die er keine Antworten wusste. Sie begannen ihn langsam zu ersticken. „Ruhe!", stieß er plötzlich laut aus, als er die letzte Stufe übersprang. ‚... nur noch ein paar Meter, dann ist der Spuk endlich vorbei...', dachte er.

Nun stand Fort vor de Valence' Schlafzimmer.

Jetzt blieb ihm keine Wahl.

Er musste seinen Plan ausführen.

Nur deshalb war er hier.

Lautlos öffnete er die Tür.

✦✦✦

De Valence lag im Bett, tief versunken in seinen Träumen. Sein ruhiger Atem war kaum hörbar.

Das *Bella Donna* wirkte immer noch. Aus diesem Grunde hatte er auch nicht gehört, dass sich die Schlafzimmertür geöffnet hatte und jemand hereingeschlichen kam. Genau aus diesem Grund hatte er auch nicht mitbekommen, dass seine Frau die ganze Nacht nicht neben ihm im Bett gelegen war.

Fort zielte mit seiner Waffe auf ihn, richtete sie direkt auf de Valence' Kopf. ‚... drück' endlich ab, du feige Sau!...', befahl er sich. Doch er zögerte. Gerade als er den Abzug drücken wollte, drehte sich de Valence im Schlaf zur Seite. Er rieb sich kurz an der Nasenspitze und schlief dann weiter. Sein Gesicht glich plötzlich dem eines Engels.

Fort erschrak. Er wich automatisch ein paar Schritte zurück. Er fasste sich an die Stirn, eilte zum Fenster und riss es auf. Tief atmete er durch. Er sah hinaus. Er fragte sich, wieso er nicht abgedrückt hatte, er wollte es doch so sehr. Es wäre doch nur ein einziger Schuss gewesen, aber er konnte nicht. Wieso nicht? Fieberhaft überlegte er, was er nun tun sollte.

Er verließ das Schlafzimmer wieder und suchte nach Stift und Papier. Als er gefunden hatte, was er brauchte, ließ er sich im Esszimmer auf einem Stuhl nieder, nahm den Stift in die linke Hand und krizelte ein paar Worte aufs Papier. „… *bin schon ganz schön aus der Übung…*' Da er Rechtshänder war, tat er sich besonders schwer, die Worte deutlich aufs Papier zu bringen. Aber genau das war auch seine Absicht.

Er nahm den Zettel in die Hand und las, was er geschrieben hatte.

Ich habe sie ins Himmelreich entführt. Such' sie nicht! Du wirst sie nicht finden. Nicht in diesem Leben. Wenn du mir oder ihr zu nahe kommst, werde ich vom Himmel herabsteigen, um dich in die Hölle zu schicken. Hüte dich vor meinem Zorn!

Erzengel Gabriel

Fort betrachtete den Zettel.

Er sah nachdenklich zum Fenster hinaus, doch plötzlich erhob er sich und eilte die Treppen hinauf. Als er wieder vor de Valence stand, legte er ihm den Zettel auf die Brust. „Halte dich daran und ich lasse dich am Leben.", stieß er leise aus. Er beträufelte sein Taschentuch mit *L'eau Noire* und drückte es ihm aufs Gesicht. Sofort versank de Valence in tiefe Bewusstlosigkeit. Er wandte sich von ihm ab und verließ das Zimmer.

♣ ♣ ♣

Fort stieg in den Wagen. „Fahr' zum Flugplatz!"

James zündete den Motor und fuhr mit quietschenden Reifen in südlicher Richtung zum Flughafen. „Irgendwie mochte ich ihn.", stieß er leise aus.

„Fahr' lieber und quatsch' nicht so viel!", erwiderte Fort gereizt. Es ärgerte ihn, dass er seinen Plan nicht ausgeführt hatte. „Übrigens, alles läuft jetzt nach Plan B weiter."

„Nach *Plan B?* Was war den *Plan A?*" James verstand kein Wort.

„Ihn zu töten.", sagte Fort kurz angebunden.

„Du hast es also nicht getan?" James sah kurz zu ihm hinüber, dann richtete er den Blick wieder auf die Straße. Insgeheim freute er sich darüber, dass Fort seinen Plan nicht ausgeführt hatte und nun zum zweiten übergegangen war, von dem er eigentlich bis dato noch nichts wusste. Er konnte de Valence sehr gut leiden. James hatte ein gewaltiges Problem damit, Menschen zu beseitigen, an denen ihm irgendetwas lag. Wenn auch nur als unbeteiligter Dritter.

„Nein. Vorerst noch nicht. Vielleicht brauchen wir ihn ja noch... irgendwie.", erwiderte er leise.

James wusste jedoch in diesem Augenblick ganz genau, dass er es nicht übers Herz gebracht hatte. Nur deshalb war de Valence noch am Leben. James wusste aber auch, dass es klüger war, nichts weiter darauf zu erwidern. Danny war neu und wusste es bedauerlicherweise nicht. „Brauchen?" Danny lachte. „Seit wann hast du Angst, jemanden kaltzumachen, *Boss.* Da hättest du mal lieber mich geschickt. Ich mach' keine halben Sachen. Ich hätt' den Job erledigt, ohne dass du dir dabei deine Finger schmutzig gemacht hättest..."

Fort zog blitzschnell seine Waffe und richtete sie auf Danny. „Noch so ein Spruch von dir und ich jag' dir eine Kugel durch den Kopf, denn wenn ich so recht überlege, brauche ich *dich* nicht für meinen Plan!", stieß er zornig aus. Er fixierte ihn mit einem scharfen Blick.

Danny sah ihn erschrocken an. Das Lachen gefror ihm im Gesicht. „Das hab' ich doch gar nicht so gemeint, *Boss...*"

„Wie dann?!", fiel er ihm ins Wort

„Kommt nie wieder vor.", stammelte Danny nervös. Er wusste in diesem Augenblick nicht, was er hätte sonst erwidern können, ohne sich noch tiefer hineinzureiten. Seine Hände zitterten wie Espenlaub.

Fort steckte die Waffe wieder ein. „Das rate ich dir auch!", stieß er gereizt aus. Die ganze Sache belastete ihn mehr, als er sich eingestehen wollte. Er lehnte sich zurück und schloss die Augen. „Kannst du nicht etwas schneller fahren!", stieß er leise aus. Er fühlte, dass der Wagen an Geschwindigkeit zulegte. Am liebsten wäre ihm gewesen, die ganze Sache wäre schon vorbei. Doch er stand genau am Anfang seines Vorhabens.

6

Carmen Moss

London. Silvester 1972/1973

Scarlett saß vor dem Kamin. Geistesabwesend sah sie in die tanzenden Flammen. Das Feuer knisterte leise.

Moss betrat das Wohnzimmer. In den Händen hielt er eine Champagner Flasche und zwei Gläser. Er ließ sich neben ihr nieder. „Bist du dir sicher, dass du heute zu Hause bleiben willst?"

„Ja." Sie lächelte ihn an.

Moss zog den Korken heraus und füllte die Gläser. Er reichte ihr ein Glas. „Frohes Neues Jahr, Carmen.", sagte er liebevoll und stieß mit ihr an.

„Frohes Neues Jahr, Pete.", erwiderte sie. Sie richtete den Blick wieder aufs Feuer.

„Was ist mit dir?", fragte er plötzlich. „Du warst schon während des Essens so still."

„Nichts."

„Bist du dir sicher?"

„Nein.", sagte sie leise.

„Willst du mit mir darüber reden?"

Sie sah ihn an. „Pete, hast du eine Geliebte?"

Moss verschluckte sich. Er hustete. „Wie kommst du denn da drauf, Schatz?" Er wischte sich mit der Hand über den Mund.

Sie sah wieder in die Flammen.

Moss umarmte sie. „Hey, Schatz. Das war doch nicht dein Ernst, oder?"

Sie sah ihn wieder an. „Pete, wieso schläfst du nicht mit mir? Seit Monaten schläfst du im Gästezimmer. Wieso?"

Moss musste schlucken. Er bekam Herzklopfen.

„Ich habe mich lange gefragt, wieso. Und die einzige Antwort, auf die ich immer wieder gekommen bin, ist, dass du eine andere Frau haben musst. Vielleicht hast du wegen mir ein schlechtes Gewissen, weil ich mich an nichts mehr erinnern kann…"

Moss nahm sie in den Arm. „Du bist ein Dummbo, weißt du das?!"

„Dann sag' mir, wieso du nicht mit mir schläfst! Findest du mich abstoßend? Mach' ich dich vielleicht nicht an, oder woran liegt es?" Sie sah wieder ins Feuer.

Moss atmete tief durch. „Ich will dich nicht missbrauchen, Carmen. Das ist der einzige Grund, wieso ich dich nicht anfasse."

„Missbrauchen?! Aber du bist doch mein Ehemann! Wie könntest du mich denn da missbrauchen?" Sie sah ihn fragend an.

„Du kannst dich seit deinem Unfall nicht mehr an deine Vergangenheit erinnern. Nicht mehr an uns. Nicht mehr daran, wie glücklich wir waren. Ich möchte nicht, dass du denkst, du müssest mit mir schlafen, nur weil wir es vor deinem Unfall getan haben. Ich möchte dir genügend Zeit lassen, dich an mich zu gewöhnen. Ich möchte dich zu nichts zwingen. Ich möchte, dass du es aus freien Stücken tust, weil du dich wieder in mich verliebt hast und nicht nur, weil ich dir gesagt habe, dass du mich geliebt hast. Und so lange sich nicht bei dir das Gefühl von alleine einstellt, will ich es nicht. Es wäre dir gegenüber nicht fair. Ich liebe dich zu sehr, um dich zu missbrauchen. Verstehst du das?"

Sie nickte. Scarlett war von seinen Worten zutiefst gerührt. Er war für sie der netteste Mensch, den sie je in ihrem Leben getroffen hatte. Dass sie sich nicht mehr an die anderen Menschen erinnern konnte, hatte sie unbewusst zur Seite gedrängt. Zumindest war sie überzeugt davon, Pete gehöre zu den netten Menschen dieser Welt.

Er legte den Arm um sie. Beide sahen sich stumm an.

„Du bist so gut zu mir, Pete. Es macht mich oft sehr traurig, dass ich mich einfach nicht mehr an unsere Vergangenheit zurückerinnern kann. Aber es gefällt mir sehr, was du mir erzählst, wenn du davon sprichst. Ich fühle mich dann sehr glücklich, weil ich das Gefühl habe, sehr glücklich mit dir gewesen zu sein. Aber ich sehe, dass es dich unglücklich macht, nicht mehr dasselbe mit mir zu erleben, was du mit mir vor dem Unfall erlebt hast..."

„Psssst." Er legte ihr den Finger auf den Mund. „Ich bin überglücklich mit dir, meine kleine Prinzessin. Und ich kann warten. Es macht mir nichts aus, bitte glaub' mir das. Und jetzt mach' nicht mehr so ein trauriges Gesicht. Du hast überhaupt keinen Grund dazu." Er lächelte sie an.

Zärtlich strich sie ihm über die Wange. Sie berührte ihn dabei kaum. Ihre Finger glitten über seine stachelige Haut. Er hatte sich schon seit mehreren Tagen nicht rasiert. Er wusste, das gefiel ihr. Seine Barthaare kitzelten sie. Sie lächelte ihn an. Ein Hauch von Verführung lag in dieser Berührung, doch Moss hielt sich zurück, trotz dass ein Stromschlag durch seinen Körper fuhr. Er fühlte, wie sich sein Glied in der Hose regte und langsam aufrichtete. Er versuchte, dieses Gefühl zu unterdrücken. Er war sich sicher, sie war noch nicht so weit und er wollte keinen Fehler machen. Im Grunde genommen hatte er aber, wenn auch nur unbewusst, Angst davor, die Frau, die er schon seit Jahren liebte, zu berühren. Eingestehen würde er sich das aber nie! Und dann beschäftigte ihn auch noch diese eine bestimmte Frage: Was, wenn sie ihn am Ende gar abstoßend fand? Die Ungewissheit quälte ihn manchmal tagelang. Und so blieb er sich gegenüber hart und unterdrückte sein sexuelles Verlangen, das er ihr gegenüber fast zu jeder Tageszeit hegte, seit er sie das erste Mal gesehen hatte. Daher lächelte er sie nur verlegen an und hoffte, sie würde seine Unentschlossenheit nicht bemerken.

Scarlett ahnte nichts von seiner inneren Unruhe, das war wahr. Doch sie fühlte schon lange, dass eine sexuelle Spannung zwischen ihnen herrschte. Auch wenn er es nicht zugab, auch wenn er sich an manchen Tagen ihr gegenüber kühl und reserviert gab. Und doch hatte sie sich in diesen Mann verliebt. Sie schmiegte sich an seine Brust und war glücklich ob seiner rührenden Worte. „Ich bin so froh, dass du mein Mann bist, Pete, und nicht irgendjemand anderes. Du bist der liebste Mensch auf dieser Welt. Ich bin mir ganz sicher."

Liebevoll strich er ihr übers Haar.

***

Moss lag im Bett und dachte darüber nach, was sie heute zu ihm gesagt hatte. Gern hätte er sie berührt, doch er wagte es nicht. An manchen Abenden litt er sogar fürchterlich darunter. Aber er wollte ihr unbedingt die Zeit geben, sich an ihn gewöhnt zu haben. Außerdem wollte er von ihr geliebt werden und er wünschte sich, dass sie aus freien Stücken zu ihm käme. Da sie bis vor dem heutigen Abend noch nie über ihre sexuellen Gefühle gesprochen hatten, war er sich sicher, sie war hierzu noch nicht bereit.

Moss wälzte sich im Bett hin und her. Er konnte nicht einschlafen. Ständig kam sie ihm wieder in den Sinn.

Plötzlich hörte er ein leises Klopfen an seiner Schlafzimmertür.

„Carmen? Bist du das?"

„Ja.", hörte er sie leise durch die Tür rufen. „Darf ich reinkommen?"

„Aber natürlich.", stieß er laut aus. Er knipste die Nachttischlampe an.

Die Tür öffnete sich. Als er sie sah, bekam er Herzklopfen. Sie stand völlig nackt vor ihm. Langsam schritt sie auf ihn zu. Als sie vor seinem Bett stand, fragte sie leise: „Darf ich zu dir ins Bett kommen? Ich fühle mich oben so alleine."

Er nickte. Er brachte keinen Laut über seine Lippen. Ein Kloß setzte sich ihm im Hals fest.

Scarlett stieg zu ihm ins Bett und kuschelte sich unter seine Decke. Sie sah ihn mit einem sehnsüchtigen Blick an.

Er wagte nicht, sie zu berühren.

„Ich liebe dich, Pete. Ich weiß nicht, ob ich dich früher geliebt habe, aber ich weiß jetzt ganz genau, dass ich mich in dich verliebt habe. Ich liebe dich schon lange, Pete. Und ich bin bereit, alles mit dir zu teilen. Auch das Bett."

Moss' Pulsschlag erhöhte sich fast um das Doppelte. Ihre Nähe erregte ihn ungemein. Ihre zarte Haut fühlte sich an seinem nackten Körper einfach nur gut an. Wie in Trance richtete er sich auf und legte sich über sie. „Carmen... ich liebe dich schon seit Jahren... und nichts habe ich mir mehr gewünscht, als dass du es eines Tages auch tust." Zärtlich küsste er ihre Lippen. Sanft stieß er ihr seine Zunge in den Mund. Leidenschaftlich begann er sie nun zu küssen.

„Pete...", stieß sie leise aus und spreizte die Beine. Sie spürte ein unbändiges Verlangen nach ihm. Plötzlich fühlte sie sein steifes Glied zwischen ihren Beinen. Es war so groß, so hart. Sie kannte dieses Gefühl nicht. Es war ihr fremd. Sie fühlte sich wie eine Jungfrau im Bette ihres Mannes. Leidenschaftlich erwiderte sie seinen stürmischen Kuss.

„Carmen... ich liebe dich...", hauchte er ihr ins Ohr. Langsam drang er in sie ein. Dieses Gefühl, in ihr zu versinken, versetzte ihn in einen Sinnenrausch, der ihn berauschte, der seinen Verstand innerhalb von wenigen Sekunden an den Rand des Wahnsinns trieb, ihn in Wahnsinn tauchte. Er fühlte nichts mehr, er sah nichts mehr, außer ihr. Er berührte sie, er küsste sie, er liebte sie. Hemmungslos begann er sie zu stoßen.

Scarlett umschlang seine Lenden mit ihren langen Beinen und ließ ihre Hüften kreisen. „Pete... o Pete... ich will es so sehr... es ist so schön... so schön... mit dir. Wieso hast du dich mir wochenlang entzogen?" Ihre Stimme bebte vor Erregung.

Er rollte mit ihr auf den Rücken. Nun saß sie oben. „Jede Nacht habe ich mir gewünscht, dass du zu mir ins Bett kommst... jede verdammte Nacht... ich schwör's dir, Prinzessin... ich wollte, dass du es aus freien Stücken machst... ich wollte, dass du mich liebst, weil du es tust und nicht, weil ich es dir gesagt habe... o ja... nicht aufhören...", stieß er erregt aus, als Scarlett anfing, sich auf und ab zu bewegen. Zärtlich berührte sie mit den Händen seine Hoden, während sie ihn ritt wie einen wilden Hengst. Ihr Instinkt, ihn schon mal geliebt zu haben, sagte ihr plötzlich ganz genau, was sie zu tun hatte. Langsam erinnerte sie sich wieder daran. Sie erinnerte sich daran, dass er es liebte, wenn sie auf ihm ritt, dass es ihn wild machte, wenn sie seinen steifen Penis in den Mund nahm, dass er immer stöhnte, wenn sie zärtlich über seine Eichel leckte. Plötzlich schienen diese Erinnerungen wieder in ihr Bewusstsein zu dringen. Sie lächelte und stieg von ihm herunter. „Ich kann mich wieder erinnern, Pete, erinnern, wie wir es früher getan haben. Ich liebe dich..." Sie schlängelte sich an seinem Körper entlang nach unten und küsste zärtlich seine Brust, seinen Bauch, seinen Bauchnabel, seine Lenden. Zärtlich leckte sie ihm über die Eichel. Sie hörte, wie er stöhnte, sie hörte, wie er nach ihr schrie, sich nach ihr verzehrte. Das machte sie wild, das erregte sie ungemein. Und dann ließ sie sein Glied in ihrem Mund verschwinden. Als er sich in ihr ergossen hatte, kam sie wieder zu ihm hoch. „Ich liebe deinen großen, harten Schwanz, Pete. Das habe ich immer schon getan. Ich hab's nur für kurze Zeit vergessen. Verzeihst du mir bitte?"

Moss war sprachlos. Sprachlos, welche Worte sie verwendete, sprachlos, was sie alles für ihn tat. Sie sagte, sie könne sich daran erinnern, das alles schon mal mit ihm getan zu haben, doch er wusste ganz genau, dass er dies noch nie mit ihr getan hatte. Er verspürte einen Stich in seiner Brust. Es tat ihm weh, dass es Alesandros Erinnerungen waren, von denen sie sprach. Aber er verdrängte diese Tatsache sofort wieder aus seinen Gedanken. Nie wieder würde er sich erinnern wollen, dass sie von seinen Erinnerungen sprach. Er redete sich ein, es seien seine Erinnerungen, von denen sie sprach. Er liebte sie so sehr. Und es machte ihn überglücklich, dass sie ihm nun endlich ganz gehörte und ihm gab, was er sich so sehr von ihr ersehnt hatte. Er strich ihr zärtlich übers Haar. „Hat es dir gefallen?"

Sie nickte. „Ja, Pete. Und ich habe mich erinnert, dass wir es schon oft getan haben. Es ist schön, wenn wenigstens ein paar Erinnerungen zurückkommen. So fühle ich mich nicht ganz verloren in dieser Welt. Ich bin so froh, dass du bei mir bist, mich hältst in dieser großen Leere, die mein Gehirn umgibt. Ich liebe dich, Pete, und ich bin mir sicher, dass ich dich heute noch mehr liebe als früher."

Moss Herz raste vor Glück. Zärtlich strich er ihr übers Haar und spielte mit einer ihrer Locken.

„Wirst du ab jetzt wieder in unserem Bett schlafen?" Scarlett sah zu ihm auf.

Er nickte. „Ja."

Sie richtete sich auf und lächelte ihn verführerisch an. „Du darfst.", sagte sie plötzlich und blinzelte ihm zu.

Moss verstand nicht. Er sah sie fragend an.

Sie drehte ihm den Rücken zu und streckte ihm ihren Hintern entgegen. „Ich weiß, dass es dir von hinten am besten gefällt. Und ich kann mich erinnern, dass du es geliebt hast, mein Arschloch zu ficken." Sie lächelte ihn verführerisch an. Einladend ragte ihr Hintern in die Höhe. Sie stützte sich mit beiden Händen am Kissen ab und baute sich wie ein Lustobjekt kniend vor ihm auf.

Moss wusste gar nicht, wie ihm geschah. Noch vor einer Stunde war sie sein kleines, unschuldiges Mädchen und nun entpuppte sie sich als Vamp in seinem Bett. Er zögerte, doch seine Geilheit trieb ihn an, sich zu erheben. Sein Penis schwoll wieder zu seiner vollen Größe an. Er kniete sich hinter sie und strich ihr zärtlich über die Pobacken. Er versank in einem Meer voller Gefühle, die er noch gar nicht alle zuordnen konnte. Zu überwältigt war er von seinem ersten Mal.

„Na komm'.", rief sie ihm lachend zu. „Du hast doch nicht plötzlich Angst vor mir bekommen."

Er beugte sich zu ihr herunter, packte sie am Haar und zog ihren Kopf leicht in den Nacken. Stürmisch küsste er ihren Hals. „Du hast mich schon früher immer verrückt gemacht, Carmen. Glaub' mir, Angst habe ich vor dir keine, meine kleine Liebesgöttin."

Scarlett lachte. Sie fühlte sich glücklich. Glücklich, dass ihre Erinnerungen, wenn auch nicht alle, endlich wieder zurückgekommen waren. Sie streckte ihrem Ehemann ihren Hintern entgegen und fieberte darauf zu, von ihm genommen zu werden, so wie früher.

Moss stieß seinen steifen Penis in ihre Vagina und der Rausch der Begierde versetzte ihn in einen ohnmachtsähnlichen Zustand. Hemmungslos begann er sie zu stoßen. Der Anblick ihrer beiden Pobacken, ihres wunderschönen Rückens und ihres wundervollen, roten Haares schürte das Feuer in ihm und er wurde immer wilder, immer unbeherrschter. Er wollte sie haben. Sie sollte nur ihm alleine gehören. Und das für immer. „Wem gehörst du?" Seine Stimme bebte.

„Dir allein. Dir allein gehören alle meine Löcher."

In dieser Nacht gab sie sich ihm willenlos hin. Er nahm sie von allen Seiten. Sie öffnete sich ihm hingebungsvoll. Alle Hemmungen hatte sie in dieser Nacht verloren. Er durfte in ihre Vagina eindringen, in ihren Anus, in ihren Mund. Sie eröffnete ihm eine Welt voller Sinnlichkeit, die er in dieser Form noch nicht kannte. Nicht mal in seinen kühnsten Träumen dachte er jemals daran, dies alles mit ihr eines Tages ausprobieren, wirklich erleben zu dürfen. Er liebte sie und er hatte sich in dieser Nacht in den Sex mit ihr verliebt.

Nach ihrem ausgiebigen Sexspiel ließen sie sich erschöpft auf die Kissen zurückfallen. „Carmen, ich liebe dich so sehr. Glaub' mir, für dich würde ich sterben, sogar töten... ohne mit der Wimper zu zucken. Du bist mein Leben. Und ohne dich gibt es keines mehr für mich."

Sie schmiegte sich an seine Brust. „O Pete, das hast du schön gesagt... ich hoffe, ich werde nie wieder irgendetwas in meinem Leben vergessen, was mit unserer Liebe zu tun hat und ich hoffe, dass wir noch viele Nächte, so wie diese hier, erleben werden. Ich bin deine Frau, Pete, aber erst wieder ab heute. Heute habe ich gefühlt, wie sehr du mich begehrst und das ist wie eine Droge, glaub' mir. Ich bin süchtig nach dir geworden, Pete. Bitte verlasse mich nie. Es wäre mein Tod."

Er hielt sie fest in seinen Armen. „Keine Angst, meine kleine Prinzessin, ich verlasse dich niemals. Das schwöre ich dir bei meinem Leben." Endlich hatte sich sein Traum erfüllt. Als er sie damals vom Flugplatz abholen sollte, weil Alesandro mitten in einer Besprechung steckte und seinen Freund gebeten hatte, seine schwangere Verlobte, die er in Paris kennengelernt hatte, vom Flugplatz abzuholen, dachte er, sie habe ihn verhext. Als er sie die Gangway herabsteigen sah, hatte er sich in die rothaarige Schönheit verliebt und gehofft, es sei nicht diejenige, die er abholen sollte. Es war Liebe auf den ersten Blick gewesen. Die Enttäuschung war groß gewesen, als sich herausstellte, dass es sich bei ihr doch um Alesandros Verlobte handelte. Und seit damals hatte er jede Nacht furchtbar gelitten, wenn er in seinem Bett lag und an diese schöne Frau mit dem zauberhaften Lächeln und dem roten, langen Haar denken musste. Und nun lag dieses schöne Wesen in seinem Bett und er würde sie nie wieder gehen lassen.

7

Er sah auf die Uhr. „... *verdammt! Ich bin schon viel zu lange weg...*", dachte er. Schon seit zehn Minuten versuchte er, fieberhaft den Sarg zu öffnen. Er musste äußerst vorsichtig dabei sein. Man durfte nicht sehen, dass er geöffnet worden war.

„Endlich!", stieß er leise aus und öffnete lautlos den Sargdeckel. Als er sie erblickte, schlug sein Herz schneller. Er war überwältigt von ihrer weißen Blässe, von ihrer zarten Totenmaske. So schön habe man sie hergerichtet, dachte er sich. Zärtlich strich er ihr über die Wangen. Seine Finger berührten kaum das tote Fleisch. Er erschauderte, doch im selben Moment spürte er, dass ihn der Anblick dieser schönen Leiche sehr erregte. Schon oft hatte er sich gefragt, wieso er so seltsam empfand, wenn er diese zarten, toten Geschöpfe in Händen hielt. Und eines Morgens hatte er dann die Antwort darauf erhalten, als er sie berührte.

Sie widersprachen ihm nicht. Das war's! Sie taten, was er von ihnen verlangte. Sie lächelten ihn an, ohne ihn dabei zynisch anzusehen. Er fühlte sich ihnen überlegen. Keine von ihnen keifte ihn an, keine von ihnen machte sich lustig über seine Erektion, keine von ihnen fand seinen Schwanz zu klein oder zu weich. Keine von ihnen fand, er kam zu schnell oder zu langsam. Sie gaben ihm das Gefühl, alles richtig zu machen. Keine von ihnen weigerte sich, mit ihm Dinge zu tun, die ihn stark erregten. Und sie sahen schön aus, wunderschön sogar, wenn sie ihm gaben, was er von ihnen forderte. Deren Leichenblässe faszinierte ihn. Und es machte ihn jedes Mal fertig, wenn er sich von ihnen wieder trennen musste, weil er die fortschreitende Verwesung nicht aufhalten konnte. Er liebte und hasste den Tod. Er gab ihm diese wunderbaren Geschöpfe, doch nur, um sie ihm nach nur kurzer Zeit wieder wegzunehmen. Er konnte sich an ihnen lediglich ein paar Tage ergötzen. Wieso quälte ihn Gevatter Tod nur so grausam, hatte er sich schon oft gefragt, wenn er die Abendmesse besuchte. Doch niemals hatte er auf diese Frage eine Antwort erhalten.

Ja, er liebte diese schönen, leblosen Geschöpfe. Das war wahr. Doch er hütete dieses Geheimnis wie ein Grab. Denn er wusste genau, dass er niemandem sein Geheimnis erzählen durfte. Niemand würde verstehen, wieso er sie so liebte, wieso er für sie Empfindungen hatte, die kein anderer verstand, wieso er sie vergötterte, diese toten Geschöpfe. Niemand von den anderen verstünde, wie liebevoll der Tod sein konnte. Was er aus den widerspenstigen Weibsbildern machte. Zarte, liebliche Geschöpfe, die niemals widersprachen.

Niemand dürfe sein Geheimnis erfahren. Niemand. Man würde ihn einsperren, einsperren wegen der Liebe, die er ihnen gegenüber empfand. Sein Vater hatte das auch getan, als er gesehen hatte, was er mit ihr getan hatte. Zuerst hatte er ihn verprügelt und danach tagelang im Keller eingesperrt. Er wollte ihm den Wahnsinn austreiben, den Gottesfluch, wie er es genannt hatte. Und dann hatte er ihn einfach eines Nachts vom Hof gejagt, weil er es wieder getan hatte. Das war nicht richtig. Er tat doch nichts Unrechtes, dachte er. Er liebte diese Geschöpfe, die von den anderen Menschen in jenem Augenblick vergessen wurden, wenn sie den letzten Atemzug ausgehaucht hatten; Menschen, die nur Angst und Ekel vor ihnen empfanden, das tote Fleisch nicht mehr berühren wollten, nicht mehr ansehen wollten, obwohl sie doch so viel Schönheit ausstrahlten, in ihrer weißen Blässe. Für niemanden waren sie mehr wichtig. Nur noch für ihn. Nur er kannte ihre Bedeutung. Gab ihnen Liebe, die sie nur zu Lebzeiten von den anderen erhalten hatten. Nur er wusste, wie sehr sie danach lechzten, von ihm geliebt zu werden, weil sie nicht unter einer dicken Erdschicht in Vergessenheit geraten wollten. Und er gab ihnen, was sie sich so sehr wünschten, wenn sie ihn mit stummen Blicken und geschlossenen Augenlidern liebevoll ansahen. Sie hassten es, tot zu sein, und er gab ihnen ihr Leben zurück, wenn auch nur für einen begrenzten Zeitraum. Und mit hingebungsvoller Liebe und willenloser Hingabe dankten sie es ihm dann. Ja, er wusste, wie sehr sie ihn vergötterten, ihn und seine Liebe zu ihnen.

Er betrachtete den Leichnam einige Minuten lang. Sie ließ ihn kaum atmen. Ja, sie hatte es geschafft, dass er sie ab jenem Augenblick begehrte, als er sie erblickt hatte. Vorsichtig hob er sie an und lupfte sie aus dem Sarg. Er legte ihren Leichnam behutsam in die längliche Holzkiste, die er neben dem Sarg aufgestellt hatte. Er war ziemlich aufgeregt. Sein Herz pochte wie verrückt, als er sie in Händen hielt. Er konnte es kaum erwarten, sie in seinen Sarg zu legen, kaum erwarten, ihr seine Liebe zu zeigen. Und er wusste, dass ihm der Tod hierfür sogar mehr Tage Zeit lassen würde wie sonst, denn sie war noch sehr frisch, das sah er sofort. Der Tod konnte noch nicht lange vor ihrer Tür gestanden haben, als er sich dieses zauberhafte Wesen geholt hatte. Hätte er doch nur ein Mittel gefunden, um die Verwesung aufzuhalten, wünschte er sich oft. Ein Leben lang könnte er sich dann an ihr erfreuen. Ein schauderhaftes, irres Grinsen huschte ihm übers Gesicht, als er die Kiste sorgfältig verriegelte.

Mehrere Aufkleber mit einem roten Schriftzug ⊦ragil! klebte er auf den Deckel sowie auf die Vorderfront der Kiste.

Als er fertig war, begutachtete er das übergroße Paket und schob es ins hinterste Eck der Halle. Er lief schnell zum Sarg zurück und verschloss ihn wieder professionell. ‚... *perfekt...*‘, dachte er sich. Niemand würde sehen, dass er ihn geöffnet hatte. Niemand würde vermuten, dass er ihm dieses zauberhafte Geschöpf entnommen hatte. Der Sarg würde unter der Erde begraben, ohne das irgendjemand vermuten würde, man habe ihm den Inhalt gestohlen. ‚... *ach ne, die wird ja verbrannt... das ist ja sogar noch besser... keine Spuren... das ist gut...*‘, schoss ihm durch den Kopf.

Er warf einen letzten Blick auf seine geheimnisvolle Kiste, dann schlich er sich leise hinaus.

✦✦✦

„Wo warst du denn, Mann?!", schnauzte ihn Bruni gereizt an. „Mensch, ich muss schon seit 'ner Viertelstunde pissen und du kommst einfach nicht zurück!"

„Sorry.", sagte er kleinlaut und versuchte sich zu rechtfertigen.

Doch Bruni achtete nicht auf seine Ausreden, rempelte ihn beim Vorbeigehen unsanft an und machte sich auf den Weg zu den Toiletten. ‚... *so ein krankes Arschloch! Bestimmt hat er sich wieder aufm Klo einen runtergeholt...*‘

8

Charlie packte sie am Haar und zog ihr den Kopf sanft in den Nacken. „Ich liebe dich, Eva…", stieß er erregt aus und drang immer tiefer in sie ein. Hemmungslos begann er sie zu stoßen, während er ihr immerfort Liebesbeteuerungen ins Ohr hauchte.

Charlie war fast zwei Meter groß.

Er wirkte in der Tat wie ein Bulle, wenn er über ihr lag. Er war außerordentlich gut gebaut. Sein schwarzes, schulterlanges Haar hatte er mit einem schlichten Haargummi zusammengebunden und seine rehbraunen Augen bedeckte er in der Regel mit einer dunkel getönten Sonnenbrille. Mit der Hand strich sie ihm in diesem Moment über seine buschigen Augenbrauen. Schweißperlen standen ihm auf seiner Stirn. Schon seit über zwei Stunden liebte er sich mit ihr in diesem Bett und stand seinen Mann. Er gab alles, um sie zu befriedigen. Charlie war nicht besonders schön, doch die schwarzen Anzüge, die er in der Regel trug, kleideten ihn außerordentlich gut und oft wurde er von den Frauen mit *Antonio Banderas* verwechselt, wenn er abends mit seinen Männern durch die Clubs zog. Er hatte äußerst animalische Gesichtszüge, die zusätzlich durch seine breite Nase und die dicken Lippen betont wurden. Charlie war fast zwanzig Jahre älter als Evangeline.

Sie wand sich unter seinem gewaltigen Körper wie eine Schlange und schrie jedes Mal laut auf, wenn er ihr seinen steifen Penis tief in die Möse stieß. In manchen Nächten hatte sie ihm verführerisch ins Ohr gehaucht, sein großer, harter Schwanz bringe sie ohne Zweifel zum Schreien, nur um ihn in den Wahnsinn zu treiben und noch wilder zu machen, als er es eh schon war. Und immer wenn er das hörte, drang er noch tiefer in sie ein, begann er, sie noch hemmungsloser zu stoßen. Sie war sein ein und alles, für sie war er bereit, sogar zu sterben. Evangeline trug ihr langes, *Ebenholz schwarzes* Haar während ihrer Sexspiele grundsätzlich offen. So wie auch jetzt. Er liebte das. Ihre Haarpracht bedeckte fast das ganze Kissen. Ein paar ihrer welligen, dicken Strähnen fielen ihr vorne über und verdeckten die rechte Brust sowie einen Teil ihres Dekolletés. Sie wirkte in der Tat sehr verführerisch, als er auf sie herabsah. Sein gigantischer Körper verdeckte ihre zierlichen Beine. Leidenschaftlich strich er ihr über ihre wohlgeformten Hüften und vergrub seine Finger in ihrem knackigen Hinterteil, bevor er erneut tief in sie eindrang. Er sah ihr in ihre tiefgrünen Augen, die im sanften Licht der Nachttischlampe schimmerten wie Smaragde. Er war vernarrt in ihre überaus langen schwarzen Wimpern, die sie sich niemals mit schwarzer Wimperntusche tuschen musste. Sie stießen fast an ihren Augenbrauen an. Ihr kleiner, roter Mund saß perfekt unter ihrer schmalen, geraden Nase und ein paar Sommersprossen rundeten ihr schönes Gesicht ab. Er bewunderte sie. Schmachtend sah er auf sie herab. Hastig beugte er sich zu ihr hinunter. Während er ihre zarten Handgelenke fest mit seinen großen Männerhänden umschloss, küsste er sie stürmisch auf ihren zauberhaften Kussmund. Es gab kein Entrinnen für sie. Er vergrub ihren zarten Körper unter seinem Gewicht, doch achtete er während des Sexspiels darauf, sie nicht zu zerquetschen. Niemals legte er sich mit seinem ganzen Gewicht auf sie. Sie wirkte so zart und so zerbrechlich, wenn er über ihr lag. Er begehrte dieses kleine Geschöpf. Er vergötterte sie. Er war ihr hörig. Er wusste das, doch die Liebe zu ihr hatte ihn schon vor langer Zeit blind gemacht.

„Werde meine Frau…", stieß er im selben Moment aus, als er sich in ihr ergoss.

Sie strich ihm zärtlich übers Haar. „Charlie… lass' uns den Augenblick genießen…"

„Eva, werde meine Frau… bitte…" Er sah sie schmachtend an. „… ich tu' alles für dich. Das weißt du…"

„Wirklich alles?"

„Ja… alles, was du willst, aber bitte werde meine Fra…"

„Dann hol' mir jetzt was Süßes aus der Küche.", fiel sie ihm schnell ins Wort. Sie lächelte ihn an. Sie wollte nicht schon wieder über dieses Thema mit ihm sprechen.

Er nickte. „Was willst du denn?" Er lächelte sie an. Er wusste, es war sinnlos, weiter darüber zu sprechen.

„Ich lass' mich überraschen."

„Du machst mich verrückt, weißt du das?" Stürmisch küsste er ihren Hals.

Sie lachte. „Ich weiß."

Abrupt erhob er sich und stieg aus dem Bett. Er zog sich schnell die Hosen über die Beine. „Nicht weglaufen! Bin gleich wieder da."

„*Te quiero,* Charlie.", rief sie ihm leise hinterher, als er zur Tür schritt.

Er drehte sich hastig um, lief zu ihr zurück und ließ sich am Rand des Bettes nieder. „*Je t'aime, mon amour…*" Er küsste ihre Hand. „Eva, heirate mich… bitte…"

Zärtlich berührte sie seine Lippen. „*Pssst,* Charlie. Lass' uns nicht jetzt darüber sprechen…"

„Wirst du wenigstens darüber nachdenken?"

Sie nickte. „Ja, Charlie…"

„Wegen dir verliere ich eines Tages noch meinen Verstand. Ich hoffe, du weißt das."

Sie lächelte ihn an. „Na komm', geh' jetzt. Deine kleine Eva hat Hunger. Und wenn sie verhungert, kann sie niemanden mehr heiraten."

Er gab ihr einen Kuss, dann erhob er sich wieder. „Also, nicht weglaufen. Bin gleich wieder da."

♣♣♣

Charlie eilte in die Küche. Es brannte kein Licht. Im Halbdunkel lief er auf den Kühlschrank zu. Als er davor stand, öffnete er ihn. Das grelle Licht des Kühlschranks fiel heraus und erleuchtete den vorderen Bereich der Küche. Während Charlie im Kühlschrank nach der passenden Süßigkeit für sie suchte, spürte er auf einmal eine warme, dickflüssige Masse, die ihm unter den linken Fuß lief. „*… äääääh! Was ist denn das?!…',* schoss ihm durch den Kopf. Er sah auf den Boden und erschrak.

Er stand mitten in einer Blutlache. Er folgte mit den Augen der Blutspur zur Vorratskammer.

Charlie überblickte sofort die Situation. Er eilte zum Tisch, griff unter die Tischplatte und zog eine Waffe hervor, die mit Klebestreifen darunter angebracht war. Die ganze Villa war überhäuft mit diesen kleinen Verstecken, die für Notsituationen gedacht waren. Er entsicherte die Waffe und ging auf die Vorratskammer zu. Er riss die Tür auf. Augenblicklich bot sich ihm ein erschreckender Anblick. Emmanuel lag mit aufgeschlitzter Kehle am Boden.

Charlie stürmte zum Lichtschalter, bückte sich und zog den Teppichläufer zur Seite. Er drückte auf einen roten Knopf, der in einer kleinen Nische am Boden angebracht war, und löste den stummen Alarm aus.

Er erhob sich wieder und eilte zurück zu Evangeline.

♣♣♣

In der ersten Etage kamen seine Leute von überall her angestürmt. „Was ist los, *Boss?!",* stieß Jack leise aus, der gerade aus seinem Zimmer herausgerannt kam.

„Jemand ist in die Villa eingedrungen. Emmanuel hat's erwischt.", flüsterte Charlie leise. Er wusste zum jetzigen Zeitpunkt nicht, wer und wie viele in die Villa eingebrochen waren und vor allem nicht, wo sie sich derzeit aufhielten. Er wusste aber, dass er sie sofort aus der Gefahrenzone herausbringen musste. Sie war sein Leben. Sie zu beschützen war seine einzige Lebensaufgabe. „Ihr kommt mit mir mit! Und ihr: findet ihn oder sie!", befahl er seinen Leuten.

Charlie eilte die Treppen hinauf. Jack, Harry und Jerry folgten ihm mit gezogenen Waffen.

Die anderen schwirrten sofort aus, um den Eindringling zu eliminieren.

♣♣♣

Evangeline räkelte sich im Bett wie eine Katze und streckte alle vier von sich. Sie schmunzelte, als sie an Charlies letzte Worte denken musste.

Die Augen hielt sie geschlossen. Nur per Zufall schlug sie sie für einen kurzen Moment auf. Und nun sah sie den stummen Alarm. Sie wusste nicht, wie lange er schon leuchtete.

Hastig sprang sie aus dem Bett und eilte zur gegenüberliegenden Seite des Zimmers, um hinter dem *van Gogh* die versteckte Waffe zu holen. Die Tür ging langsam auf. Plötzlich sah sie im gegenüberliegenden Spiegel einen maskierten, schwarzen Mann mit einer Waffe in der Hand. Sie sprang hastig hinter die spanische Wand, die rechts vom Bett stand. Ihr Herzschlag erhöhte sich ums Dreifache. Nackt und unbewaffnet stand sie hinter der spanischen Wand, wie Freiwild. Durch den Schlitz in der Wand beobachtete sie den maskierten Mann. Er schlich sich auf Zehenspitzen zum Bett. Sofort sah er, dass niemand mehr drinnen lag. Er hörte ein lautes Geräusch. Mehrere Schritte näherten sich dem Zimmer. Sofort versteckte er sich hinter dem Schrank und zielte mit der Waffe auf die Tür.

‚... o Gott, Charlie...', schoss es Evangeline durch den Kopf. Sie hatte die Schritte ebenfalls gehört. Als sie im Spiegel Charlies Spiegelbild erblickte, stieß sie die spanische Wand um und sprang mit einem Satz aufs Bett zu, um den maskierten Mann abzulenken und Charlie zu warnen. „Charlie! Er ist hier drinnen! Hinter dem Schrank!", brüllte sie aus Leibeskräften.

Der maskierte Mann sah sofort von der Tür weg und richtete blitzschnell seinen Blick auf die spanische Wand, die mit einem lauten Knall auf den Boden stürzte. Dahinter kam eine nackte Frau zum Vorschein.

Er zielte auf sie. Noch bevor ihn der tödliche Schuss aus Charlies Waffe mitten in den Kopf traf, feuerte er einen Schuss ab. Er traf Evangeline in die Brust. Lebensgefährlich verletzt stürzte sie auf den Boden.

Charlie stürmte ins Zimmer und entleerte sein ganzes Magazin in den Körper des Eindringlings. Als er Evangeline plötzlich am Boden liegen sah, wurde ihm sofort klar, dass sie schwer verletzt war. Er eilte auf sie zu. „Eva!", stieß er laut aus und ließ sich auf die Knie fallen.

In Sekundenschnelle war ihr Körper blutüberströmt.

9

Fort stieg die Gangway hinab und schaltete sein Mobiltelefon wieder ein. Er hatte schon während des Fluges versucht, Evangeline über das Satellitentelefon zu erreichen, aber das Gerät konnte keine Verbindung aufbauen. Er wählte sie an, aber sie hob nicht ab.

Am Hangar wartete Jamie bereits mit den anderen auf ihn. Genau in dem Moment, als sie Fort erreichte, klingelte sein Telefon. Er sah aufs Display. Es war Jacks Nummer. Fort hob ab.

„Du musst sofort ins Memorial Hospital kommen! Evangeline liegt im Sterben.", hörte er Jack durchs Telefon schreien. „O Mann, Billy, dieser verdammte Mistkerl hat Emmanuel kaltgemacht... und Denis. Rodriguez und Manuel hat's auch erwischt..."

Forts Herz blieb stehen. Er verspürte plötzlich einen tiefen Stich in der Brust. Der unbändige Schmerz zerriss ihn schier. „Eva liegt im Sterben?!... was ist passiert, Jack?! Rede, Mann!", fiel er Jack ins Wort, der wild durcheinander sprach, wer alles getötet worden war, ohne das Wesentliche zu sagen, was Fort aber sofort wissen wollte.

„Die verdammten Chinesen haben uns angegriffen. Sind ins Haus eingedrungen. Letzte Nacht. Charlie konnte ihn erledigen. Aber der Wichser hat sie angeschossen. Sie hat so viel Blut verloren. O Mann, Billy, es hat schlimm ausgesehen..."

Fort schnürte der enorme Druck in der Brust die Kehle zu. Er öffnete den obersten Knopf seines Hemdes. „Wo ist Charlie?"

„Bei ihr. Schon den ganzen Morgen. Ich hab' dich schon versucht, übers Satellitentelefon zu erreichen, aber ich hab' keine Verbindung bekommen."

„Ja, ich weiß, ich hab' vorhin schon versucht rauszurufen und auch keine Verbindung bekommen. Das Scheißding muss wohl kaputt sein. Lass' es unbedingt vor dem nächsten Flug austauschen... wo bist du gerade?"

„Auf dem Weg ins Memorial. Charlie hat gesagt, ich solle mich um die Bullen kümmern. Das ganze Haus war voll von denen. Die waren bis vor zehn Minuten noch hier..."

„Wenn du vor mir dort bist, sag' Charlie, ich bin gleich da." Fort legte auf und wandte sich seinen Männern zu. „Die beschissenen Chinesen sind in die Villa eingedrungen. Aber wir haben wieder alles unter Kontrolle. Evangeline wurde angeschossen. Ich muss sofort zu ihr. Jamie, fahr' mit Danny schon nach Jacobsfield! Und wenn ihr dort seid, dann gib ihr noch was vom *L'eau Noire*. Ich will nicht, dass sie aufwacht, bevor ich da bin. Ich weiß nicht, bis wann ich komme. Wir bleiben in Kontakt. Und, Jamie, denk' daran... sie ist mir wichtig! Und du bist für sie verantwortlich!" Nun wandte er sich James und Charles zu. „Und ihr kommt mit mir."

Fort eilte mit ihnen zu seinem Wagen.

♣♣♣

Vor dem Memorial sowie vor der Intensivstation wimmelte es nur so von Evangelines Leuten, die einen erneuten Anschlag der Chinesen befürchteten und daher alle Zufahrten zum Hospital sowie den gesamten umliegenden Krankenhauskomplex bewachten. Jack hatte sich um die Polizei kümmern müssen, die am Morgen gleich nach der Tat in der Villa García den Überfall untersuchte. Da auf die Alleinerbin des größten Automobilkonzerns in Illinois ein Anschlag verübt worden war, stand auch die Presse vor der Tür und Evangelines Leute hatten allerhand damit zu tun, sie zu vertreiben.

Charlie saß vor einem leeren Bett und vergrub sein Gesicht in den Händen. Als sich die Tür öffnete, sah er sofort auf. Er sah fürchterlich aus. „Billy.", stieß er leise aus und erhob sich.

Fort sah aufs leere Bett. Panik brach bei ihm aus. „Wo ist sie, Charlie?! Ist sie etwa…"

Charlie sah ihn mutlos an. „Nein. Sie wird operiert. Schon seit Stunden." Er ging auf Fort zu. Als er dicht vor ihm stand, sah er ihm tief in die Augen. „Sie hat mich gewarnt… nur deshalb wurde sie angeschossen… hast du gehört! Ich bin Gott verflucht schuld daran, dass sie jetzt unterm Messer liegt… möglicherweise stirbt…"

Fort sah ihn nur stumm an.

Charlie erzählte ihm, was geschehen war. Er war völlig aufgelöst. „Was soll ich nur machen, wenn sie stirbt?", stieß er entmutigt aus.

Plötzlich legte Fort seine Hand auf Charlies Schulter. „Sie wird nicht sterben, Charlie. Ich weiß es!"

Charlie sah ihn mit großen Augen an. „Und wenn doch?" Seine Augen füllten sich mit Tränen.

„Nein, Charlie. Vertrau' mir. Bitte, verlier' jetzt bloß nicht die Nerven." Fort hatte das erste Mal Mitleid mit seinem Rivalen. Das urplötzlich auf sie hereingebrochene Unglück schweißte die zwei Streithähne mit einem Mal zusammen. Ohne erklärlichen Grund hatte Fort plötzlich das unbändige Bedürfnis verspürt, Charlie Mut zu machen. Insgeheim sah er ihn schon seit langer Zeit als gleichberechtigten Partner an. Er konnte ihn nicht beseitigen, weil er ihr nicht das Herz brechen wollte. Auch hatte er Angst, ihn beseitigen zu lassen, Angst, diese Bluttat würde eventuell auf ihn zurückfallen. Nichts wäre für ihn schlimmer gewesen, als dass der Weg irgendwann zu ihm führen würde und sie herausfinden könnte, er habe diese Schandtat begangen. Zudem hatte er zunehmend Angst, sie würde es ihm niemals verzeihen, trotz dass sie vernarrt in ihn war. Er wollte nicht, dass es auf diese Weise zum Bruch ihrer Liaison käme. Auch hatte er einen gewissen Respekt vor Charlie. Außerdem hatte er schon lange das Gefühl, es wäre besser für das Syndikat, mit ihm zusammenzuarbeiten. Vielleicht sollte er sich doch irgendwie mit ihm arrangieren, hatte er sich oft gedacht, wenn er über seine Dreiecksbeziehung nachdachte. Und es dürstete ihn mit einem Mal danach, ihm in dieser für beide äußerst schwierigen Stunde die Hand zu reichen. Zumindest fühlte er in dieser Sekunde so. Er nahm die Hand wieder herunter und entfernte sich zwei Schritte von ihm. „Wie wollen wir jetzt vorgehen?"

Charlie hatte trotz seines Schmerzes Forts Geste wahrgenommen. Noch niemals zuvor hatte er ihn gefragt, wie sie nun vorgehen sollten. Zumindest nicht, seit er ihn verdächtigte, mit Evangeline eine Liaison zu haben. „Bring' mir sein verdammtes Herz!"

Fort nickte.

„Und, Billy, sag' ihm, es war der *schwarze Drache!* Das soll er wissen, bevor er stirbt."

„Der *schwarze Drache?*" Fort sah ihn fragend an.

Daraufhin erzählte ihm Charlie die Geschichte des schwarzen Drachens. „Es war Garcías Idee. Ich war damals mit Hugh in Santa Fe, als García den Befehl dazu gegeben hat." Es war das erste Mal, dass Charlie vor Fort über Hugh sprach. Er erzählte ihm einiges an jenem Tag über seinen Blutsbruder. Fort begriff erst im Nachhinein, wieso er das getan hatte. „Und jetzt ist Young selbst schuld, dass der schwarze Drache wieder zum Leben erwacht ist. Und ich schwöre dir, Billy, ich werde nicht ruhen, bis der Letzte von diesem Drecksaack unter der Erde liegt."

Fort schwieg. Das Gespräch mit Charlie tat ihm irgendwie gut. Es machte mit einem Mal alles etwas leichter für ihn. Vor allem aber, weil er das erste Mal etwas über Hugh erfahren hatte. Es drängte ihn schon lange zu erfahren, was damals geschehen war. Doch Evangeline wollte einfach nie mit ihm darüber sprechen. Das Thema war irgendwie tabu.

Plötzlich betrat der Arzt, der am Morgen bereits mit Charlie gesprochen hatte, das Zimmer. „Sie ist jetzt im Aufwachraum. Wir haben unser Bestmöglichstes getan. Mehr können wir nicht mehr für sie tun, glauben Sie mir. Nun müssen wir abwarten…"

Fort ging hastig auf ihn zu. Er zog seine Waffe und richtete sie auf den Kopf des Arztes. „Wenn sie stirbt, sind Sie der Nächste. Sehen Sie, ich habe meinem Freund hier versprochen, dass sie überlebt. Ich halte mich immer an meine Versprechen. Ich würde mich nur sehr ungern als Lügner entpuppen lassen. Also werden Sie jetzt schön brav losgehen, und mehr als nur Ihr Bestmöglichstes tun. Ach ja, und noch was: Wenn Sie zu irgendwem ein Wort über unser kleines Gespräch verlieren, dann jage ich Ihnen eine Kugel durch den Kopf. Das garantiere ich Ihnen, Doc, so wahr ich hier stehe! Haben wir uns verstanden?!"

Der Arzt nickte ganz aufgeregt. Schon am Morgen hatte ihm Charlie Blunt eine Waffe an den Kopf gehalten und ihm gedroht, ihn zu töten, wenn er sie nicht retten würde. „... o Mann, schon wieder so 'n Verrückter!...', schoss es dem Arzt durch den Kopf.

„Los! Gehen Sie jetzt endlich und machen Sie mehr als nur Ihr Bestmöglichstes!" Fort steckte die Waffe wieder ein.

Der Arzt verließ fluchtartig das Zimmer.

Charlie schritt zum Fenster und sah hinaus. „... sollte ich's ihm jetzt sagen?... vielleicht ist genau jetzt der richtige Zeitpunkt, Charlie. Und wenn nicht, was dann, Charlie?! Du kannst dann nicht mehr zurück. Hoffe, du weißt das!...' Stumm beobachtete er den Himmel.

Fort fixierte Charlie, doch beide sprachen kein Wort miteinander.

Plötzlich kam der Arzt zurück. „Gute Neuigkeiten. Sie ist gerade aufgewacht. Die Werte sind erstaunlich gut. Wir müssen sie zwar noch beobachten, aber es besteht keine akute Lebensgefahr mehr. Sie wird es auf alle Fälle überleben. In etwa einer Stunde lasse ich sie hierherbringen. So lange muss sie noch unter Beobachtung bleiben. Und Sie können beide versichert sein, dass ich mehr als nur mein Bestmöglichstes getan habe. Sie wird *nicht* sterben. Zumindest nicht heute!", sagte er und eilte wieder hinaus.

Beide waren sehr erleichtert, als sie die gute Nachricht des Arztes gehört hatten.

Charlie stand immer noch am Fenster. Er sah hinaus. Plötzlich sagte er: „Ich weiß, dass du mit ihr schläfst."

Fort schwieg.

Charlie wandte sich ihm zu. „Und weißt du, wieso ich dich trotzdem nicht getötet habe?"

Fort schwieg immer noch.

Charlie ging ein paar Schritte auf ihn zu. „Sie hätte es mir niemals verziehen. Als Hugh getötet wurde, hat sie sich verändert. An dem Tag starb ihre Seele mit ihm. Erst als du in unser Leben getreten bist, ist sie aus ihrem Todesschlaf wieder erwacht. Ich habe es lange Zeit nicht wahrhaben wollen, aber nun habe ich es begriffen. Ich hätte sie für immer verloren, wenn ich den Abzug gedrückt hätte und glaub' mir, Billy, mit dem Gedanken habe ich mehr als nur einmal gespielt. Weißt du, was ich glaube? Ich glaube, du hattest dieselben Gedanken. Ich bin mir sicher, dass du schon oft mit dem Gedanken gespielt hast, mich zu erledigen. Ich hab's dir angesehen. Du hast mich gehasst, wahrscheinlich tust du's sogar in dieser Minute. Ich denke nicht, dass du es jemandem anderen aufgetragen hättest. Ich bin mir sicher, du hättest es sicher selber getan. Aber du hattest sicherlich auch Angst, Angst so wie ich, dass sie es dir niemals verzeihen würde, Angst, dass sie dich verdächtigt hätte, auch wenn du es am Ende wie einen Unfall aussehen lassen würdest. Siehst du, im Grunde genommen sind wir uns ziemlich ähnlich, Billy. Du weißt, sie kann nicht ohne mich, und ich weiß, sie kann nicht ohne dich. Siehst du, ich denke beziehungsweise bin überzeugt davon, dir ist es die ganze Zeit nicht anders ergangen als mir." Als er vor ihm stand, zog er seine Waffe und hielt sie Fort hin. „Wenn ich mich irre, Billy, dann nimm sie und drück' ab. Sie weiß nicht, dass ich überlebt habe. Du kannst es wie einen Unfall aussehen lassen. Einfach den Chinesen in die Schuhe schieben, Billy. Nichts leichter als das. Sie wird es nie erfahren, dafür kannst du sorgen."

Fort wandte sich von ihm ab und ging zum Fenster hinüber. Er öffnete es, zog sich eine Zigarette aus der Packung heraus und zündete sie sich an. „Sie würde es erfahren, glaub' mir. Du kannst sie wegstecken, Charlie."

Charlie steckte die Waffe wieder ins Halfter zurück. Er ging auf ihn zu. „Gibst du mir auch eine?"

„Seit wann rauchst du denn?!"

„Seit heute. Und? Gibst du mir nun eine?"

Fort hielt ihm die Schachtel hin.

Beide standen am Fenster und rauchten gedankenverloren vor sich hin.

„Ich will nicht, dass sie von unserem Gespräch erfährt.", sagte Fort plötzlich. „Ist das *Okay* für dich?"

Charlie nickte. „Ich will sie heiraten. Und? Ist das auch *Okay* für dich?"

„Weißt du, was ich glaube? Wir haben jetzt beide den Verstand verloren." Fort schnippte die Kippe aus dem Fenster und zündete sich eine neue Zigarette an.

„Ich habe meinen schon vor Monaten verloren." Er schnippte die Kippe ebenfalls aus dem Fenster. „Gibst du mir noch mal eine?"

Fort hielt ihm die Zigarettenschachtel abermals hin.

„Und? Wäre das ein Problem für dich?" Charlie musterte ihn.

„Du willst jetzt also tatsächlich, dass ich einer Heirat zustimme?! Sollten wir dann nicht auch gleich noch einen Zeitplan aushandeln, an welchen Tagen sie mir und an welchen sie dir gehört?", sagte er sarkastisch.

„Wieso nicht? Wir teilen sie uns doch eh schon. Und wenn wir die Grenzen gleich abstecken, tun wir nur ihr einen Gefallen damit. Billy, ich habe gelernt, mit dir zu leben, und ich denke, das hast du auch. Also, was verdammt noch mal ist verkehrt daran, wenn wir das Beste aus dieser Situation machen?! Das ewige Versteckspiel und der ständige Konkurrenzkampf dient keinem von uns beiden."

„Du spinnst doch, Charlie!" Fort konnte irgendwie immer noch nicht so richtig glauben, dass dieses Gespräch mit Charlie gerade wirklich zwischen ihnen stattfand. Fort schnippte die Kippe aus dem Fenster. Er hielt Charlie die Zigarettenschachtel hin. „Aber wahrscheinlich habe ich meinen Verstand auch verloren, sonst würde ich mich nicht auf den Handel mit dir einlassen… und? Wie hast du dir das Ganze denn so vorgestellt?"

Charlie nahm sich ein drittes Mal eine Zigarette aus der Schachtel. „Also folgendermaßen: es bleibt nach wie vor unser Geheimnis. Von unserer Vereinbarung wissen nur du und ich. Das ist schon mal Grundvoraussetzung. Unsere Männer, vor allem aber Evangeline dürfen davon nichts erfahren. An jedem geraden Tag gehört sie mir, an jedem ungeraden dir. Sollte sich einer von uns beiden an dem Tag, an dem er sie haben dürfte, nicht in der Stadt befinden, dann hat er eben Pech gehabt und an diesen Tagen gehört sie automatisch dem anderen. Und? Was hältst du davon?"

„Du bist komplett verrückt, Charlie!"

„Aber du doch auch! Sonst würdest du zumindest nicht darüber nachdenken. Und das tust du doch jetzt, oder etwa nicht? Und du weißt, dass ich nicht so unrecht haben kann."

„Ja, wahrscheinlich hast du sogar recht."

„Na siehst du! Und?"

„Wenn ich zustimme, heiratest du sie aber trotzdem, oder?"

„Ja. Vorausgesetzt, sie willigt ein."

„Charlie, wenn uns jemand zuhören würde, der würde uns für komplett verrückt erklären, weißt du das?"

„Mag schon sein. Und? Was sagst du nun dazu?"

„Charlie! Die anderen halten uns für völlig irre, wenn…"

„Und wenn schon!", fiel er ihm ins Wort. „Sag' schon! Was denkst du darüber? Ich will endlich deine Meinung darüber hören!"

„Und wenn *ich* sie heiraten will? Was dann, Charlie?"

„Ich denke, wir finden einen Weg, um uns einig zu werden. Meinst du nicht auch? Wir könnten sie doch zum Beispiel beide heiraten. Und zur heutigen Zeit ist alles möglich, das darfst du nicht vergessen. Wir sollten unsere Einigung jedoch nicht nur an dieser einen Sache scheitern lassen. Lass uns vernünftig an die Sache rangehen, Billy. Du weißt, weder ich habe was davon, wenn ich dich beseitige, noch du hast was davon, wenn du mich umlegst. Am Ende bleibt uns nur die Einigung, wenn wir beide ruhig schlafen wollen. Ich liebe sie, Billy, und ich will sie nicht verlieren, nur weil ich dir 'ne verdammte Kugel durch den Kopf jage. Also bleibt mir nichts anderes übrig, als mich mit dir zu arrangieren, denn dein Tod brächte mir nichts ein. Glaub' mir, ich habe schon lange darüber nachgedacht, mit dir hierüber ein ernsthaftes Gespräch zu führen. Es war eigentlich schon längst überfällig. Dass es heute stattfindet, hat aber nichts damit zu tun, dass sie verletzt worden ist. Früher oder später hätte es stattgefunden, Billy, glaub' mir. Und ich habe sehr intensiv über die ganze Situation nachgedacht und sogar mehrmals in Erwägung gezogen, wie ich das alles arrangieren könnte, wenn ich dich nichtsdestotrotz zur Hölle schicke. Aber siehst du, ich komme immer wieder auf dasselbe Ergebnis. Ich habe mehr davon, wenn ich mich mit dir einige. Und, Billy, ich liebe sie über alles. Nur deshalb akzeptiere ich deine Gegenwart in ihrer Nähe. Nur deshalb schieße ich dir kein Loch durch deinen verdammten Schädel. Nur deshalb lebst du noch!... und? Was sagst du nun? Wollen wir uns einigen?"

„*Okay.* Aber ich will die geraden Tage, wenn's dir nichts ausmacht."

Charlie nickte. „Und noch was: Du weißt ganz genau, dass unsere Männer auf uns beide hören. Also: ab sofort wird nicht mehr gegen den anderen intrigiert. Wir sollten miteinander arbeiten, nicht gegeneinander! Abgemacht?" Er hielt Fort die Hand hin.

„Abgemacht." Fort schlug ein.

„Und, Billy, du hast mein Wort darauf, dass diese Sache zwischen uns bleibt! Ich gehe davon aus, dass du das genauso siehst." Charlie hatte an jenem Tag ganz genau gewusst, dass er niemals über Evangeline irgendeine Besserung in ihrer Beziehung erreicht hätte. Er musste direkt über Fort gehen, wenn er etwas erreichen wollte. Nur dann hätte er die Möglichkeit gehabt, etwas zu verändern. Fort handelte nie unbedacht. Charlie wusste das. Er hielt ihn sogar für äußerst klug, daher war er sich zu achtzig Prozent sicher, er würde auf seinen Vorschlag eingehen. Zugegeben, die zwanzig Prozent waren für ihn reines Risiko. Wenn er sie schon nicht kontrollieren konnte, dann wollte er zumindest Forts Einfluss nutzen, um in bestimmten Situationen einen gewissen Druck auf sie auszuüben. Und dass sie Fort hörig war und er zudem enorm großen Einfluss auf sie ausübte, war ihm nicht entgangen. Genau aus diesem Grunde hatte er Fort den Deal unverblümt so vorgeschlagen.

So richtig begriffen hatte aber keiner von beiden, welchen Pakt sie soeben miteinander geschlossen hatten.

♣♣♣

„Findest du nicht auch, dass die beiden schon viel zu lange alleine da drinnen sind? Ich weiß nicht, ob ich das gut finden soll.", sagte Jack zu James. „Vielleicht haben sie sich ja schon längst gegenseitig umgebracht."

„Du spinnst doch, Jack!"

„Du kannst sagen, was du willst, aber ich gehe da jetzt rein. Schließlich weiß ich, wovon ich spreche." Jack öffnete die Tür und trat ein. Nur eine halbe Minute später kam er wieder aus dem Zimmer heraus.

„Und?"

„Du wirst es nicht glauben. Aber Charlie raucht mit Billy am Fenster 'ne Zigarette. Sie wollten allein sein, also haben sie mich wieder rausgeschickt."

„Na, siehst du!", sagte James. „Du spinnst! Hab' ich's dir nicht gleich gesagt."

♣♣♣

Evangeline schlug die Augen auf. Sie war noch sehr schwach.

Charlie saß neben ihr am Bett und hielt ihre Hand. „Hallo.", sagte er leise und drückte fest ihre Hand.

Sie lächelte. „Gott sei Dank... du hast ihn gesehen... er war... ich weiß gar nicht, wo er plötzlich herkam... hast du, hast du..."

„*Pssst*. Sprich' jetzt nicht so viel, *mon amour,* du musst dich noch schonen."

Sie lächelte ihn an und schloss die Augen.

„*Je t'aime.*", flüsterte er ihr zu.

Sie schlug die Augen wieder auf. „*Te quiero, Charlie.*"

Charlie strich ihr zärtlich übers Haar.

Sie schloss die Augen. Ihre Atmung war noch sehr schwach.

Charlie betrachtete sie noch für einen kurzen Moment, dann erhob er sich leise und verließ das Zimmer.

♣♣♣

Fort wartete bereits ungeduldig vor der Tür.

Charlie ging an ihm vorbei und gab ihm mit einem Blick zu verstehen, dass er jetzt reinkönne.

Fort betrat das Zimmer und schloss hinter sich die Tür.

Jack stand nicht weit entfernt von den beiden und wunderte sich. Er ging auf Charlie zu. „Wie geht es ihr?"

„Sie wird es überleben, Jack.", erwiderte Charlie leise. „Ich geh' jetzt in die Kapelle und zünde eine Kerze für sie an. Lass' sie nicht aus den Augen. Wenn nur einer von den verdammten Chinesen hier auftaucht, dann leg' ihn sofort um. Ich verlass' mich auf dich, Jack. Bin in einer Stunde wieder zurück. Und wenn irgendetwas ist, dann ruf' mich sofort an!", sagte er und wandte sich von Jack wieder ab, um unnötigen Fragen aus dem Weg zu gehen.

Jack nickte. Er wunderte sich jedoch sehr darüber, dass Charlie so ruhig blieb, obwohl sich Fort schon seit über fünf Minuten alleine mit Evangeline dort drinnen aufhielt. Er war jedoch vernünftig genug, nicht danach zu fragen. Er sah Charlie hinterher, bis er aus seinem Blickfeld verschwand. „Irgendwas stimmt da nicht, James. Ich rieche so etwas."

„Du spinnst doch!", sagte James und ließ sich auf der gegenüberliegenden Bank nieder.

♣♣♣

Evangeline schlug die Augen auf. „Billy...", stieß sie leise aus.

Fort hielt ihre Hand fest zwischen der seinigen und küsste leidenschaftlich ihre Handfläche. „Kann ich dich denn jetzt nicht mal mehr für ein paar Tage alleine lassen, ohne dass du dich gleich anschießen lässt?", sagte er leise. Er lächelte sie an.

„Hattest du Angst um mich?"

„Glaubst du, ich wäre hier, wenn's nicht so wäre?"

„Nein...", stieß sie fast lautlos aus.

„Na siehst du! Dann beantworte dir die Frage doch selbst." Er lächelte sie an.

„Billy... ich brauche dich wie die Luft zum Atmen."

Er lächelte sie an und strich ihr sanft übers Haar.

„Ich liebe dich."

„Ich weiß.", sagte er leise und küsste abermals ihre Hand. „Wie fühlst du dich?"

„Ich bin müde."

„Schlaf' ein bisschen..."

„Bleibst du hier, bis ich eingeschlafen bin?"

„Ja. Sicher, Eva. Schlaf' jetzt." Er strich ihr zärtlich übers Haar. Als er dachte, sie sei eingeschlafen, erhob er sich, doch im selben Moment öffnete sie die Augen.

„Billy. Wo gehst du hin?"

Er ließ sich wieder neben ihr nieder. „Ich werde jetzt gehen, um die, die dir das angetan haben, zur Rechenschaft zu ziehen."

„Bitte nicht, Billy. Ich habe Angst, Angst, dass du nicht zurückkommst..."

„Keine Angst, Eva, ich komme wieder. Du weißt doch: ich bin der Beste." Er lächelte sie an.

„Geh' bitte nicht, Billy. Ich habe kein gutes Gefühl dabei. Außerdem ist Charlie immer dagegen gewesen, sich mit denen in einen offenen Krieg zu begeben..."

„Eva. Der Befehl kam von Charlie.", fiel er ihr ins Wort. „Und glaub' mir, er weiß, was er tut."

Evangeline war für einen kurzen Augenblick irritiert. ‚... hat er wirklich gerade gesagt, Charlie weiß, was er tut?...', schoss es ihr durch den Kopf. Ungläubig sah sie ihn an.

Sanft strich er ihr über den Kopf. „Wenn es dich beruhigt, dann bitte ich ihn, mich zu begleiten."

‚... hat er wirklich gerade gesagt, Charlie soll ihn begleiten. Was geht hier vor? Bin ich etwa tot und weiß es nur noch nicht?...' „Billy, sag', bin ich tot? Sind wir etwa im Himmel?"

Mit dieser Bemerkung brachte sie ihn zum Lachen. „Aber nein, Dummerchen. Wie kommst du denn da drauf?"

Sie sah ihn nur stumm an. Plötzlich sagte sie: „Bleibst du solange, bis ich eingeschlafen bin? Bitte."

Er nickte. Sanft strich er ihr übers Haar.

♣♣♣

Charlie betrat die Intensivstation.

Jack kam auf ihn zugelaufen. „Alles war bis jetzt ruhig."

„Ist sie allein?"

„Nein. Billy ist noch bei ihr drinnen." Jack musterte ihn.

Charlie erwiderte jedoch nichts darauf und schritt auf das Fenster zu. Stumm sah er hinaus.

Jack wunderte sich sehr, doch er wagte nicht, ihm dumme Fragen zu stellen. Er hielt es für besser, ihn dort alleine stehen zu lassen. Er gab James nur mit dem Kopf ein stummes Zeichen, der ihm daraufhin mit dem Finger einen Vogel zeigte.

Zehn Minuten später kam Fort aus Evangelines Zimmer heraus. Er lief direkt auf Charlie zu. „Sie will, dass wir zusammen gehen."

Charlie nickte. „Bitte warte hier kurz. Bin gleich wieder da." Er wandte sich von ihm ab und betrat Evangelines Krankenzimmer. Kurz darauf kam er wieder heraus und ging direkt auf Fort zu. „Wir können gehen." Er wandte sich Jack zu. „Jack, wir sind kurz weg. Pass' in der Zwischenzeit gut auf sie auf..." Noch ehe er den Satz zu Ende sprechen konnte, betrat Harry die Intensivstation. Er lief total aufgeregt auf Charlie zu. In der Hand hielt er einen zusammengefalteten Zettel.

„Boss, Young hat uns eine Nachricht zukommen lassen. Der Typ ist noch unten. Charles hält ihn in Schach. Soll er ihm das Licht ausblasen?"

„Zeig' mir erst die Nachricht!" Charlie riss sie Harry aus der Hand und las sie.

Ich will keinen offenen Krieg, Blunt. Mein Neffe hatte ohne mein Wissen und ohne meine Einwilligung eigenständig gehandelt. Der Überfall auf euch war kein Befehl von mir. Ich bitte dich um ein Gespräch. Wenn du einverstanden bist, dann führt dich Chan zu mir. Du kannst meinem Wort vertrauen. Ich will kein unnötiges Blutvergießen.

Young

„Young will sich mit uns einigen. Er schreibt, er habe das Attentat nicht befohlen. Hier lies." Er hielt Fort den Zettel hin.

Fort las den Zettel. Er richtete den Blick auf Harry. „Heißt der Typ, der dir diesen Zettel hier gegeben hat, etwa Chan?"

„Keine Ahnung, Billy."

„Dann finde es verdammt noch mal heraus!", stieß Fort aus. „Bring' ihn mit Charles zu Charlies Limousine. Wir holen euch an der Notaufnahme ab. Aber passt auf, dass euch niemand dabei beobachtet."

Harry nickte und machte sich sofort auf den Weg zu Charles.

Jack und James bewachten weiterhin Evangelines Zimmer.

Fort und Charlie machten sich auf den Weg zur Limousine.

✦✦✦

„Also, ich sag' dir, da stimmt was nicht. Die verhalten sich äußerst merkwürdig. Die sind… na ja, so nett zu einander. Gestern hätte ihm Charlie am liebsten noch 'ne Kugel durch den Kopf gejagt und heute benehmen sich beide so, als wären sie die dicksten Freunde." Jack rieb sich ungläubig das Kinn.

„Sei froh, dass sie sich nicht die Köpfe einschlagen.", erwiderte James gelassen. „Die hätten sich schon viel früher zusammenschließen sollen. Weißt du, Jack, eins habe ich in meiner ganzen Laufbahn schon gelernt. Stark ist man nur, wenn man zusammenhält. Und ich denke, die zwei haben das jetzt vielleicht auch begriffen. Es ist nie zu spät. Also, wenn du mich frägst, ich hab' kein Problem damit, auf beide zu hören. Ich muss mich nicht auf eine Seite stellen. Glaub' mir."

„Du denkst also wirklich, die hätten sich irgendwie darauf verständigt zusammenzuarbeiten?", fragte Jack, der dem plötzlichen Frieden der zwei nicht im Geringsten traute.

„Möglich wär's doch."

„Und was ist mit Evangeline. Wegen ihr haben die sich ja überhaupt erst in die Haare gekriegt."

„Vielleicht teilen sie sie sich ja seit Neuestem."

„Denkst du?"

„Möglich wär's doch. Du kannst sie ja gerne fragen." James wies Jack mit der Hand die Tür. „Los. Frag' sie, dann brauchen wir nicht mehr darüber zu spekulieren.", sagte er sarkastisch.

„Nö, du. So neugierig bin ich auch wieder nicht. Aber ich werde das auf alle Fälle im Auge behalten."

„Ja, Jack, tu' das.", sagte James und grinste vor sich hin. Er amüsierte sich köstlich darüber, dass die Ungewissheit darüber, ob sich Charlie und Fort zusammengeschlossen hatten, Jack überhaupt keine Ruhe ließ.

♣♣♣

Charlie und Fort saßen sich in der Limousine gegenüber. Sie sprachen kein Wort miteinander, sondern sahen sich nur stumm an.

Als sich die Tür öffnete, stieg Charles mit Chan ein. Harry bewachte die Limousine mit Larry, Miguel und Antonio. Schließlich wusste man ja nicht, ob man den Chinesen trauen könne.

Charlie musterte Chan. „Welchen Teil des Satzes *dring' niemals in meine Villa ein* hat Young eigentlich nicht verstanden?", sagte er in einem strengen Ton. Eine gewisse Schärfe lag in seiner Stimme verborgen.

„Mein Onkel hat nicht den Befehl dazu gegeben. Mein Cousin Lee hat ganz eigenmächtig gehandelt. Was letzte Nacht passiert ist, ist allein sein Werk. Wir haben mit diesem Attentat nichts zu tun. Mein Onkel möchte mit Ihnen verhandeln. Ich kann Sie sofort zu ihm führen. Mein Onkel ist aber auch bereit, zu Ihnen zu kommen. Um die Ernsthaftigkeit seiner Absichten zu beweisen, hat er mich geschickt. Ich nehme an, Sie wissen, welche Stellung ich in seinem Unternehmen einnehme? Die Verhandlungen können selbstverständlich auch in Ihrer Festung stattfinden, wenn Sie das wünschen. Er kommt alleine. Unbewaffnet. Natürlich braucht er ihr Wort, dass ihm während der Verhandlungen nichts geschieht. Mein Onkel will keinen Krieg mit Ihnen. Mehr als ein Blutvergießen auf beiden Seiten wäre es ohnehin nicht."

Charlie sah fragend zu Fort hinüber. Nun ergriff Fort das Wort. „Nun gut. Lass' uns hören, was Young zu sagen hat. Du hast unser Wort, dass ihm während der Verhandlungen nichts geschieht."

Chan nickte.

„Wir haben da nur eine kleine Planänderung. Du wirst an den Verhandlungen teilnehmen, sagen wir mal, als unser Gast und kommst gleich mit uns mit.", sagte Fort. „Schließlich brauchen wir ja 'ne Rückversicherung, damit dein Onkel nicht auf dumme Gedanken kommt." Es war in den Mafiakreisen allgemein bekannt, dass Little Chan Youngs Lieblingsneffe war, der auch eines Tages Youngs Syndikat übernehmen sollte.

Chan nickte abermals. „In Ordnung. Kann ich meinen Onkel jetzt anrufen?"

Charlie nickte. Gleichzeitig zog er seine Waffe und zielte auf Chan, als dieser in seine Jackentasche griff. „Ganz langsam. Und mach' auf Lautsprecher!"

Als sich Charlie und Fort davon überzeugt hatten, dass dies kein Bluff von Young gewesen war, einigte man sich, sich in einer halben Stunde in der Festung García zu treffen.

♣♣♣

Youngs Limousine wurde von zehn Wagen begleitet. Als er durch die Toreinfahrt der Festung fuhr, parkten seine Leute draußen vor der Einfahrt, die inzwischen von Evangelines Leuten, die sich innerhalb und außerhalb der Festung befanden, ins Visier genommen wurden. Diese Szene bot einen göttlichen Anblick, der seit Garcías Bestehen seines Familienunternehmens noch kein einziges Mal geboten worden war. Noch nie zuvor hatten sich beide Mafiabosse zu einer Verhandlung in dieser Größenordnung bereit erklärt.

Nachdem Young nochmals ausdrücklich erklärte, nichts mit dem Anschlag zu tun gehabt zu haben und eindringlich versicherte, hierzu auch keinen Befehl an seinen Neffen Lee erteilt zu haben, machte er Blunt ein Friedensangebot. Er bot ihm das Ganze Gebiet südlich und westlich des Michigansees an, das er mit seinen Leuten kontrollierte. Er wusste, dass es schon García zu Lebzeiten oft an sich reißen wollte. „Ich will keinen Krieg. Er dient niemandem. Wir werden Verluste auf beiden Seiten haben. Mein Neffe wollte durch sein Handeln nur einen Krieg provozieren. Ich hoffe, du erkennst meine guten Absichten und nimmst mein Angebot an. Charlie Blunt gilt in unseren Kreisen als Mann mit sehr viel Geist, das weißt du. Den schwarzen Drachen zu erwecken, wäre nur eine sinnlose Abschlachterei. Du weißt, dass es dann nicht mehr zum Frieden kommen wird. Wenn du Chan oder mich tötest, kommen andere, andere, mit denen du dich vielleicht nicht wirst einigen können."

„Entschuldige uns bitte.", sagte Charlie und erhob sich von seinem Sessel.

Fort folgte ihm.

Nur Charles, Harry, Larry und Andrea blieben bei Young im Arbeitszimmer zurück.

Fort schloss hinter Charlie die Tür.

„Was meinst du, Billy? Sein Angebot ist fast zu gut, um wahr zu sein."

„Ja, da hast du recht. Aber er wäre doch sicherlich nicht hier, wenn er uns nur was vortäuschen wollte. Er hätte dann bestimmt nur einen von seinen Leuten geschickt und wäre nicht selber gekommen. Und Chan ist ja auch hier. Beweis genug, dass er's anscheinend mit seinem Angebot ernst meint. Ich glaub' nicht, dass das von ihm ein Bluff ist. Denn wer sagt ihm, dass er uns trauen kann. Wir könnten jetzt zu ihm reingehen und ihn erledigen... ihn und Chan. Er hat es uns nicht sonderlich schwer gemacht... aber ich denke, es ist ihm sehr wichtig, sich mit uns zu einigen. Und er wusste, dass wir den Anschlag von letzter Nacht rächen werden. Und wie du weißt, waren wir ja schon auf dem Weg dorthin. Sein Gebiet wäre eine große Bereicherung. Es bringt viel Geld ein, habe ich gehört."

„Du wärst also dafür?", fragte Charlie.

„Wieso nicht? Was könnten wir dabei schon verlieren? Wenn er uns reinlegt, machen wir ihn einfach kalt. Das Einzige, was wir bei diesem Geschäft verlieren ist Zeit. Eva wird Gott sei Dank wieder gesund und ich denke, Young hat Glück gehabt, dass sie nicht getötet wurde. Denn dann hätte er sich mit uns sicherlich nicht einigen können. Für kein Geld der Welt. Siehst du das nicht auch so?"

Charlie nickte. „Ja, Billy, irgendwie sehe ich das genauso. Hältst du es für vernünftig, mit Eva vorher über den Deal zu sprechen?"

Billy zuckte mit den Schultern. „Eigentlich sollten wir sie nicht mit so etwas belasten. Sie sollte erst wieder gesund werden. Aber ich kenne sie, sie wäre mit Sicherheit beleidigt, auch wenn sie es nicht zugeben würde. Vielleicht ist es besser, wir sprechen vorher mit ihr. Ich will nicht, dass sie sich in der jetzigen Situation nur unnötig aufregt. Was meinst du?"

„Ja, du hast recht. Wir sagen Young, dass wir ihm unsere Entscheidung morgen mitteilen werden."

„Okay... und, Charlie, ich finde, es funktioniert super mit uns beiden. Ich wollte dir das nur sagen." Fort reichte ihm die Hand.

Charlie nickte. „Ja, das finde ich auch." Er schlug ein.

Beide betraten wieder das Arbeitszimmer.

Als Charlie und Fort Young zu seiner Limousine begleiteten, sahen sie bereits von Weitem, dass sich mehrere Paparazzi vor dem großen Tor versammelt hatten. „Kümmerst du dich später um das Pack, Billy?" Charlie sah Fort fragend an.

Fort nickte.

Beide verabschiedeten sich von Young und Chan mit einem festen Händedruck.

Genau zur selben Zeit saß Rodriguez Belloso Barbosa auf einem Baum, hinter Evangelines Grundstück, und machte zahlreiche Schnappschüsse von dieser Szene.

♣♣♣

Charlie saß vor Evangelines Bett und berichtete von dem Gespräch mit Young.

Fort stand am Fenster und sah hinaus. Nur weil er sich im Zimmer befand, unterließ es Charlie, Evangeline liebevoll zu berühren beziehungsweise zärtlich zu küssen.

„Billy denkt auch, es wäre vernünftig, das Angebot anzunehmen. Ich habe das schon ausführlich mit ihm diskutiert. Aber die Entscheidung liegt natürlich bei dir, Eva. Du bist der Boss."

Evangeline war sprachlos. Es irritierte sie zunehmend, dass sich Fort und Charlie so seltsam verhielten. Wobei sie nicht abgeneigt davon war, weil sie sich endlich nicht mehr zofften, wenn sie beisammen waren. Sie verhielten sich eher einander gegenüber freundlich gesinnt. „Ja, wenn ihr beiden denkt, das ist vernünftig, dann machen wir das auch so.", sagte sie leise. Sie fühlte sich immer noch sehr schwach.

Plötzlich betrat James das Zimmer. „Wir haben Probleme mit der Presse."

„Was für Probleme?" Charlie erhob sich vom Stuhl.

„Barbosa hat ziemlich unangenehme Photos von euch beiden und Young geschossen. Acosta hat mich gerade angerufen. Und die Schlagzeile, die Barbosa dazu drucken lassen will, wird euch beiden absolut nicht gefallen: *Polizei bald machtlos gegen Syndikate? Alte Mafiafamilien schließen sich zusammen.* Wir sollten ihm lieber gleich einen Besuch abstatten, bevor er diesen Schutt drucken kann."

„Wir hätten ihn schon längst umlegen sollen.", sagte Charlie. „Ich hab's ja schon immer gesagt, dass uns der irgendwann Schwierigkeiten macht. Kümmerst du dich bitte um Barbosa, Billy?"

Fort nickte. Er verabschiedete sich von Evangeline mit einem zarten Händedruck, dann verließ er mit James das Zimmer. Zurück blieb Charlie, der sich sofort wieder auf seinem Stuhl niederließ und Evangelines Hände zwischen seine nahm. „Du fehlst mir so sehr, *mon amour*. Die Villa ist ohne dich so leer.", sagte er liebevoll zu ihr und küsste ihre Hand.

„Charlie?"

„Ja?"

„Mit dir und Billy, da stimmt doch alles, oder?"

„Was soll denn nicht stimmen?" Charlie stellte sich ahnungslos.

„Ach nichts, ich dachte nur..." Sie verstummte wieder. Sie fühlte, dass sich etwas zwischen den beiden verändert hatte. *Und ohne lügen zu müssen, kann ich behaupten, es gefiel ihr.*

„Eva, wenn du gestorben wärst, ich hätte deinen Tod furchtbar gerächt. Glaub' mir! Und nicht nur ich... Billy auch... ich hoffe, das glaubst du mir. Eine Einigung mit Young ist nur deshalb möglich, weil du's überlebt hast. Glaub' mir, ich hätte viel Blut vergossen, wenn du's nicht geschafft hättest. Mein Leben wäre im selben Augenblick erloschen, wenn du gestorben wärst. Eva... du bist meine große Liebe, ich hoffe, das weißt du."

„Ich weiß das, Charlie." Sie lächelte ihn an.

„Und alles, was ich jemals getan habe, habe ich immer nur für dich getan." Er vergrub sein Gesicht in ihren Händen. „Alles tue ich für dich, Eva. Alles! Bitte werde meine Frau. Ich werde *es* dir nicht verbieten... ich lass' dir deine Freiheiten... mit ihm... bitte werde meine Frau."

Zärtlich strich sie ihm übers Haar. „*Te quiero,* Charlie."

♣♣♣

Rodriguez Belloso Barbosa sah ihn angsterfüllt an. Er zitterte. Der Zement um seine Füße war noch nicht hart geworden. „*Los! Reinsteigen!*", hatte ihn Fort gezwungen, nachdem James den Zement angemischt hatte.

„Dann haben wir uns also verstanden?" Fort sah ihn prüfend an.

Barbosa nickte aufgeregt. „Ich drucke keine einzige Zeile darüber."

„Und noch was: wenn ich dich noch einmal in der Nähe der Villa mit 'ner Kamera erwische, dann versenke ich dich höchst persönlich im Michigansee. Hast du das verstanden?"

„Ja.", sagte er kleinlaut.

Forts Telefon klingelte. Er hob ab. „Was heißt hier, *sie war nicht mehr drinnen?!...*", stieß er plötzlich laut aus. Er legte auf und gab James ein Zeichen. „Wir müssen sofort los!" Er wandte sich Barbosa zu. „Halt dich an das, was ich dir gesagt habe! Sonst sehen wir uns schneller wieder, als dir lieb ist!" Er sah flüchtig auf Barbosas Füße. „Du solltest jetzt besser raussteigen, bevor er hart wird." Fort drehte ihm den Rücken zu und verließ kurz darauf mit James Barbosas Haus.

Sie waren beide auf dem Weg nach Jacobsfield.

Barbosa sah beiden stumm hinterher. Er war wie paralysiert. Sein Körper wie erstarrt. Er bewegte sich nicht einen Millimeter. Er wagte kaum zu atmen. Plötzlich richtete er seinen Blick auf den Eimer. Hastig zog er seine Füße heraus und eilte ins Badezimmer.

10

Jamie trug mit Danny den Sarg ins Haus. Als sie endlich mühevoll die Treppen zum Schlafzimmer hinaufgestiegen waren, ließen sie vorsichtig den Sarg vor dem Bett auf dem Boden nieder.

Jamie versuchte, den Sarg zu öffnen. „Verdammt. Der geht nicht auf. Hol' mir von unten schnell eine Brechstange. Ich will ihn aufbekommen, bevor sie wach wird."

Nachdem Danny mit einer Brechstange wieder heraufgekommen war, öffnete Jamie den Sarg nur in wenigen Sekunden. Doch was die beiden nun erwarten sollte, erhöhte deren Adrenalin auf einen Schlag.

Jamie fasste sich an die Stirn. Er begann im Kreis zu laufen. „O Mann, das gibt's doch nicht! Das darf doch nicht wahr sein! Wo ist die hin?! So 'ne verfluchte Scheiße, Mann! *Fuck it!*"

Danny brachte im ersten Moment kein Wort über die Lippen. Schockiert sah er auf den leeren Sarg hinab.

Nachdem sich Jamie vom ersten Schockmoment erholt hatte, sagte er: „Wir müssen ihn sofort anrufen."

„Anrufen? Bist du lebensmüde!", stieß Danny ängstlich aus. „Wenn wir ihm erzählen, der Sarg ist leer, dann tickt Billy komplett aus. Der jagt uns beiden eine Kugel durch den Kopf, sobald er durch diese Tür hier gegangen ist. Wir müssen sie finden. Und zwar bevor er hier auftaucht! Oder willst du, dass er dich umlegt?! Also, ich lege keinen Wert drauf, das sag' ich dir... o Mann, aber wo ist die nur hin?" Danny fasste sich an die Stirn. „Alleine ist sie doch unmöglich da rausgekommen. Friedrich hat diesen Scheißsarg so verschlossen, dass wir ihn aufbrechen mussten, das Scheißding. Ohne fremde Hilfe hätte die das bestimmt nicht geschafft. Wir haben doch alle gesehen, dass er sie reingelegt hat. Und dann hat Friedrich den Sarg geschlossen. Und dann waren wir doch die ganze Zeit über bei ihr... du zumindest!"

„Lass' uns nachdenken, Danny! Sie konnte ja nur verschwunden sein, als ich den verdammten Sarg aus den Augen gelassen habe... und ich war doch die ganze Zeit über bei ihr..."

„Nein, nicht immer, Jamie.", stieß Danny plötzlich aus. „An der Zollabfertigung war sie mindestens eine halbe Stunde lang allein in dieser Lagerhalle, hat mir Charles gesagt. Du weißt doch, das war da, als er die Überführungspapiere vorbereitet hat. Kurz darauf bin ich doch dann mit Billy dagewesen. Dann wurde uns der Sarg erst wieder übergeben, und wir haben ihn bis jetzt nicht mehr aus den Augen gelassen. Das würde bedeuten, dass sie nur in dieser Zeit unauffällig verschwinden konnte. Wir haben gesehen, wie er sie reingelegt hat, Jamie, gesehen, wie Friedrich den Sarg geschlossen hat. Sie konnte sich unmöglich alleine daraus befreit haben. In der Lagerhalle ist sie uns abhanden gekommen, das sag' ich dir. Ich bin mir ganz sicher. Wer auch immer das getan hat, er hatte es nur unbemerkt in der Lagerhalle machen können, denn wir waren ansonsten ja die ganze Zeit über bei dem Sarg. Und glaub' mir, wenn sie vorher oder nachher einfach aus dem Sarg rausgekrochen wäre, dann hätten wir das bestimmt sofort gemerkt."

„Und was machen wir jetzt?"

„Ich ruf' sofort Kugelmann an. Der ist mir noch einen Gefallen schuldig." Danny holte sein Mobiltelefon aus der Hosentasche.

„*Kugelmann ist dir noch 'nen Gefallen schuldig?*" Jamie sah ihn ungläubig an. „Willst du mich verarschen?! Mit uns gibt der sich doch gar nicht erst ab. Das glaubst du doch wohl selbst nicht."

„Wirst du schon sehen."

Jamie sah ihn immer noch völlig ungläubig an, aber in seiner Verzweiflung war das der einzige Hoffnungsschimmer, den er sah, und er klammerte sich an diesen Strohhalm, ohne länger darüber nachzudenken, wie unrealistisch es war, weil sich Kugelmann mit dem niederen Verbrechervolk, wie es Charlie mal so schön umschrieben hatte, gar nicht erst abgab. „Dann sagen wir Billy also noch nichts?"

„Nein. Natürlich nicht! Vorher klären wir erst ab, ob ich mit meiner Theorie richtig liege. Glaub' mir, aus der ganzen Sache kommen wir nur ungeschoren davon, wenn wir ihm sagen können, wo sie ist. Dann knallt er uns vielleicht nicht ab. Obwohl wir uns noch nicht mal dann sicher sein können, ob er's nicht am Ende doch tut. Du weißt ja, Fehler sind tödlich. Und wenn sich Billy an die goldene Regel hält, dann wurde unser Schicksal in dem Moment besiegelt, als wir den Sarg geöffnet haben und sie nicht drinnen war... aber keine Angst. Kugelmann hilft uns bestimmt. Vertrau' mir."

„O Mann, dass so 'n Scheiß aber immer nur mir passieren muss!" Jamie lief zum Bett und sah auf den leeren Sarg hinab. „Er hat mir gesagt: Jamie, du bist verantwortlich für sie! Dein Leben hängt von ihrem ab. Und jetzt ist sie Gott verflucht einfach verschwunden. Wo ist die hin, Mann?! Gott verflucht! *Fuck it!* Wieso muss so was immer nur mir passieren. *Bullshit!*"

Danny schritt auf ihn zu. „Jetzt verlier' nur nicht die Nerven, Jamie. Wir kriegen das schon irgendwie wieder hin." Er klopfte ihm auf die Schulter.

„Du hast gut reden. Du kennst ihn noch nicht so gut. Sonst wärst du jetzt nicht so cool!", stieß Jamie aus und ließ sich entmutigt auf dem Bett nieder. „Sollten wir ihn nicht doch lieber anrufen, um das Schlimmste zu verhindern? Wenn wir ihm alles erklären, kann er doch nicht..."

„Nein! Auf gar keinen Fall! Vertrau' mir!", fiel ihm Danny ins Wort. Jamie sah ihn nur verzweifelt an.

„O Mann, wir stecken ziemlich tief in der Scheiße...", murmelte er leise vor sich hin.

Doch Danny nahm seine Worte nicht besonders ernst. Er schritt ins Wohnzimmer hinunter, ließ sich auf der Couch nieder und wählte Kugelmanns Nummer.

♣♣♣

Jamie saß immer noch auf dem Bett und starrte auf den leeren Sarg.

Danny betrat das Schlafzimmer. „Kugelmann ruft mich in einer Stunde zurück. Komm' schon, Jamie, Kopf hoch. Wäre doch gelacht, wenn wir sie nicht wieder finden, bis Billy hier auftaucht."

Doch Jamie schwieg. Er hatte furchbare Angst, dass sie es nicht mehr rechtzeitig schaffen würden. Ihm graute vor Billy Warhols Rache.

♣♣♣

Es war schon Abend. Jamie lief aufgeregt im Wohnzimmer auf und ab. „Hast du nicht gesagt, er ruft gleich zurück?! O Mann, Danny, wir haben's vergeigt. Sei doch ehrlich: du weißt noch nicht mal, ob dich Kugelmann überhaupt zurückrufen wird. Du hast doch heute Vormittag sicherlich nicht mit ihm persönlich gesprochen? Ich kenne Kugelmann. Und mit uns gibt er sich nicht persönlich ab. Dafür hat er seine Leute. Hab' ich recht, Danny?"

Danny schwieg.

„Mach' verdammt noch mal den Mund auf! Wie genau ist dir Kugelmann noch 'nen Gefallen schuldig?" Jamie wartete auf eine Antwort, doch Danny schwieg nach wie vor. „O Mann, wusste ich's doch! Hätt' ich doch nur nicht auf dich gehört, ich blöder Arsch! Weißt du, dass wir das Schlimmste hätten verhindern können, wenn wir Billy gleich angerufen hätten... aber jetzt... weißt du, was er mit uns macht, wenn er kommt?! Wünsch' dir lieber nicht, dass sich meine Befürchtungen erfüllen!" Jamie war außer sich vor Wut, Zorn, Enttäuschung und er hatte furchbare Angst. „Ich ruf' ihn jetzt an. Gott steh' uns bei!" Jamie wählte Forts Nummer. Nur nach dreimal Klingeln hob er ab. „*Boss,* hör' zu. Ich hab' den Sarg geöffnet, so wie du's gesagt hast... und wollt' ihr, so wie du's befohlen hast, von dem *L'eau Noire* was geben, aber... aber sie war nicht mehr drinnen..."

„Was heißt hier, *sie war nicht mehr drinnen?!*", hörte er Fort durchs Telefon schreien.

„Der Sarg war leer. Aber keine Angst, *Boss,* ich hab' alles im Griff. Wir haben Kugelmann schon angerufen und der hat uns versichert, dass..." Jamie konnte seinen Satz nicht mehr beenden.

„Was ist denn?" Danny sah ihn fragend an.

„Er hat einfach aufgelegt." Jamie sah ihn entsetzt an. „Ich sag' dir eins: er ist sicherlich in weniger als 'ner halben Stunde hier. Und *du* wirst ihm dann Gott verflucht erklären, wieso wir ihn nicht sofort angerufen haben!"

♣♣♣

Jamie hörte, wie ein Wagen auf den Hof fuhr und scharf bremste. Er eilte zum Fenster und sah hinaus. „O Mann, er ist schon hier.", stieß er erschrocken aus. Er lief auf die Tür zu und öffnete sie. Angstschweiß lief ihm die Stirn hinunter, als er Billy auf sich zustürmen sah. „Billy, ich..." Mehr Worte brachte er nicht mehr über die Lippen.

Fort stürmte ins Haus und packte Jamie am Kragen. Er drückte ihm die Luftzufuhr ab. „Wo ist sie, verdammt noch mal?! Du hattest die beschissene Aufgabe, sie nicht aus den Augen zu lassen!"

Jamie bekam keine Luft. Danny zog sich unauffällig ins hinterste Eck zurück und verhielt sich ruhig. Sein Herzschlag erhöhte sich um das Doppelte.

Fort ließ Jamie los und stieß ihn brutal von sich. Jamie stürzte keuchend zu Boden. Blitzschnell zog Fort seine Waffe und hielt sie Jamie an den Kopf. Er entsicherte die Waffe. „Wo ist sie?!", schrie er ihn zornig an. Er war wie von Sinnen. Seine Augen funkelten vor Zorn. Der Wahnsinn stand ihm ins Gesicht geschrieben. Er hatte Angst um sie.

Plötzlich packte ihn jemand an der Schulter. Fort drehte sich blitzschnell zur Seite. James stand dicht hinter ihm. „Hey, *Boss,* beruhig' dich erst mal wieder. Wenn du ihn abknallst, wissen wir genauso wenig wie vorher. Lass' ihn doch erst mal aussprechen. Hör' dir an, was er zu sagen hat. Na, komm' schon, Billy. Verlier' nicht den Kopf.", sprach James ruhig auf ihn ein. „Wenn du willst, dann kümmere ich mich drum... und du rauchst erst mal in aller Ruhe eine Zigarette."

Fort steckte die Waffe wieder ein. „Wo ist der Sarg?", fragte er plötzlich mit ruhiger Stimme.

„Oben.", sagte Jamie kleinlaut. Er wagte nicht, sich vom Boden zu erheben.

Fort lief die Treppen hinauf. Als er den leeren Sarg sah, packte er sich mit beiden Händen am Nacken und lief im Zimmer auf und ab. Er war verzweifelt. Wo war sie nur? Alles war doch bis ins letzte Detail geplant gewesen? Wie konnte das nur passieren, dass sie nicht mehr im Sarg lag? Hatte er sie durch diese Aktion am Ende sogar umgebracht? Er konnte keinen klaren Gedanken mehr fassen. Völlig verzweifelt und niedergeschlagen ließ er sich auf dem Bett nieder, zog eine Zigarette aus seiner Jackentasche und zündete sie sich an. „Fuck it!", stieß er leise aus und fuhr sich mit seiner Hand durchs Haar.

James betrat nur ein paar Minuten später das Zimmer, ging auf ihn zu und setzte sich neben ihn. „Gibst du mir auch eine?"

Fort hielt ihm die Schachtel hin. James sog den ersten Zug tief in die Lungen. „Hör' zu, Billy. Ich habe mit den beiden gesprochen. Jamie hat den Sarg nicht eine Minute aus den Augen gelassen, seit du ihn mit Friedrich an den Flugplatz geschickt hast. Nur am Zoll, als sich Charles um die Papiere kümmern musste, da wurde der Sarg in einer Lagerhalle oder so etwas Ähnlichem abgestellt. Ungefähr eine halbe Stunde war er dort unbeobachtet. Das war die einzige halbe Stunde, in der Jamie den Sarg aus den Augen gelassen hatte. Ansonsten war er ständig bei ihr. Danny hat schon mit Kugelmann's Leuten gesprochen, damit die das Flughafenpersonal, das in dieser Zeit Zugang zu dieser Halle hatte, überprüfen. Aber anscheinend hatte niemand von denen Danny ernst genommen, denn er bekam den ganzen Tag über keinen Rückruf in dieser Sache. Nachdem Jamie die ganze Zeit bei dem Sarg war, außer in dieser einen halben Stunde, kann sie nur dort jemand aus dem Sarg entwendet haben, denn ich bin mir sicher, dass sie von alleine nicht rausgekrochen ist. Und de Valence konnte das unmöglich gewesen sein. Du weißt, dass er noch bewusstlos gewesen sein musste, als es passiert ist. Irgendjemand, was weiß ich zum Teufel wer und warum, hat den Sarg geöffnet und sie aus dem Sarg geholt. Anschließend hat er den Sarg aber wieder so verschlossen, dass er gar nicht mehr aufgegangen ist. Jamie hat gesagt, er musste ein Brecheisen verwenden, um ihn aufzubekommen. Unserem unbekannten Dieb war wohl viel daran gelegen, dass niemand mehr den Sarg öffnet. Er wusste wohl, dass eine Feuerbestattung ohne vorherige Beschauung stattfinden sollte. Das stand ja so in den Papieren. Wahrscheinlich hat er darauf spekuliert, dass der Sarg verbrannt worden wäre, und niemand gemerkt hätte, dass er eigentlich leer war. Wenn wir den Typen haben, haben wir auch sie. Bin mir ganz sicher."

Fort zog hastig sein Handy aus der Manteltasche heraus. In seinem persönlichen Telefonbuch wählte er die Nummer von Kugelmann. Er ließ es genau drei Mal klingeln, dann legte er wieder auf. Nur eine halbe Minute später klingelte sein Telefon. Es war Kugelmann.

„Du kannst ihn wohl noch immer nicht leiden?", sagte James und schnippte seine Kippe aus dem Fenster.

Es klingelte ohne Unterlass. Fort ging ran. „Ruf' mich in zwei Minuten zurück!" Er legte wieder auf.

„Jamie! Beweg' sofort deinen Arsch hier rauf!", schrie Fort.

Zehn Sekunden später stand Jamie vor der Tür. „Ja, *Boss?*"

„Wie lange hat dich Kugelmann warten lassen?"

Jamie sah auf die Uhr. „Na ja, ich würde sagen, so neun oder zehn Stunden ist's sicher schon her, dass ihn Danny angerufen hat."

Forts Telefon klingelte genau zwei Minuten später noch mal. Es war abermals Kugelmann. Fort hob ab. „Mein Mann hat dich vor beschissenen zehn Stunden angerufen, du hast es aber anscheinend nicht für nötig gehalten, dich um meine Angelegenheit zu kümmern. Ich geb' dir jetzt genau eine beschissene Stunde Zeit, um herauszufinden, wo sie ist!... mir doch egal, was du dafür tun musst... dann lauf' doch übers Wasser, verdammt noch mal! Tu's! Und zwar sofort! Ich will wissen, wo sie ist. Du hattest verdammte *zehn* Stunden Zeit!... ich erwarte deinen Anruf in genau einer Stunde!" Fort legte wieder auf. Er sah zu Jamie und James hinüber. „Lasst mich genau eine Stunde lang allein." Er ließ sich zurückfallen und schloss die Augen. Er hörte Jamies und James Schritte auf dem Parkettboden. Er hörte, wie sie die Tür öffneten, und er hörte, wie sie sie hinter sich wieder leise schlossen. Er war verzweifelt. Was hatte er nur getan? „Isabeau...", stieß er leise aus. „... wo bist du nur?"

✦✦✦

Fort lag immer noch mit geschlossenen Augen auf dem Bett. Sein Telefon klingelte. Er sah auf die Uhr. Gerade mal eine halbe Stunde war seit Kugelmanns Anruf vergangen. Er sah auf das Display seines Mobiltelefons. Erschrocken fuhr er hoch. Er hob ab. „Hallo Séb...", meldete er sich. „Wieso?... was? Entführt? Wovon sprichst du?... nein! Bist du dir sicher?... Erzengel was?... was heißt hier entführt?... wie ist das passiert?... sie ist nicht mehr da?... also entführt vom, wie sagst du, Erzengel Gabriel?... ins Himmelreich?... bleib' jetzt ruhig und verlier' bloß nicht die Nerven... hör' zu, bin spätestens morgen Mittag da... kein Problem... ja, sag' ihm das, wenn er kommt... bis dann." Er legte wieder auf.

Fort erhob sich und eilte zu den anderen ins Wohnzimmer hinunter. „James, kümmere dich drum, dass wir in zwei Stunden fliegen können."

„Du weißt, dass wir eine Genehmigung brauchen, wenn wir nachts starten wollen..."

„Dann besorg' dir die beschissene Genehmigung, verdammt noch mal. Ich will in zwei Stunden im Flieger sitzen."

„Wo willst du überhaupt hin? Nach Paris zurück?"

„Soll ich etwa hier nur blöd rumsitzen?!... de Valence hat mich übrigens gerade angerufen. Er weiß schon Bescheid. Mein Bruder ist gerade auf dem Weg zu ihm. Die Polizei hat er aber vorerst noch nicht eingeschalten. Ich hab' ihm gesagt, ich wäre bis spätesten morgen Mittag auch da. Und wenn wir uns nicht irren, hat sie Paris nie verlassen. Sie muss noch dort irgendwo sein."

„Was hast du vor, wenn wir sie gefunden haben?"

„Das weiß ich noch nicht... das entscheide ich noch. Ich fahre jetzt zu Eva. Wir treffen uns in genau zwei Stunden am Hangar." Er schritt auf Jamie zu. „Du warst für sie verantwortlich!" Jamie sah ihn ängstlich an und sagte keinen Ton. „Du fliegst mit. Sei mit James pünktlich am Flugplatz!" Er richtete seinen Blick auf Danny. „Und du fährst mit zum Memorial." Fort wandte sich von den dreien ab und eilte zum Wagen. Danny folgte ihm. Ihm war nicht wohl bei der Sache. Er wäre lieber bei den anderen beiden geblieben.

♣♣♣

Fort betrat das Zimmer.

Charlie saß neben Evangeline am Bett und hielt ihre Hand. Sie schlief. Als er Fort erblickte, erhob er sich abrupt. „Sie schläft.", sagte er leise und schritt auf ihn zu.

„Charlie, ich muss nach Paris fliegen. Sébastian hat mich angerufen. Er ist total fertig. Seine Frau wurde entführt. Mein Bruder ist schon auf dem Weg zu ihm. Ich hab' ihm versprochen, dass ich spätestens morgen früh dort lande. Na ja, mit der Zeitverschiebung wohl erst gegen Mittag beziehungsweise mit Verspätung wohl erst gegen zwei Uhr... ich fliege noch heute Nacht. Ich weiß eigentlich noch nichts Genaues, aber er klang nicht besonders gut. Kommst du hier alleine klar?"

Charlie nickte.

„Ich weiß nicht, wie lange ich weg bin. Möglicherweise nur ein paar Tage. Ich rufe dich an, wenn ich dort gelandet bin." Fort sah aufs Bett. „Ich will sie jetzt nicht wecken. Sagst du es ihr bitte, wenn sie wach ist."

Charlie nickte. „Willst du kurz mit ihr alleine sein?"

„Wenn's dir nichts ausmacht, ja."

„Schon *okay*." Charlie drehte sich um und verließ das Zimmer.

Fort ging auf Evangeline zu und strich ihr zärtlich übers Haar. *„Je t'adore.",* flüsterte er ihr leise zu. Sie lächelte ihn im Schlaf an. Er bückte sich über sie und gab ihr einen zärtlichen Kuss. Anschließend verließ er das Zimmer.

♣♣♣

„Pass' auf sie auf, Charlie.", sagte Fort leise und reichte ihm die Hand.

Charlie schlug ein. „Mach' ich. Ruf' mich an, wenn du drüben bist."

Fort nickte.

Jack beobachtete das Ganze aus fünf Metern Enfernung. So sehr er sich auch bemühte, er konnte nicht verstehen, worüber die beiden sprachen. Nachdem sie sich die Hand gegeben hatten, verließ Fort die Station und Charlie verschwand wieder in Evangelines Zimmer. Jack blieb alleine zurück und versuchte, das Rätsel zu lösen.

♣♣♣

Fort stieg wieder in den Wagen. Danny saß auf dem Beifahrersitz und machte keinen Mucks. Er hatte Angst. Als er versuchte, mit Fort ein Gespräch anzufangen, wurde er barsch unterbrochen. „Du sprichst zu viel!", zischte ihn Fort an. Er wollte seine Ruhe. Danny schwieg wieder. Erst als sie am Flugplatz waren, atmete Danny erleichtert wieder auf. Er eilte ihm voraus zu den anderen. James und Jamie warteten bereits am Hangar.

Forts Mobiltelefon klingelte. Er hob ab. „Du bist eine halbe Stunde zu spät dran!... mehr Zeit?! Du hattest Zeit! Über zehn beschissene Stunden!... ich gebe dir noch genau sieben Stunden. Mehr Zeit lasse ich dir nicht!... ich bin übrigens auf dem Weg zu dir. Spätestens wenn ich gelandet bin, will ich wissen, wo sie ist. Falls du's vorher herausfindest, dann ruf' mich über das Satellitentelefon an. Und denk' dran: du solltest sie lieber vorher finden! Wäre besser für dich! Du kannst das ruhig als Drohung auffassen. Und du weißt, mich hält niemand auf. Auch nicht deine besten Leute. Ich komme an allen vorbei. Vergiss' das nicht!... dann ist ja gut so!... James gibt dir die Nummer..." Fort winkte James zu sich und überreichte ihm das Telefon. „... gib' ihm bitte die Nummer vom Flieger."

11

De Valence schlug die Augen auf.

Sein Schädel brummte fürchterlich. Er drehte den Kopf zur Seite. Sie lag nicht neben ihm. ‚… *wo ist sie?…'*, dachte er. Er richtete sich auf und knipste die Nachttischlampe an. Als er aus dem Bett steigen wollte, erblickte er am Boden einen Zettel. Die einzigen Worte, die ihm sofort ins Auge fielen, waren:

...

... ins Himmelreich entführt.

...

De Valence sprang aus dem Bett und griff nach dem Zettel. Mit Entsetzen las er, was darauf stand. Er eilte hinunter zu de Miranda.

♣♣♣

De Valence rüttelte ihn. „Jean! Jean!", rief er de Miranda zu, doch der schien ihn nicht hören zu wollen. Er schlief wie ein Toter in aller Ruhe weiter und ließ sich einfach nicht wecken. ‚… *da stimmt was nicht…'*, schoss es de Valence durch den Kopf. Er lief zu seinem Telefon und klingelte Doktor Engelmann aus dem Bett.

Dann wählte er erneut. Er ließ es nicht lange klingeln. Dumas meldete sich recht verschlafen. „Léon! Sie ist weg! Entführt! Es lag ein Zettel in meinem Schlafzimmer. Es war der Erzengel Gabriel… ja, das hat er zumindest auf den Zettel geschrieben… Kannst du gleich kommen?… was?… nein, das weiß ich nicht… ich bin erst vor fünf Minuten aufgewacht… ich bekomme Jean nicht wach. Ich glaube, wir wurden betäubt… mit Gas… was weiß ich. Doktor Engelmann ist schon auf dem Weg hierher… ja, danke, Léon. Ja, bis gleich." De Valence legte auf.

Er sah auf die Uhr. Sein Herz schlug immer schneller. Er dachte nach, dann wählte er erneut. „Daniel, du musst sofort nach Paris kommen… Sie ist weg. Sie wurde entführt… Isabelle wurde entführt… ja, wenn ich's dir doch sag'. Er schreibt, er sei der Erzengel Gabriel… Gabriel… na entführt heißt weg… das weiß ich nicht!… Nein! Einfach verschwunden. Spurlos verschwunden… ja, das sag' ich doch die ganze Zeit! Erzengel Gabriel. Er schreibt, er hat sie ins Himmelreich entführt… ja, ins Himmelreich… okay, ich versuch's… danke, Daniel, danke… Léon ist auf dem Weg hierher. Ich sag' ihm, dass du morgen gegen Mittag hier bist. Ich danke dir!… ich sag's ihm gleich, wenn er kommt! Er ist sicherlich gleich da… bis dann."

♣♣♣

Doktor Engelmann untersuchte de Miranda. De Valence stand stumm daneben. Er war sehr aufgeregt. "Was ist mit ihm, Doktor?"

"Er wurde betäubt." Engelmann sah auf die Uhr. „Ich denke, er wird in zwei Stunden wach. Seine Dosis muss höher gewesen sein als Ihre. Sonst wären Sie beide gleichzeitig erwacht."

„Können Sie hier bleiben, bis er aufwacht?"

Engelmann nickte. De Valence hatte ihn eingeweiht und ihn an seine ärztliche Schweigepflicht verwiesen.

De Valence wollte nicht die Polizei alarmieren, bevor sich Dumas das Ganze angesehen hatte. Zudem hielt de Valence sehr viel von Daniel Fort. Daher war es auch nicht verwunderlich, dass er ihn gleich angerufen hatte. Seit er ihn vor fast einem Jahr aus den Klauen seiner Entführer befreit hatte, sah er ihn heimlich als seinen Helden an. Er war sich sicher, hätte es ihn nicht gegeben, dann wäre er niemals den Entführern entkommen. Nun hoffte er sehr, dass er ihm helfen würde, seine Frau zu finden.

Als die Türglocke ertönte, eilte de Valence zur Tür.

❦❦❦

Dumas hatte grobe, markante Gesichtszüge, eine viel zu kleine, rundliche Nase für das breite Gesicht, dafür aber einen sehr großen Mund. Seine Augen waren stark rot unterlaufen, daher konnte man nicht erkennen, dass sie rehbraun waren, wenn er sie offen hielt. Mehrmals im Jahr bekam er aus unerklärlichen Gründen diese Augenentzündung, die er schon mehr als einmal verflucht hatte. In diesem Augenblick kniff er sie wieder fest zusammen und rieb mit seinen Fingern nicht nur über die Augenlider, sondern auch über die buschigen Augenbrauen. Dumas hatte ein wirklich stämmiges Gesicht, das durch die runden Locken seines kurzen Haares abgerundet wirkte. Wegen des manchmal etwas verbissenen Gesichtsausdruckes bildeten sich bereits zahlreiche Falten auf seiner Stirn, die ihn an manchen Tagen älter aussehen ließen, als er tatsächlich war. Sein genaues Geburtsdatum war niemandem bekannt, deshalb hatte das Jugendamt damals einfach einen *Tag ‚x'* festgelegt. Somit betrug sein geschätztes Alter in diesem Jahr siebenunddreißig. Sein rotbraun gelocktes Haar hatte an manchen Tagen fast dieselbe Nuance wie seine Gesichtsfarbe, wenn er sich wieder mal über irgendetwas ärgern musste. Von der Statur her war Dumas um einiges größer als de Valence. Er wirkte sprichwörtlich wie ein Bulle neben ihm.

Dumas starrte auf den Zettel.

Er hatte ihn wohl schon zig Mal gelesen, doch schlau wurde er aus dem Inhalt nicht.

Und auf einen Schlag wurde es ihm plötzlich bewusst.

Seine Hand zitterte, während ihm ein erschreckender Gedanke durch den Kopf schoss.

> Ich habe sie ins Himmelreich entführt.
>
> Such' sie nicht! Du wirst sie nicht finden.
>
> Nicht in diesem Leben. Wenn du mir oder
>
> ihr zu nahe kommst, werde ich vom Himmel
>
> herabsteigen, um dich in die Hölle zu
>
> schicken. Hüte dich vor meinem Zorn!
>
> Erzengel Gabriel

„Du zitterst ja!", stieß de Valence leise aus.

Dumas starrte ihn an. Er konnte nicht glauben, dass das Schlimmste, was er je befürchtet hatte, nun eingetroffen war. Daniel hatte sie nach Chicago mitgenommen. Er kannte seine Handschrift.

Schon als Kinder hatten sie oft *Entziffere-meine-Handschrift* gespielt. Hierbei hatten die drei Brüder Nachrichten mit der linken Hand aufgeschrieben, die sie gegenseitig entziffern mussten. Alle drei waren Rechtshänder. Am Anfang des Spieles war es schwierig, das Gekritzel desjenigen zu lesen, auf den die Flasche gezeigt hatte, nachdem sie abwechselnd von den dreien gedreht wurde. Da das Flaschendrehen nur wirklich Sinn machte, wenn Mädchen dabei waren, überlegten sich die drei Brüder eben dieses Ersatzspiel, wenn sie alleine waren. Da sie sich jedoch immer Gemeinheiten für denjenigen ausdenken durften, der die Nachricht dann nicht lesen konnte, hatten sie schnell gelernt, mit der linken Hand zu schreiben. Als sie es alle so einigermaßen konnten, hatte sie das Spiel begonnen zu langweilen und sie hatten sich ein neues ausgedacht. Doch es kam immer wieder mal vor, dass sich David Fort und Dumas während ihrer Ausbildung bei der Polizei Nachrichten mit der linken Hand geschrieben hatten, um nicht aus der Übung zu kommen. Und Daniel Fort hatte eindeutig dieselbe Handschrift wie David Fort.

Dumas wusste nur nicht, ob sie freiwillig mitgegangen war. Irgendwie konnte er sich nicht vorstellen, dass sie ihm das angetan hätte. Ihn einfach zu verlassen, ohne ein Wort zu sagen. Kein Abschied, klammheimlich verschwinden, eine

Entführung vortäuschen? Nein, das war so ganz und gar nicht ihre Art. Auch hätte sie niemals David Fort verlassen. Das wusste er so sicher wie das Amen in der Kirche. Und de Valence hätte sie das mit Sicherheit auch nicht angetan. Und De Miranda durfte man auch nicht vergessen. Nein. Nicht sie. Er war sich sicher, das hätte sie nie getan. Er wusste aber, dass sie Daniel Fort oft dazu gedrängt hatte, mit ihm nach Chicago zu gehen. Er wusste auch, dass Isabelle jedes Mal schwach geworden war und beinahe diesen Schritt auch getan hätte. Er hatte wohl gemerkt, dass Fort einen gewaltigen Einfluss auf sie ausübte. Er war sich sogar sicher, dass sie ihm immer mehr verfiel und glaubte beim letzten gemeinsamen Treffen erkannt zu haben, dass sie ihm hörig war. Nun, wie dem auch sei, er musste dieser Sache nachgehen.

„Léon! Du zitterst ja!", stieß de Valence nochmals aus und riss Dumas aus seinen Gedanken.

„Wann hast du gesagt, ist Daniel hier?"

„Er wollte so gegen Mittag beziehungsweise am frühen Nachmittag hier landen... und? Was sagst du zu dieser Nachricht?! Ist sie noch am Leben?" De Valence war zutiefst verzweifelt. Er zitterte am ganzen Körper. Er saß auf dem Sofa und hielt sein Gesicht in den Händen verborgen. Plötzlich erhob er sich, ging auf die Terrassentür zu und öffnete das Fenster. Er drehte sich Dumas wieder zu.

„Wir warten, bis Daniel hier ist.", sagte Dumas. „Ich bin mir sicher, ihr geht es gut. Ich weiß noch nicht, wo sie ist, aber du kennst ja Daniel... er wird es mit Sicherheit herausfinden... irgendwie hat er ein Gespür für so etwas. Wenn du aber willst, kann ich sofort meine Leute einschalten und auch sofort eine Großfahndung einleiten..."

„Nein. Wir warten auf Daniel. Du hast ja gelesen, dass er unberechenbar wird, wenn ich versuche, sie zurückzuholen. Wenn wir die Polizei einschalten, ist die Presse nicht weit. Und wenn dieser Psychopath liest, was ich alles in Bewegung gesetzt habe, um sie wiederzubekommen, tut er ihr möglicherweise auch was an. Weißt du, um mich mache ich mir nicht so viel Sorgen, aber um sie. Und dass es ein Irrer ist, der sie gefangen hält, ist ja wohl eindeutig. Erzengel Gabriel! Ich denke, wer sich für den Erzengel hält, hat nicht mehr alle beisammen. Ich will ihn nicht provozieren. Wir warten lieber, bis dein Bruder hier auftaucht. Und du weißt, dass er abartige Kontakte hat. Er findet sie bestimmt... und das unauffälliger als die Polizei. Und der Irre soll nicht wissen, was ich vorhabe. Meinst du, ich habe recht, Léon? Bitte sag' mir, was du darüber denkst. Wenn du meinst, ich irre mich, dann machen wir das so, wie du meinst. Ich will ihr auf keinen Fall schaden, weil ich was Falsches entscheide." De Valence versuchte sich selbst Mut zuzusprechen, doch im Grunde genommen war er zutiefst verzweifelt.

Dumas nickte. „Ja, wir sollten warten. So wie es aussieht, hat er nicht vor, ihr wehzutun. Wer weiß, wie er darauf reagiert, wenn er im Fernsehen sieht, dass wir eine Großfahndung eingeleitet haben. Ich lass' den Zettel aber auf Fingerabdrücke hin überprüfen. Christophe wird sich drum kümmern, dass die ganze Sache vertraulich behandelt wird. Über unser PC Programm können wir in kürzester Zeit über Tausende von Fingerabdrücken miteinander vergleichen, falls wir welche darauf finden." Dumas ging auf de Valence zu und legte seine Hand auf dessen Schulter. „Ich bin mir sicher, Daniel bringt sie dir zurück." Dumas war so felsenfest davon überzeugt, dass sein Bruder dieser besagte Erzengel Gabriel sein müsse, dass er keinerlei Ängste hatte, Isabelle nicht ungeschoren wiederzubekommen. Natürlich konnte er das de Valence nicht sagen, so lange es nur eine reine Spekulation von seiner Seite aus war. Er musste erst mit Fort darüber reden, ergründen, wieso er das getan hatte, falls es sich bewahrheiten sollte, dass er sie tatsächlich entführt hatte. Und wer weiß, vielleicht dürfte er niemals mit de Valence darüber sprechen. Er musste auf alle Fälle versuchen, Fort unter vier Augen zu sprechen. Er musste das aufklären. „Wie geht es Jean? Ist er immer noch bewusstlos?"

„Ja. Er steht noch unter Drogen. Doktor Engelmann ist noch bei ihm. Er weiß momentan noch nicht genau, was uns verabreicht wurde. Aber er hat mir schon eine Blutprobe entnommen. Er wird es sicherlich bald herausfinden. Er ist ein Genie auf seinem Gebiet. Aber das weißt du ja selbst."

♣♣♣

Er saß mit ihr am Frühstückstisch. Alleine. Sie lächelte ihn an. Aber was geschieht plötzlich hier, schoss es ihm durch den Kopf, als er sich die Wände ansah. Der Raum, er nahm mit einem Mal die Farbe des Blutes an. O Gott, nein! Wo war er denn jetzt plötzlich?! Und wo war sie? Sie war doch eben noch hier! Es war doch derselbe Tisch, derselbe Stuhl, derselbe Raum! Und doch veränderte er sich in Sekundenschnelle. Er begann sich zu drehen. Zuerst langsam und dann immer schneller. Er verlor das Gleichgewicht und stürzte in die Tiefe. Schlagartig blieb die Zeit stehen. Er hatte das Gefühl, er konnte kaum atmen, als er in den Abgrund gleitete. Doch Angst war es nicht, die er bei dem Sturz empfand. Es war eher das unglaubliche Nichts, das ihm den Atem stahl, als er in die Tiefe stürzte. Aber was war denn das?! Er fiel tatsächlich in denselben Raum zurück. Die Farbe der Wände veränderte sich wieder. Das Blut an den Wänden verschwand. Es verwandelte sich in pures Gold. Das Zimmer wurde auf einen Schlag mit grellem Licht durchflutet. Das Gold schimmerte von den Wänden. Die Tür ging auf. Sie trat ein und kam auf ihn zu. Da bist du ja, rief er ihr zu. Sie trug lediglich ein weißes, durchsichtiges Sommerkleid. Er konnte darunter ihre weiblichen Rundungen erkennen, ihre schöne Brust, ihre wunderbare Scham. Ihre Brustwarzen waren hart und pressten sich durch den Stoff. Sein Herz begann zu rasen. Er lächelte sie an. Hast du dich umgezogen, Prinzessin? Für mich? Als sie bei ihm angekommen war, zog sie sich das Kleid über die Schenkel und setzte sich mit ihrer entblößen Scham auf seinen Schoß. Langsam ließ sie ihre Hüften kreisen. Isabelle, stieß er leise aus, du bringst mich noch eines Tages um meinen Verstand. Und *Black Angel* will dir nicht wehtun, das weißt du doch?! Er begann sie leidenschaftlich zu küssen. Zärtlich rieb er ihr dabei über die Schamlippen und schob ihr immer wieder seinen Finger tief in die Öffnung hinein. Abwechselnd drückte er leicht und fest auf ihre Klitoris, die vor Geilheit dick angeschwollen war. Immer schneller ließ sie ihre Hüften kreisen. Sie berührte ihn, berührte sein steifes Glied, das sich durch den Stoff seiner Hose presste. Wie in Trance öffnete er seine Hosen. Sein Penis sprang heraus, richtete sich in voller Größe auf, wollte in sie eindringen, jetzt! Er fühlte ihre feurige Möse. Sie war nass. Sie schrie nach ihm. Ich will mit dir spielen, hauchte er ihr ins Ohr. Sie erhob sich und setzte sich auf sein steifes Glied. Immer tiefer drang er in sie ein. Immer schneller bewegte sie sich auf und ab. Sie brachte sein Herz zum Rasen. Sie tauchte seinen Verstand in Wahnsinn. Schneller, schrie sie. Tiefer, hauchte sie ihm zu. Er packte sie an den Hüften und lupfte sie von sich herunter. Er presste ihren Körper auf den Tisch. Schob ihr seinen großen, harten Schwanz in die Möse. Du bist so eng! O Gott, du bist so eng, schrie er ihr immer wieder zu. Er begann sie leidenschaftlich zu stoßen, riss ihr das Kleid vom Körper wie ein wildes, ausgehungertes Tier, küsste leidenschaftlich ihre Brüste. Mit einem Mal wurde es wieder dunkel. Die Wände veränderten sich. O Gott, sie färbten sich blutrot. Sie begannen sich zu bewegen. Immer näher kamen sie auf ihn zu. Er hatte Angst, man würde sie und ihn erdrücken, ihre Körper zwischen den Wänden zerquetschen. Er sah auf sie herab. Er erschrak zutiefst. Das Blut lief ihr aus den Augen, das Blut lief ihr aus der Nase, das Blut lief ihr aus dem Mund. Isabelle, schrie er. Doch sie antwortete nicht. Und plötzlich lag sie in einem Sarg. Sie lag darin wie Schneewittchen und hielt die Augen geschlossen. Ihre Haut war weiß. Ihr Haar färbte sich schwarz, ihr Mund blutrot. Ihre weiße Blässe blendete ihn. Weiß wie Schnee, Rot wie Blut, Schwarz wie Ebenholz, schoss ihm durch den Kopf. Isabelle! Isabelle, rief er. Schläfst du?! Antworte! Sprich mit mir! Was ist mit dir geschehen? Wo bist du? Wer bist du? Schneewittchen? Er näherte sich ihr. Berührte ihr Haar mit seiner Hand. Plötzlich schlug sie die Augen auf. Hilf' mir, schrie sie aus Leibeskräften. Hilf' mir, Jean! Plötzlich fiel der Sargdeckel zu und verschwand in den Tiefen des Meeres. Die gewaltigen Wellen schlugen gegen den Schiffsrumpf und rissen alles um sich herum in die Tiefe. Übrig blieb nur die unendliche Weite des Ozeans. Der ehrfurchteinflößende Anblick raubte ihm den Atem. Er sah zum Horizont, der sich langsam blutrot färbte. Schlagartig schlug de Miranda die Augen auf und stieß einen lauten Schrei aus. Er starrte Doktor Engelmann mitten in die Augen, der gebeugt über ihm stand.

„Sie hatten einen Albtraum. Wie fühlen Sie sich?", fragte Engelmann.

„Was machen Sie denn hier?", stieß de Miranda verwundert aus.

♣♣♣

De Miranda betrat den Salon. Er war noch etwas benommen.

Er schritt hastig auf de Valence zu. De Miranda hatte ein längliches, sehr ebenmäßiges, dennoch etwas kantiges Gesicht, halb bedeckt durch einen kaum merklichen Dreitagebart, der ihm überaus männliche Gesichtszüge verlieh. Das Rot seiner vollen Lippen stach deutlich daraus hervor. Sein dunkelbraunes, gewelltes, kurzes Haar bedeckte seinen Nacken, und eine Locke fiel ihm leicht in die Stirn. Die dunklen Augenbrauen waren sehr dicht und schmückten seine rehbraunen Augen. Seine überaus langen Wimpern waren nicht nur ein Merkmal der männlichen Linie der Familie de Valence, sondern auch ein besonderes Merkmal seiner eigenen. Die Nase war jedoch etwas länglicher, zudem sehr schmal, wirkte dennoch nicht zu groß in seinem markanten Gesicht. Sein Gesichtsausdruck hatte etwas Geheimnisvolles und Edles an sich. De Miranda hatte zudem einen schmalen, langen Hals und über seinen am Kopf eng anliegenden Ohren hingen vereinzelt ein paar lockige Strähnen seines gewellten, dichten Haares, die er sich in diesem Moment hinter die Ohren strich. Dies tat er grundsätzlich, wenn er nervös war. Seine hochgewachsene, muskulöse Statur war dieselbe wie die von de Valence. De Miranda war überaus attraktiv.

„*Was machen Sie denn hier?*", hatte er ihn verschlafen gefragt, als er die Augen geöffnet hatte und seinen Hausarzt vor seinem Bett sitzen sah. Als ihm Engelmann jedoch gesagt hatte, was geschehen war, war er sofort aus dem Bett gesprungen und zu seinem Cousin geeilt. „Sébastian! Ist das wahr?", stieß er entsetzt aus.

De Valence nickte. „Ja. Wir wissen noch nichts Genaues. Wir warten auf Daniel. Er ist schon auf dem Weg hierher." De Valence erzählte de Miranda, was geschehen war, gab ihm wortgetreu den Inhalt des Drohbriefes wieder, der derzeit auf Fingerabdrücke hin untersucht wurde, und erläuterte ihm sein weiteres Vorgehen.

De Miranda ließ sich auf dem Sofa nieder. „Erzengel Gabriel?! Wer kommt nur auf so 'nen Schwachsinn!", stieß er leise aus. Er ließ sich zurückfallen und schloss die Augen. Er dachte nach. „Ich fühle, sie braucht unsere Hilfe! Er will ihr wehtun.", stieß er plötzlich leise aus. „Hoffentlich schafft es Daniel rechtzeitig."

Dumas und de Valence gefror bei dessen Worten das Blut in den Adern.

12

Chris Maria Sánchez hatte es geschafft. Gott sei Dank! Er hatte seine Kiste mit dem überaus wertvollen Inhalt wieder einmal unbemerkt aus der Lagerhalle herausschaffen können. Nun saß er in seinem Lieferwagen und war auf dem schnellsten Weg nach Hause. Er hatte sich drei Tage freigenommen. Er wollte sie nicht alleine lassen. Er wusste, dass sie sonst verwesen würde, ohne dass er ausreichend Zeit gehabt hätte, sich gründlich mit ihr zu vergnügen.

Als er auf den Hof fuhr, lenkte er den Wagen in die alte Scheune. Mühsam lupfte er die Kiste vom Wagen und trug sie ins Haus. ‚... nur noch die Stufen hoch, und ich hab's geschafft...', dachte Chris Maria. Trotz dass er so viel Mühe mit der schweren Kiste hatte, freute er sich wie ein kleines Kind auf sein neues Spielzeug.

Chris Maria bewohnte diesen Bauernhof seit ungefähr drei Jahren. Günstig hatte er das Gut erworben. Es lag einsam vor den Mauern der Stadt. Und er liebte einsame Grundstücke. Er liebte die Stille, die es umgab. Auch konnte er nur hier ungestört seiner Leidenschaft nachgehen. Die vielen anderen Menschen dort draußen, in der großen weiten Welt, sie waren einfach zu dumm, um ihn zu verstehen. Nur seine schönen Wesen verstanden ihn. Nur sie wussten, dass er sie liebte.

„Geschafft!", stieß Chris Maria freudig aus, als er die Kiste ins Schlafzimmer geschafft hatte. Er machte sich gleich daran, die Kiste zu öffnen. Er war geblendet von ihrer Schönheit, als er den Deckel löste. Sie sah im Tageslicht noch viel schöner aus als in der Halle bei all dem künstlichen Licht. Vorsichtig hob er sie aus der Kiste. „O Mann, du fühlst dich ja noch richtig weich an.", murmelte er leise vor sich hin. Er wunderte sich sehr darüber, dass die Leichenstarre bei ihr noch nicht eingesetzt hatte. „Du bist aber wirklich noch nicht lange tot, meine Schöne? Hab' ich recht?" Er lächelte sie an, während er sie zum Sarg hinübertrug. Vorsichtig legte er sie hinein. „Und wie schön du angezogen bist! So als hättest du gewusst, dass du dich für mich schön machen musstest. O ja, ich sehe schon, wir verstehen uns. Du lächelst mich ja an. Ich werde dich so sehr lieben, wie noch kein Geschöpf zuvor. Und ich bin jetzt schon traurig, wenn wir uns wieder trennen müssen. Aber vielleicht bleibt uns ja noch Zeit bis zum Wochenende." Sanft strich er ihr mit der Hand die Strähne aus dem Gesicht. „Ich richte jetzt unser Spielzimmer her. Bitte warte hier so lange auf mich. Ich hole dich gleich. Aber sei nicht ungeduldig. Eine halbe Stunde dauert es schon noch." Er lächelte sie an und strich ihr vorsichtig mit den Fingern über die Brust. Er wagte kaum, sie zu berühren. „Du fühlst dich so gut an, weißt du das?!" Abrupt erhob er sich. „Ich richte sofort das Spielzimmer für uns her. Ich kann es kaum erwarten, es dir zu zeigen. Es wird dir gefallen, gefallen, mit mir zu spielen." Chris Maria stieß ein irres Lachen aus.

Er wandte sich von ihr ab und stürmte aus seinem Schlafzimmer hinaus.

✦✦✦

Isabelle schlug die Augen auf. Sie starrte an die Decke. ‚... wo bin ich?...', dachte sie sich. Sie konnte sich nicht erinnern, wo sie war. Sie wusste nur, dass sie zuletzt noch in Forts Armen gelegen war. „Daniel?" Ihr Kopf brummte. Sie sah auf ihre Hände herab, die überkreuzt auf ihrer Brust lagen. Sie wandte den Kopf nach rechts. ‚... o Gott!...' Sie wandte den Kopf nach links. Schlagartig wurde ihr bewusst, dass sie in einem Sarg lag.

Abrupt richtete sie sich auf und sprang schreiend aus dem Sarg. Sie warf einen Blick um sich. Sie war in einem Schlafzimmer. Es war nicht besonders schön. Der dunkle Holzboden hatte bereits zahlreiche Einschlaglöcher. Das Bett war nicht gemacht und ein miefender Gestank drang aus den Ritzen der Wände. Die Fenster waren geschlossen. Verblasste, weiße, alte Gardinen hingen davor und verhinderten, dass das helle Tageslicht hereinfiel. Neben dem Bett stand ein schmales Nachtkästchen aus weißem Sperrholz. Darauf stand eine alte Lampe, deren Lampenschirm an der Seite zerrissen war. Mehrere schwarze, seltsame Figuren standen auf einem schmalen Regal über dem Bett. Die Wände waren mit einer geschmacklosen Tapete tapeziert und kein einziges Bild hing an der Wand. Schräg gegenüber vom Bett befand sich eine alte Kommode, auf der ein paar vergammelte Essensreste lagen. Ihr Blick fiel abermals auf den Sarg. Er war aus Zedernholz. Es war der einzige Gegenstand in diesem Zimmer, der noch recht neu aussah. Und teuer. Natürlich nur, soweit sie das beurteilen konnte. Entsetzen machte sich bei ihr breit und sie fing wieder an zu schreien.

Isabelle kam sich vor wie in einem Horrorfilm. Sie hörte gar nicht mehr auf zu schreien. Sie lief zur Tür. Sie wollte raus aus diesem grauenhaften, ekelerregenden Loch. Doch plötzlich riss jemand die Tür auf. Ein Riese von einem Mann stand mit einem Mal vor ihr.

Isabelle wich automatisch wieder zurück.

♣♣♣

Chris Maria war bei bester Laune. Er war im Spielzimmer und richtete den Bock gerade her, über den er das wunderschöne Geschöpf gleich spannen wollte. Das Zimmer war kohlrabenschwarz und besaß keine Fenster. Es befand sich im Untergeschoss des Hauses. Alles, was sich darin befand, war schwarz. Sogar die Wände waren in Schwarz gestrichen.

Plötzlich hörte er ein lautes Geschrei. Eine Frau schrie. Er hielt kurz inne. Er stürmte die Treppen hinauf und eilte zum Eingang hinaus. Doch niemand befand sich auf seinem Grundstück. Das Schreien war inzwischen wieder verstummt. Und plötzlich hörte er es wieder. ‚… das kommt ja von oben!...‘, schoss es ihm durch den Kopf. O Gott, jemand war bei seinem schönen Geschöpf. Jemand war in sein Haus eingedrungen. Er eilte in sein Schlafzimmer hinauf und stieß die Tür auf. Er konnte seinen Augen kaum trauen. Das schöne Geschöpf selbst war es, das geschrien hatte und ihm jetzt einen entsetzten Blick zuwarf. „Das ist unmöglich!", stieß er entsetzt aus. „Du bist doch tot!" Er näherte sich ihr. Das schöne Wesen lief zum Bett zurück und fing wieder an, fürchterlich laut zu schreien. Als er einen weiteren Schritt auf sie zuging, packte sie die Lampe, die auf seinem Nachtkästchen stand, und warf sie ihm vor die Füße. Sie kreischte fürchterlich. Er bekam es mit der Angst zu tun. Sie war doch so liebreizend, als er sie zu sich nach Hause gebracht hatte. Und jetzt führte sie sich auf wie eine Furie. Er verstand die Welt nicht mehr. Plötzlich packte das Geschöpf das Kissen und schmiss es nach ihm. Alle möglichen Gegenstände kamen ihm entgegen. Sogar seine geliebte Figurensammlung der schwarzen Geschöpfe der Nacht. Chris Maria wich zurück. Er ergriff die Flucht und stürmte aus dem Zimmer hinaus. Er warf die Tür hinter sich zu. ‚… o Gott, was, wenn sie da rauskommt...‘ Er hatte Angst, sie würde ihm hinterhereilen, ihn verfolgen, ihn mit Gegenständen bewerfen, womöglich noch beschimpfen oder wie eine bösartige Raubkatze mit ihren langen Fingernägeln kratzen. Er hasste keifende Weiber. Und leider waren sie alle so wie dieses Exemplar in seinem Schlafzimmer. Bösartige, keifende Weibsbilder. Außer sie verwandelten sich in seine liebreizenden Geschöpfe, die nur dalagen, taten, was er ihnen sagte und ihm uneingeschränkt gehorchten, ohne zu widersprechen. Doch vor dieser Furie dort drinnen musste er sich schützen und das schnell. Er sah sich blitzschnell um. Er sprang hinter die Kommode und schob sie vor die Tür. Anschließend eilte er in sein Spielzimmer und verkroch sich in die hinterste Ecke. Er hörte sie immer noch schreien. Verängstigt saß er auf dem Boden. Er zog seine Beine an und umschloss sie mit seinen Armen. Tränen flossen ihm die Wangen herunter. Er war todunglücklich. Was war nur aus seinem schönen Geschöpf geworden. Er wollte sie doch lieben. Sie war das schönste Wesen, das er je in seinem Sarg liegen hatte. Und nun hatte sie sich verwandelt. War zu einem Ungeheuer mutiert. Das war nicht fair. Chris Maria saß in der Ecke wie ein kleines, verängstigtes Kind und weinte wie ein Schlosshund.

♣♣♣

Isabelle erschrak fürchterlich, als sie diesen fremden Mann vor sich stehen sah.

Er machte einen entsetzlich ungepflegten Eindruck auf sie. Das Haar war zerzaust und seine gelben Zähne kamen zum Vorschein, als er sie mit offenem Mund anstarrte. Sein Gesicht war mit zahlreichen Narben übersät. Eine schmuddelige Jeans und ein schwarzes T-Shirt bedeckten seinen breiten Körper. Er war enorm groß. Er sah aus wie das leibhaftige Monster Frankenstein.

Als er sich ihr näherte, wich sie schreiend bis zum Bett zurück. Sie sah sich hastig um. Dann griff sie nach der Lampe. Sie schmiss ihm das Ungetüm vor die Füße. Entsetzt sah er auf die zerbrochene Lampe, erschrocken sah er wieder zu ihr auf. Sie packte das Kissen und warf es ihm entgegen. Hastig riss sie die Schublade des Nachtkästchens auf und warf ihm Bücher, die darin verborgen lagen, an den Kopf. Sie schrie fürchterlich. O Gott, in welchem Albtraum befand sie sich nur. Sie griff nach den seltsamen Figuren auf dem Regal und bewarf ihn damit. Plötzlich stürmte das Monster aus dem Zimmer hinaus und schmiss die Tür hinter sich zu. Sie lauschte. Irgendetwas kratzte fürchterlich laut am Boden. Isabelle verkroch sich in die hinterste Ecke und ließ sich auf den Boden fallen. Sie zog die Beine an und umschloss sie mit ihren Armen. Tränen schossen ihr aus den Augen. „Hilfe! Hilfe!", fing sie plötzlich an zu schreien. „Daniel!", schrie sie immer wieder aus Leibeskräften. Sie erhob sich und lief zur Tür. Sie versuchte sie aufzudrücken, aber irgendetwas blockierte die Tür auf der anderen Seite. Sie lief auf das Fenster zu. Sie versuchte es zu öffnen. Aber es klemmte. Sie brachte es nicht auf. Sie klaubte hastig ein Buch vom Boden auf und schlug es gegen die Fensterscheibe. Das Glas zerbrach in Tausend Teile. Sie sah zum Fenster hinaus, doch sie sah nur Felder und Bäume. Sie sah weder ein anderes Haus noch einen anderen Menschen. Nichts außer Wiesen, Felder und Bäume. Sie fing wieder fürchterlich laut an zu schreien.

♣♣♣

„O Gott! Was mach' ich denn jetzt nur?", stieß Chris Maria fast lautlos aus. Er war verzweifelt. Sein schönes Geschöpf hatte sich in eine wandelnde Bestie verwandelt, die nicht aufhören wollte zu toben. Er hörte ihre lauten Schreie, er hörte, wie Glas zerbarste, er hörte sie wieder schreien. „Halt endlich den Mund!", stieß er laut aus und hielt sich die Ohren zu. Was sollte er jetzt nur tun. Das alles entwickelte sich plötzlich zu einem furchtbaren Albtraum. Und alles hatte doch so schön angefangen, als er das wundervolle Geschöpf das erste Mal gesehen hatte. Chris Maria wusste nicht, was er tun sollte. Er saß in der Ecke und dachte nach, wie er sie zum Schweigen bringen könnte. Aber er kam immer wieder zum selben Schluss. Er müsste sein Zimmer betreten. Und das, das traute er sich bei Gott nicht, so lange sie darin tobte wie eine Furie. ‚... o Mann, was soll ich nur machen?!"...' Er kam einfach auf keine Lösung.

♣♣♣

Als sich Isabelle wieder beruhigt hatte, erhob sie sich vom Boden. Sie lief auf das Fenster zu und sah hinaus. Es waren wohl so zehn Meter bis zum Boden, dachte sie. Sie sah zum Bett hinüber. ‚... vielleicht reicht es ja bis runter, wenn ich die Laken und die Bettdecke zusammenbinden tu'...' Wie spät es wohl jetzt schon sein mochte? Sie suchte mit den Augen im Zimmer nach einer Uhr, aber sie konnte keine entdecken. Vielleicht war es schon Nachmittag. Sie wusste es nicht. Es gab nichts, wonach sie sich hätte orientieren können.

Sie lief zum Bett, zog das Laken und den Überzug der Bettdecke ab und knotete die Stoffe zusammen.

Anschließend lief sie wieder zum Fenster, beugte sich hinaus und ließ das provisorische Seil aus dem Fenster hängen. Doch es fehlte noch gut die Hälfte bis zum Boden. Sie zog die Bettwäsche wieder hoch.

Sie dachte nach.

Sie ließ den Blick abermals durchs Zimmer schweifen. An der Kommode blieb sie hängen. Plötzlich schoss ihr ein genialer Gedanke durch den Kopf. Sie eilte auf die Kommode zu und riss die oberste Schublade auf. Nur Socken und

Unterhosen füllten die Schublade. Sie zog die zweite auf. Sie war bis oben hin überfüllt mit schwarzen Hemden. *,... ja!...'*
Sie packte einen ganzen Stapel und lief zum Fenster zurück.

Sie begann, die Hemden mit dem Überzug der Bettdecken zu verknoten.

♣♣♣

Chris Maria horchte auf. Ein Lächeln huschte über sein Gesicht. *,... sie hat endlich aufgehört zu schreien...'*
Möglicherweise hatte sie sich wieder in den Sarg reingelegt, dachte er.

Vielleicht war das ja nur so etwas, wie das letzte Zucken vor dem endgültigen Tod, kam ihm plötzlich in den Sinn. Ein unbändiger Drang überkam ihn, nachsehen zu gehen. Er erhob sich und schlich die Treppen hinauf. Er horchte an der Tür. Aber nichts rührte sich da drinnen. Es war Totenstille. Er schob die schwere Kommode beiseite. Er sah durchs Schlüsselloch, konnte aber nichts erspähen. Leise öffnete er die Tür einen Spaltbreit. Er schielte in den Raum.

♣♣♣

Isabelle verknotete gerade zwei Hemden miteinander, als sie plötzlich ein Geräusch vernahm. Es war wieder dasselbe Kratzen vor der Tür.

,... o Gott. Er kommt zurück...'

Sie erhob sich hastig, griff nach der größten Figur am Boden und eilte auf die Tür zu. Sie versteckte sich dahinter und hielt den Atem an.

♣♣♣

Sie war nirgends zu sehen. Nun riss er die Tür sperrangelweit auf. Er sah, dass das Fenster zerbrochen war. *,... ist sie etwa zum Fenster raus?...'* Er betrat hastig das Zimmer. Aus den Augenwinkeln heraus sah er sie plötzlich hinter der Tür stehen. Er drehte sich um und erschrak fürchterlich. Aus einem Angstreflex heraus schlug er ihr mit der Faust auf den Kopf, um sich zu verteidigen. Schließlich wusste er ja nicht, ob sie ihn nicht gleich angreifen würde. Isabelle stürzte sofort bewusstlos zu Boden. Chris Maria stürmte aus dem Zimmer.

♣♣♣

Chris Maria sah auf die Uhr.

Schon seit einer halben Stunde rührte sich da oben nichts mehr. Er schlich sich abermals die Treppen hinauf. Er lugte ins Zimmer hinein. Isabelle lag immer noch bewusstlos am Boden. O Gott, sein schönes Geschöpf lag so friedlich und still auf seinem Boden. O wie schön du anzusehen bist, dachte er. Nun machte sie ihm keine Angst mehr. Lächelnd ging er auf sie zu. Er hob sie vom Boden auf und lupfte sie in die Höhe.

Sie war so schön anzusehen.

Er trug sie zum Sarg zurück und legte sie vorsichtig hinein. Er drückte sein Ohr an ihre Brust. Er hörte ihren Herzschlag. Behutsam strich er ihr übers Haar. „Es ist noch viel zu viel Leben in dir!", stieß er leise aus. *,... was soll ich denn jetzt nur machen?...'* Er dachte angespannt nach. Er legte sich vor den Sarg auf den Boden und beobachtete sie. Er dachte nach. *,... töte sie und mach' sie zu deinem Spielzeug!... aber ich kann sie doch nicht einfach so töten!... Und wieso nicht?! Ja, wieso eigentlich nicht? Was spricht dagegen? Nichts! Schließlich war sie ja auch schon tot, als ich sie hergebracht habe... Ja, Chris Maria, das tust du. Gleich morgen früh, wenn sie noch schläft, dein schönes*

Wesen, dann holst du ihr das Herz aus der Brust heraus und ich befehle dir, zerschneide es in Tausend kleine Teile, bis es nicht mehr schlägt! Ja, das ist es! Aber du musst es tun, so lange sie noch schläft. Wenn sie sich wieder in die Furie von vorhin verwandelt, kannst du sie nicht besiegen. Dann ist es zu spät! Also achte darauf, dass sie nicht wach wird!...'

Langsam wurde es dunkel.

Mit einem Mal fielen ihm die Augen zu.

♣♣♣

Plötzlich wurde er aus dem Schlaf gerissen.

Chris Maria sprang vom Boden auf. Mehrere maskierte Männer befanden sich in seinem Schlafzimmer. ‚... *träume ich?!...'*, schoss es ihm durch den Kopf. Er versuchte wegzulaufen, doch ein harter Gegenstand traf ihn mitten auf den Kopf.

Er fiel bewusstlos auf den Boden und blieb reglos liegen.

13

„Er hat sie!", rief James Fort zu und winkte ihm aufgeregt zu.

Fort sprang sofort von seinem Platz auf und ging hastig auf James zu, der immer noch mit Kugelmann sprach. „Wo ist sie?"

„20 km von Paris entfernt. Auf 'nem abgelegenen Bauernhof."

„Fehlt ihr was?"

James sprach wieder mit Kugelmann. „Sie ist bewusstlos, sagt er. Hat 'ne kleine Schramme am Kopf. Aber ansonsten scheint es ihr gut zu gehen. Den Typ hat er vorerst im Keller eingesperrt. Scheint 'ne Ähnlichkeit mit Frankenstein zu haben, sagt er. Er will wissen, ob er ihn gleich umlegen soll?"

„Nein. Noch nicht. Er soll dort bleiben, bis wir kommen. Und seine Leute sollen sich von ihr fernhalten! Sag' ihm das."

Nachdem James aufgelegt hatte, erzählte er Fort, was er von Kugelmann erfahren hatte. Man habe in einer Großaktion vor ein paar Stunden alle Mitarbeiter des Flughafens sozusagen bis auf die Unterhose überprüft. Was sich bei Chris Maria Sánchez sehr auffällig hervorhob, war, dass der Bauernhof, auf dem er wohnte, ziemlich abgelegen war und Sánchez auch noch auf dem großen Gut ziemlich abgeschieden von der Zivilisation lebte, was den Verdacht diesbezüglich noch um einiges verstärkte. Zudem war Chris Maria Sánchez vor acht Jahren in Nizza wegen Leichenschändung hinter Gitter gesessen. Aber das Auffälligste war, dass er kurzfristig Urlaub bei seinem Vorgesetzten beantragt hatte, und zwar erst kurz nachdem Isabelle aus dem Sarg verschwunden war. Kugelmann habe daraufhin sofort seine besten Leute dorthin geschickt, weil er sie dort am ehesten vermutet hatte. Und mit seiner Vermutung hatte er dann auch mitten ins Schwarze getroffen.

„Wann landen wir?"

„In etwa 20 Minuten. Was ist mit de Valence und deinem Bruder? Willst du ihnen schon Bescheid geben?"

„Nein. Noch nicht. Wir fahren erst alleine dorthin."

♣♣♣

Fort sprang sofort aus dem Wagen, als James auf dem Hof gehalten hatte. Er eilte zum Eingang. Kugelmann kam ihm schon entgegen. „Hallo, Billy."

„Wo ist sie?"

„Oben."

„Haben sich deine Leute von ihr ferngehalten?"

Kugelmann nickte.

„Führ' mich sofort zu ihr."

Fort folgte Kugelmann hinauf in Chris Marias Schlafzimmer. Isabelle lag auf dem Bett und schien zu schlafen. Fort stürmte sofort auf sie zu. Er ließ sich am Rand des Bettes nieder und fasste ihr an die Stirn. Vorsichtig hob er sie an und drückte sie an seine Brust. „Meine kleine Isabeau.", stieß er erleichtert aus. Er hatte so furchtbar gelitten, als er erfahren hatte, er habe sie verloren und nun hatte er sie wieder gefunden. Er fühlte eine wohlige Wärme in seinem Herzen. Er küsste ihr zärtlich auf den Kopf. Vorsichtig ließ er sie wieder aufs Kissen sinken.

James betrat das Zimmer. „Was hast du jetzt vor, *Boss*? Soll sie wieder nach Chicago..."

„Nein.", fiel er ihm ins Wort. „Wir wissen nicht, was er ihr angetan hat und ob überhaupt. Ihre letzte Erinnerung soll aber nicht die Begegnung mit diesem Schwein sein, wenn sie in Chicago in meinen Armen liegt. Aber das wäre ihre letzte. Denn das ist das Letzte, was sie hier erlebt hat, bevor ich sie mitgenommen habe. Nein, James, sie soll sich erst von diesem Schrecken erholen. Vorher hat das Ganze keinen Sinn. Ich will, dass sie sich an mich erinnert, wenn sie dort in meinen Armen liegt... an unser letztes *Rendez-vous,* bevor sie Paris verlassen musste, verstehst du?... und nicht, an dieses Schwein. Ich will nicht, dass er ihr im Kopf rumspukt, wenn ich sie dort in meinen Armen halte."

„Verstehe. Soll ich dann deinen Bruder schon anrufen?"

„Ja. Sag' ihm, dass wir sie gefunden haben. Er soll herkommen. Und, James, ich will, dass du mit ihr nach Paris fährst. Sag' de Valence, sein Arzt soll sich dort schon bereithalten. Er soll sich sofort um sie kümmern. Ich will, dass er sie gleich untersucht. Mach' ihm das deutlich, hast du verstanden?! Wenn sie das Schwein angefasst hat, reiße ich ihm die Eier ab! Wir treffen uns dann dort wieder. Und, James, bitte verlier' sie nicht. Sie bedeutet mir alles."

„Keine Angst, Boss. Ich hüte sie wie meinen Augapfel. Du kannst dich drauf verlassen."

„Ich weiß, James. Ich hätte sie dir von Anfang an anvertrauen sollen. Sie Jamie anzuvertrauen, war ein Fehler. Aber meiner."

Plötzlich hustete Isabelle.

Fort hob sie an. „*Isabeau.* Kleines. Hallo."

Sie öffnete die Augen. „Daniel! Der Mann..."

„Keine Angst, Kleines. Er tut dir nichts mehr..."

Sie atmete auf.

„Hat er dich angefasst?" Seine Stimme hatte einen scharfen Ton angenommen.

Sie schüttelte den Kopf. Völlig aufgewühlt erzählte sie ihm, was alles geschehen war. „Ich kann mich nicht erinnern, wie Ich hierhergekommen bin."

„Wahrscheinlich hat er dich entführt, als du von mir weggegangen bist. Isabelle, Ich hatte so furchtbare Angst, ich sehe dich nie wieder." Er drückte sie fest an sich. „James fährt dich jetzt nach Hause. Ich komme später nach. Ich warte hier, bis Léon kommt."

„Wo ist der Mann jetzt?" Sie sah ängstlich an James vorbei zur Tür.

„Er wird dir nie wieder zu nahe kommen. Er wird dir nie wieder wehtun. Und, Isabelle, ich will nicht, dass du noch einen einzigen Gedanken an dieses perverse Schwein verschwendest. Denk' einfach nicht mehr an ihn. Versprich mir das, Kleines." Er küsste ihre Nasenspitze.

Sie nickte.

Er lupfte sie vom Bett und trug sie hinunter zum Wagen. James folgte ihm. Vorsichtig ließ er sie auf den Beifahrersitz sinken. „Wir sehen uns später." Er küsste zärtlich ihre Lippen. Sie hielt sich an ihm fest wie ein kleines Kind. „Du musst mich jetzt loslassen, *Isabeau.* "

„Komm' bitte bald nach."

„Versprochen, Kleines." Er strich ihr ein letztes Mal sanft übers Haar, dann warf er die Tür zu.

James stieg in den Wagen und startete den Motor.

„Pass' auf sie auf!"

„Klar, *Boss.* " James fuhr davon.

Fort sah dem Wagen hinterher, bis er aus seinem Blickfeld verschwand. Er drehte sich um und lief zum Haus zurück. Kugelmann wartete schon am Eingang auf ihn. „Wo ist das Schwein?", fragte er. Eine gewisse Schärfe machte sich in seiner Stimme breit.

128

„Unten."

Fort folgte Kugelmann in den Keller.

⁂

Chris Maria saß zusammengekauert am Boden und vergrub sein Gesicht zwischen seinen Beinen. Er verstand nicht, wieso das ganze Haus voller Eindringlinge war. Er kannte diese Leute nicht. Doch er war sich sicher, dass sie das schöne Geschöpf hergezaubert hatte, als sie sich in eine Furie verwandelt hatte. Und er bereute diese verhängnisvolle Stunde, in der er den Sarg geöffnet und dieses schöne Wesen erblickt hatte. Hätte er sie nicht gesehen, hätte er sie sicherlich nicht mitgenommen. Sie hatte ihm nur Unglück gebracht.

Plötzlich öffnete sich die Tür und zwei Männer betraten den Keller. Sie gingen auf ihn zu. Er rührte sich nicht. Winselnd saß er auf dem Boden und bemitleidete sein Schicksal.

Fort ging vor ihm in die Hocke und sah ihm tief in die Augen. „Du hast einen großen Fehler gemacht, Freundchen! Du hättest dich nicht mit Billy Warhol anlegen sollen. Merk' dir das für dein nächstes Leben."

Er erhob sich wieder.

„Was soll mit ihm geschehen?"

„Er soll nur so lange am Leben bleiben, bis ihn mein Bruder gesehen hat. Ich will, dass er ihn sieht. Und dann soll er einen Unfall haben. Ich will, dass es echt aussieht. Möchte mich vor Léon nicht rechtfertigen müssen."

„Und wie soll er sterben? Einen besonderen Wunsch?"

„Wie eine Ratte."

Fort verließ mit Kugelmann wieder den Keller. Das winselnde Häufchen Elend ließen sie in der Dunkelheit zurück. Fort sah sich alle Räume in diesem Haus an. Der schrecklichste war der mit den ganzen Folterinstrumenten an der Wand. Ein Bock stand in der Mitte des Zimmers und alle Wände sowie die Decke waren komplett in Schwarz gestrichen. Sogar der Holzboden war mit einer schwarzen Holzlasur lasiert. Es stank fürchterlich nach Fäkalien. Fort leuchtete mit der Taschenlampe in die Ecken. Ekel überkam ihn, als er die ganze Scheiße in der Ecke liegen sah. Die Wände schienen vollgepisst zu sein. Fluchtartig verließ er den Raum wieder. Horror überkam ihn bei der Vorstellung, was er mit Isabelle hier drinnen alles gemacht hätte, hätte sie Kugelmann nicht rechtzeitig gefunden. Fort zog sein Handy aus der Manteltasche und wählte Charlies Nummer. „Hallo, Charlie. Wir haben sie gefunden. Ich fliege morgen zurück... wie geht es Eva?... wie lange schläft sie denn schon?... und was sagt der Arzt? Normal?... nun ja, man darf nicht vergessen, dass sie eine Menge Blut verloren hat... ruf' mich bitte sofort an, falls sich ihr Zustand unerwartet verschlechtern sollte... *okay.* Sag' ich ihr... nein, er hat sie nicht angefasst. Kugelmann hat sie vorher Gott sei Dank rechtzeitig genug gefunden... *okay,* Charlie. Mach' ich. Bis bald." Fort legte wieder auf.

⁂

Auf dem ganzen Gelände wimmelte es plötzlich nur so von Polizisten. Mehrere Wagen fuhren auf den Hof. Dumas stieg aus und ging auf Fort zu. Beide fielen sich in die Arme. „Daniel! Ich weiß gar nicht, was ich sagen soll?! Du bist der Beste... und du beweist es mir auch immer wieder." Dumas schämte sich fürchterlich, seinen Bruder so falsch eingeschätzt und zu Unrecht verdächtigt zu haben. Er war nun hundertprozentig überzeugt davon, sich hinsichtlich der Handschrift getäuscht zu haben. Er war heilfroh, dass er de Valence beziehungsweise de Miranda gegenüber seinen Verdacht nicht laut geäußert hatte. Er hätte seinen Bruder in ein ziemlich schlechtes Licht gerückt. Manchmal war es besser, nicht immer zu sagen, was man dachte, sondern zuerst abzuwarten. Das war ihm heute klargeworden.

„Nicht ich habe sie gefunden, sondern meine Leute. Und 'ne kleine Portion Glück hat natürlich auch dazugehört. Ich lass' ihn übrigens von meinen Leuten aufs Revier fahren. Wann willst du ihn verhören?"

„Das soll Christophe machen. Ich fahre mit dir zu Sébastian. Aber vorher schau' ich mir diesen beschissenen Typ noch kurz an. So ein beschissener Drecksack!" Dumas war sichtlich erbost über die ganze Sache, aber heilfroh, dass alles noch mal gut gegangen war. Seit er von Isabelles Entführung erfahren hatte, war das eine regelrechte Achterbahnfahrt der Gefühle für ihn gewesen. Diese ganze Situation lag ihm furchtbar schwer im Magen. Und nun fühlte er eine unbeschreibliche Erleichterung. Er konnte wieder atmen.

„*Okay*. Dann lass' uns gleich zu ihm gehen. Ich sag' meinen Leuten nur noch schnell Bescheid, damit sie wissen, was sie nachher machen sollen."

♣♣♣

Während der Fahrt nach Paris erzählte Fort von dem Anschlag auf Evangeline. Er verschwieg Dumas jedoch, dass es sich hierbei um einen Anschlag der gegnerischen Mafia handelte. Dumas glaubte immer noch, Evangeline sei in der Autobranche tätig. Von ihrem Syndikat wusste er nach wie vor nichts. Auch wusste er nicht, welchen Beruf sein Bruder tatsächlich ausübte.

„Wann fliegst du zurück?"

„Morgen."

„Morgen schon?!"

„Ja. Weißt du, wenn das mit Eva nicht passiert wäre, dann..."

„Versteh' ich doch... die Arme..." Dumas schüttelte ungläubig den Kopf. „Ich kann's immer noch nicht fassen, dass dieser Typ Isabelle gekidnappt hat. Also wenn ich ehrlich sein soll, dann hat er auf mich einen völlig irren Eindruck gemacht. Hätte dem das, glaube ich, nie zugetraut, was er getan hat. Und dann diese Nachricht. Hat sich irgendwie hoch intelligent... ja richtig gefährlich angehört, wenn du verstehst, was ich meine... aber du hast ja gesehen, der hat ja nicht mal einen vernünftigen Satz rausgebracht. Wenn du mich frägst, dann hatte der ein tierisches Problem mit der Artikulation. Für mich ist der doch schwachsinnig... aber man darf die Menschen wohl einfach nicht unterschätzen."

Fort schwieg.

♣♣♣

De Valence umarmte Fort. „Daniel, ich wusste, du bist der Einzige, der sie mir wieder zurückbringt. Ich danke Gott, dass er letztes Jahr unsere Wege gekreuzt hat. Du bist meine *männliche Glücksfee!* Ich bin mir da ganz sicher. Danke, Bruder!"

Fort umarmte de Valence. Doch er schwieg. Scham überkam ihn mit einem Mal. Und er hasste sich dafür, zugelassen zu haben, dass ihn das schlechte Gewissen doch noch eingeholt hatte. „Wo ist sie denn?"

„Oben. Sie schläft. Oder versucht es zumindest. Willst du zu ihr?"

Fort zögerte für einen kurzen Moment. „Nein. Ich will sie nicht stören."

„Aber du störst sie doch nicht. Komm' mit." Fort hatte keine Wahl. De Valence zog ihn einfach die Treppen hinauf. Er betrat mit ihm das Schlafzimmer. Isabelle lag auf dem Bett, aber sie schlief nicht. Sie brachte einfach kein Auge zu.

„Sieh' mal, Schatz, dein Lebensretter ist hier."

Sie richtete sich auf und lächelte Fort an.

Fort blieb einen Meter vor dem Bett stehen. „Wie fühlst du dich?"

„Besser. Danke." Sie lächelte ihn an. Sie streichelte mit dem Finger über den Skorpion.

Er lächelte zurück. Schmachtend sah er sie an. Er ballte die Faust, um ihr zu zeigen, dass er den Skorpion fest in der Hand hielt.

De Valence bemerkte hiervon nichts.

„Nun gut, ruh' dich ein bisschen aus. Wir können auch später reden." Fort drehte sich um, und ging eilig aus dem Zimmer hinaus.

„Soll ich bei dir bleiben, Schatz?" Fragend sah er seine Frau an.

Isabelle nickte.

De Valence ließ sich am Rand des Bettes neben ihr nieder und schloss sie in seine Arme. „Ich bin so froh, dass er dich zurückgebracht hat. Ich weiß nicht, was ich getan hätte, wenn ich dich nicht mehr gefunden hätte."

Sie drückte ihren Kopf an seine Brust. „Es war schrecklich, chéri. Ein Albtraum!"

♣♣♣

Fort betrat den roten Salon. Dumas saß auf dem Sofa genau gegenüber von de Miranda, und James stand am Fenster.

„Sánchez ist verunglückt.", sagte Dumas.

Fort sah ihn fragend an. „Was heißt *verunglückt?*"

„Der Wagen ist von der Straße abgekommen und in die *Seine* gestürzt. Deine Leute konnten sich noch retten, aber Sánchez konnte nur noch tot geborgen werden. James hat einen Anruf bekommen, als du oben warst."

„Oh...", stieß Fort aus. „Das ist aber blöd. Und jetzt?"

„Hattest du nicht gesagt, deine Leute haben ihn schon verhört?"

Fort nickte.

„Dann schick' sie mir bitte aufs Revier. Zumindest diejenigen, die ihn schon auf dem Bauernhof verhört hatten. Ich brauche deren Aussage, wie sich das alles zugetragen hat."

„Klar. Kann ich sofort veranlassen."

„Danke." Dumas hegte nicht die geringsten Zweifel, dass es sich bei dem Unfall nicht um einen tatsächlichen Unfall gehandelt hatte und Chris Maria Sánchez nicht in der *Seine* ertrunken war, sondern wie eine Ratte gewaltsam in der mit *Seinewasser* gefüllten Badewanne ertränkt worden war. Da ihm um die Gelenke nasse Handtücher gewickelt worden waren, konnte bei der späteren Obduktion keine Gewaltanwendung durch äußere Einflüsse festgestellt werden und der Pathologe hatte Tod durch Ertrinken bestätigt. Denn schließlich hatte man auch *Seine* Wasser in den Lungen des Toten gefunden.

De Miranda erhob sich und ging auf Fort zu. Er umarmte ihn. „Du bist wie David. Ein wahrer Held! Ich mochte ihn sehr! Und glaub' mir, ich habe seinen Tod zutiefst bedauert. Danke, dass du sie zurückgebracht hast."

Fort legte seine Arme um de Miranda und schon wieder packte ihn das schlechte Gewissen. ‚... *ein Held?! Nein, Jean, eher ein mieses Schwein!...'*, schoss ihm durch den Kopf.

14

Die Türglocke läutete.

„Das ist sicherlich Jamie.", sagte James und erhob sich rasch vom Sofa.

Fort erhob sich ebenfalls. Er verabschiedete sich von seinem Bruder und de Miranda. „Bitte sagt Sébastian, ich komme wieder, sobald es Evangeline besser geht."

Er verließ mit James die Villa.

♣♣♣

„Setz' dich hinten rein und lass' James ans Steuer!", sagte Fort zu Jamie, nachdem er eingestiegen war.

Alle drei sprachen während der Fahrt zum Flugplatz kein Wort miteinander.

Kurz vor der Flughafenausfahrt bog James plötzlich in einen Waldweg ab und lenkte den Wagen auf eine nahegelegene Lichtung zu.

„Wo fahren wir denn hin?", fragte Jamie verwundert. Er fühlte sich auf einmal sehr unbehaglich.

Fort schwieg.

„Müssen wir denn noch was erledigen?" Jamie begann zu zittern.

„Du redest zu viel, Jamie.", sagte Fort in einem strengen, fast schon eisigen Ton.

Jamie bekam Herzklopfen.

An der Lichtung hielt James plötzlich an.

„Steig' aus!", sagte Fort und öffnete die Tür.

„Wieso… wieso denn das?", Jamie brachte die Worte kaum über die Lippen. Er hatte plötzlich Todesangst. Wie versteinert blieb er sitzen.

„Ich will mit dir reden!"

„Können wir das denn nicht auch hier drinnen…"

„Ich will mir nicht den Wagen versauen. Los! Steig' aus! Wir machen jetzt einen kleinen Spaziergang." Fort stieg aus dem Wagen. „Los! Raus hier!", schrie er ihn an, weil er sah, dass Jamie zögerte.

Nun stieg Jamie aus. Sofort begann er um sein Leben zu betteln. „Bitte, Billy, tu' mir nichts, ich konnte doch nichts dafür. Ich hab' den Sarg nicht eine Minute lang aus den Augen gelassen… ich kann es dir erklären… wirklich alles erklären… bitte…"

„Halt' den Mund, Jamie, und komm' gefälligst mit! Und zwar ohne Diskussionen! Sonst beenden wir das Ganze gleich hier! Ich will nichts mehr hören! Nichts mehr! Keine Entschuldigungen… keine beschissenen Ausreden!", zischte er ihn an und entfernte sich ungefähr zehn Meter vom Wagen.

Jamie verstummte und folgte ihm.

Plötzlich blieb Fort stehen. Er wandte sich Jamie zu. „Hast du das schwarze Zimmer dieser Drecksau gesehen?"

„Billy, bitte… ich habe…"

„Hast du das schwarze Zimmer dieser Drecksau gesehen, hab' ich dich gefragt?!" Sein Tonfall stieg an.

„Billy, ich…"

„Hast du?!" Eisig klang seine Stimme. Sie jagte Jamie höllische Angst ein. Er zitterte.

„Billy, ich kann nichts dafür…"

„Das will ich nicht wissen! Ich will wissen, ob du's gesehen hast?! Das Zimmer! Antworte! Sofort!"

Jamie schwieg.

„Antworte gefälligst!"

Jamie nickte. Schweißperlen bildeten sich auf seiner Stirn.

„Weißt du, was er dort mit ihr gemacht hätte, wenn sie Kugelmann nicht gefunden hätte?!" Forts Stimme verhärtete sich.

„Ich hab' sie nicht aus den Augen gelassen. Ich konnte nichts dafür. Ich durfte nicht in die Lagerhalle…"

„Hör' auf mit deinen beschissenen Ausreden!", brüllte er ihn zornig an. „Du hättest sie nicht aus den Augen lassen dürfen! Es war deine beschissene Aufgabe, sie nicht aus den Augen zu lassen! Hörst du?! Deine! Mir egal, was du hättest dafür tun müssen! Das weißt du auch ganz genau! Es war Gott verflucht deine beschissene Aufgabe!", schrie er wie von Sinnen und stieß ihn von sich. „Ich habe dir gesagt: lass' sie nicht aus den Augen! Es war deine Schuld, dass das Schwein seine Hände um sie gelegt hat. Wer weiß, wo er sie überall mit seinen schmierigen Händen angefasst hatte, als sie noch bewusstlos war. Es war deine Schuld! Deine! Los! Auf die Knie mit dir!"

Jamie begann zu weinen. „Bitte, *Boss*. Ich wollte das alles nicht. Ich hab' doch nicht gewusst, dass man sie am Flughafen nicht alleine lassen kann. Ich schwör' dir, *Boss,* das kommt nie wieder vor. Bitte. Gib' mir noch 'ne Chance und ich beweise dir, dass du dich in Zukunft hundertprozentig auf mich verlassen kannst. Bitte, Billy, ich…"

„Auf die Knie, hab' ich gesagt!", schrie er ihn an. Fort zog seine Waffe.

Jamie fiel auf die Knie. „Bitte, Billy. Ich wusste das nicht. Bitte, ich werde dich nie wieder enttäuschen. Ich schwöre es…"

Fort zielte auf Jamies Kopf.

Jamie warf sich demütig vor seine Füße. „Bitte nicht. Das wird nie wieder vorkommen. Bitte. Ich versprech's dir… ich schwör's dir bei meinem Leben!" Er fasste ihn bei den Füßen und bettelte um sein Leben. Er weinte vor ihm wie ein Schlosshund.

Fort sah auf ihn herab. Plötzlich überkam ihn ein Gefühl, das er schon lange nicht mehr gefühlt hatte: unbändiges Mitleid. Jamie, der vor seinen Füßen lag und bitterlich um sein Leben weinte, rührte mit einem Mal sein Herz. Er sah zum Himmel auf. Langsam richtete er wieder seinen Blick auf das Häufchen Elend, das sich winselnd vor ihm auf dem Boden befand und seine Füße ehrerbietig umschlang. Er brachte es einfach nicht übers Herz abzudrücken, obwohl er mächtig wütend auf ihn war. Schließlich war es doch seine Schuld, dass sie dieser dreckige, schleimige Typ entführen konnte. Er kam ins Grübeln. *„… er hat sie nicht angefasst… und was hättest du gemacht, wenn James der Fehler passiert wäre? Hättest du ihn auch dafür erschossen?! Nein. Siehst du!…'* „Steh' wieder auf!", schrie er ihn an und stieß ihn von sich.

Jamie erhob sich wieder. Er sah ihm ängstlich in die Augen. Tränen flossen ihm die Wangen herab und tropften auf den Boden.

„Nur noch ein Fehler, Jamie, und es war dein letzter. Haben wir uns verstanden?!"

Jamie nickte ganz aufgeregt.

„Los! Steig' wieder ein." Fort wandte sich von ihm ab und ging zum Wagen zurück.

Jamie folgte ihm. „Danke, *Boss*. Du wirst es nicht bereuen. Du wirst es niemals bereuen. Das schwöre ich dir bei meinem Leben."

Jamie stieg wieder hinten ein. Er war Gott dankbar, dass Fort Gnade gezeigt hatte. Im selben Moment, als er merkte, er würde doch nicht sterben, schwor er sich, Fort nie wieder zu enttäuschen und ihm ein Leben lang dankbar dafür zu sein, dass er ihn heute am Leben gelassen hatte. Er wollte ihm von nun an ein treuer Diener sein, und zwar bis zum Tod. Nun hatte er ihm sein Leben verschrieben.

Fort zündete sich eine Zigarette an.

James stieg aus. „Gibst du mir bitte auch eine?"

Fort hielt ihm die Zigarettenschachtel hin. „Sag' jetzt ja nichts!"

„Hatte ich auch nicht vor, *Boss.*"

Nachdem sie geraucht hatten, stiegen sie ein und fuhren zum Flugplatz.

15

Er schnappte sich die Zeitung und schlenderte gemütlich ins andere Zimmer hinüber. Dort warf er die *La Vitesse-Lumière* aufs Bett und schritt zum Fenster. Er sah auf den Sarg hinab, öffnete den Deckel und lächelte sie an. „Wie geht es dir, Schatz? Gut geschlafen?"

Im Sarg lag eine junge Frau, gefesselt und geknebelt, die ihn mit entsetzten Blicken ansah. Schwarz/weiß-gestreifte Strapse umschlangen ihre schönen Beine. Ängstlich sah sie ihn an. Ihr Herzschlag überschlug sich. Sie hatte panische Todesangst. Sie versuchte ihren Peiniger anzuflehen, doch sie brachte keinen Laut über ihre Lippen. Kein Wunder, ihr Mund war mit einem Seidentuch geknebelt.

„Was hast du gesagt, Schatz?", sagte er und sah sie fragend an.

Sie stieß abermals ein paar undeutliche Worte aus.

Er bückte sich über sie und hielt sein Ohr dicht an ihren Mund.

Sie wiederholte ihre Worte.

Er erhob sich wieder. „Ja, Schatz, der Engel freut sich auch schon drauf. Aber zuerst muss er seine Morgenzeitung lesen. Das macht er doch jeden Tag. Das weißt du doch?! Oder hast du das schon wieder vergessen, *Schatz!?*... aber, Schatz, das ist doch jetzt kein Grund zum Weinen. Dein Engel braucht nicht lang. Versprochen. Dann kümmert er sich sofort um seine Hure." Er lachte dreckig und schlug den Sargdeckel zu.

Er schritt zum Bett und legte sich zwischen die Messer, die er auf dem ganzen Bett verteilt hatte. Er schlug die Augen zu und dachte an den gestrigen Abend zurück. Er erinnerte sich an die wilde Orgie...

Er hatte sie gleich entdeckt, als sie mit den anderen Frauen den Ballsaal betrat. Fast alle waren nackt. Nur zwei davon hatten durchsichtige Seidenkleider an. Das einzige Kleidungsstück, das die anderen während der Orgie tragen durften, waren weiße Strapse. „Ihr seid so schön anzusehen...", stieß er leise aus. Lachend schritten die nackten Schönheiten in die Mitte des Ballsaals und ließen sich breitbeinig auf den Polstersesseln nieder, die in der Mitte ringsum aufgestellt waren. Ein alter, grauhaariger Mann ging auf sie zu. „Zeigt eure nackten, rasierten Fotzen! Spreizt die Beine! Los! Schneller, meine Damen!", rief er ihnen zu. Weit spreizten sie ihre Beine. Gut hatte er nun ihre rasierte Möse sehen können. Sie war feurig und nass. Sie war übrigens diejenige, die auch ein weißes Kleid trug. „Und jetzt leckt euch gegenseitig wie geile Luder! Ihr seid doch geile Luder, oder? Zeigt uns, was ihr könnt, meine Damen! Wir wollen eine Show sehen! The show must go on!" Die kratzige Stimme des Alten hallte durch den Ballsaal. Die Männer tuschelten und nuschelten. Die Frauen lachten einander verführerisch an und begannen, sich in den ungewöhnlichsten Stellungen auf den Sesseln die Mösen zu lecken. Tief steckten sie ihre Zungen in die Öffnungen der Gespielinnen. Leidenschaftlich saugten sie an deren Schamlippen. Die Männer, die ringsherum standen und das geile Schauspiel mit triefenden Mäulern beobachteten, rieben sich mit den Händen an den steifen Schwänzen. Doch er, er beobachtete dies alles nur. Sein steifer Schwanz schmerzte ihn vor Geilheit, doch er fasste sich nicht an. Er wollte noch warten. Warten, bis es unerträglich geworden wäre. Er wandte seine Augen die ganze Zeit nicht von ihr ab. Genüsslich ließ sie sich ihre nasse Möse lecken. Sie stöhnte am lautesten. Wild und feurig kreiste sie ihre Hüften. Ihre weiblichen Rundungen luden zum Vögeln ein, dachte er bei deren lüsternen Anblick. Du bist des Engels Hure, schoss ihm durch den Kopf. Genüsslich leckte sie sich über die Lippen. Die anderen Frauen stöhnten leise, einige schrien laut, als sie ihren Orgasmus bekamen, andere wiederum genossen still ihre Gelüste. Sie lächelten nur wie geile Göttinnen voller Wollust. Der alte Mann betrat wieder den Raum und schritt in die Mitte des Ballsaals. „Meine Herren: es ist angerichtet!", sagte er und ging wieder. In Sekundenschnelle scharten sich die Männer um die Frauen, und stürzten sich regelrecht auf sie. Manche stießen ihnen ihre harten, steifen Schwänze in den Mund, manche drangen tief in ihre Mösen ein, nachdem sie sie vorher auf den Stuhl gespannt hatten. Andere wiederum vögelten deren Arschlöcher. Und einige davon hatten ihre ganz speziellen Spielzeuge dabei. Sie schoben den Frauen die Analplugs in den Anus, während sie ihre Mösen vögelten. Da sich dreimal so viele Männer wie Frauen im Ballsaal befanden, sah man fickende Gruppen, die meistens aus drei Männern und einer Frau bestanden. Wobei er auch Gruppen erspäht hatte, in der sich zwei Frauen befanden, die nur einen Mann befriedigten. Die Gruppen lösten sich immer wieder auf und bildeten sich neu. Diese Orgie war immer das Highlight des Monats. Alle Mitglieder mit Rang und Namen, die an diesen Orgien regelmäßig teilnahmen, fieberten immer darauf zu. Im Ballsaal hörte sich das laute und leise Stöhnen der Männer und Frauen während des ausgiebigen Sexspiels an wie Musik. Die einen stöhnten leiser, die anderen wiederum etwas lauter. Während er das alles beobachtete, schmerzte sein harter Schwanz immer mehr. Er hatte das Gefühl, er müsse ihm gleich explodieren. Nun hielt er es nicht mehr aus. Er musste sich entladen. Er eilte auf des Engels Hure zu, seine auserwählte, geile Göttin, stieß den Mann, der ihr Arschloch gerade mit seinem steifen Penis beglückte, beiseite, schob ihr den Stoff des Kleides über die Hüften, begutachtete mit seinem Finger ihre nasse, rasierte Möse, bis er dann völlig erregt tief in die Höhlen dieses wunderbaren Wesens eindrang. Nachdem er sie von allen Seiten genommen hatte, ergoss er sich am Ende in ihrem Mund. Sein Sperma lief ihr die Mundwinkel herunter. „Ich gebe dir morgen früh 10.000 Euro, wenn du den Rest der Nacht nur des Engels Hure spielst.", waren die einzigen Worte, die er ihr währenddessen leise zugeflüstert hatte. Sie hatte gleich zugestimmt. Denn schließlich ahnte sie in jenem Moment nicht, worauf sie sich da eingelassen hatte. Nachdem er noch ausgiebig zwei andere Frauen gevögelt hatte und des Engels Hure dabei zusehen ließ, verschwand er unbemerkt mit ihr und verließ die Orgie frühzeitig, die aber bis zum Morgengrauen angedauert hatte…

Plötzlich wurde er durch ihr lautes Geschrei aus seinen Gedanken gerissen. Er schlug die Augen auf. „Bald kümmere ich mich um dich, Schatz! Des Engels Hure wird doch wohl am Ende nicht noch ungeduldig werden?! Kommst noch früh genug in die Hölle!", schrie er dem Sarg lachend zu, dann schlug er die Zeitung auf.

Gemächlich blätterte er sie durch. Plötzlich blieb sein Blick auf einer bestimmten Seite hängen. Er richtete sich auf und begann, den Artikel in der *La Vitesse-Lumière* zu lesen.

Bericht

auf der Titelseite der Pariser Tageszeitung La Vitesse-Lumière

**Unterhalb der Schlagzeile war der
Bauernhof von Chris Maria Sánchez abgebildet.**

La Vitesse-Lumière

Paris

Samstag, den 03. September 2005

Nekrophiler Sexualtriebtäter während eines Polizeieinsatzes tödlich verunglückt. Pariser Polizei hüllt sich in Schweigen!

Chris Maria Sánchez wird mit der Frauenleiche, die am 30.06.2005 im Wald Bois de Bologne gefunden wurde, in Zusammenhang gebracht.

Am gestrigen Tag kam während eines Polizeieinsatzes Chris Maria Sánchez (29) ums Leben. Die Hintergründe seines plötzlichen Todes sind der *La Vitesse-Lumière* derzeit jedoch noch nicht bekannt, da der Polizeisprecher zum Unfallhergang noch keinen Kommentar abgegeben hat.

Eine Obduktion hat ergeben, dass sich Sperma dieses Mannes in der Leiche, die am 30.06.2005 im Wald de Bologne gefunden worden ist, befunden hatte. Auch wurden Spuren, die mit der Frauenleiche in Zusammenhang gebracht werden konnten und auch mit deren DNA übereinstimmen, auf dem Bauernhof des zu Tode gekommenen nekrophilen Sexualtriebtäters gefunden. Die Identität der Frau konnte nichtsdestotrotz bislang nicht ermittelt werden.

Es wurde bereits geklärt, dass der nekrophile Sexualtriebtäter den Tod der Frau nicht gewaltsam verursacht hat, sondern deren Tod einen natürlichen Hergang hatte, wie bereits auf unserer Homepage am 14.07.2005 berichtet. Daher wird eine Tötung mit der Absicht, sich anschließend an der Leiche sexuell zu vergehen, ausgeschlossen. Die Polizei prüft derzeit, wann und wo Sánchez mit der Leiche in Kontakt gekommen ist und wie er sie unbemerkt in seine Gewalt bringen konnte.

Chris Maria Sánchez war seit 2 Jahren als Lagerarbeiter in der Zollabteilung sowie in der Kofferabteilung am Pariser Flughafen beschäftigt.

Von seiner nekrophilen Neigung hatten seine Arbeitskollegen jedoch nichts bemerkt. Sánchez galt zwar als Sonderling, doch wurde er von seinen Kollegen als *harmlos* bezeichnet. Niemand würde ihm nur annähernd einen Mord zutrauen. *„Ich hab' ihn zwar mal dabei erwischt, wie er sich auf dem Klo einen runtergeholt hat, aber einen Mord hätte die Lusche garantiert nicht begangen. Dafür war der doch viel zu feig!"*, so Bruni, ein Arbeitskollege von Sánchez beim gestrigen Interview am Flughafen.

Die *La Vitesse-Lumière* wird ihre Leser in dieser Sache auf dem Laufenden halten.

Die aktuellsten Meldungen können jedoch jederzeit auf unserer Homepage:

www.la-vitesse-lumiere.fr/nekrophilie/ sanchez

abgerufen werden.

Jules Duval

16

Scarlett Moss

London. Im Jahr 1973

Scarlett saß vor dem Kamin. Im Arm hielt sie ihre kleine Tochter, die erst vor zwei Wochen auf die Welt gekommen war. Sie summte ein Schlaflied.

Moss betrat leise das Wohnzimmer. In der Hand hielt er eine Babyflasche, die er soeben aufgewärmt hatte. Er ließ sich neben Scarlett nieder. „Na, wie geht es unserer kleinen Scarlett?", stieß er leise aus und berührte mit dem Zeigefinger die kleine Nase des Babys.

„Ich bin so glücklich mit dir, Pete.", sagte sie plötzlich.

Moss beugte sich zu ihr vor und küsste zärtlich ihre Lippen. „Ich liebe dich, Prinzessin."

♣♣♣

Es war Nacht.

„Und? Schläft sie wieder?" Moss sah Scarlett verschlafen an.

Sie nickte und stieg zu ihrem Mann zurück ins Bett. Sie kuschelte sich fest an ihn. „Beim nächsten Mal musst aber du aufstehen, *okay?*", hauchte sie ihm ins Ohr.

Er nickte. Plötzlich fühlte er ihre Hand auf seinem Glied. „O Carmen.", stieß er erregt aus. Die Müdigkeit war wie verflogen.

„Weißt du, worauf ich jetzt Lust hätte?" Sie lächelte ihn an und kroch unter die Bettdecke.

„O Carmen.", stieß Moss erregt aus, als er fühlte, dass sie seinen Penis zärtlich in den Mund nahm.

17

Chicago, Evangelines Festung, am Pool. Im September 2005.

Fort drückte Evangeline an die Hauswand. Sie konnte sich aus seinem eisernen Griff nicht befreien. Die Sonne brannte auf ihre Leiber. Leidenschaftlich küsste er ihren Hals, ihre Schultern, ihren nackten Rücken. Vorsichtig zog er ihr den Rock über die Schenkel.

„Nein... nicht, Billy... die anderen sind im Haus... es ist zu gefährlich... was, wenn sie rauskommen... und uns sehen...", stieß sie erregt aus.

Doch Fort ließ sich nicht von ihren Worten beirren und riss ihr stürmisch das Höschen vom Hintern. „Sobald du mir die Antwort gibst, lass' ich dich wieder los... es liegt allein bei dir, ob uns jemand erwischt oder nicht, Eva." Hastig öffnete er die Gürtelschnalle und zog den Reißverschluss herunter. „Und? Bekomme ich nun meine Antwort?", hauchte er ihr leidenschaftlich zu. Stürmisch drang er von hinten in sie ein, während er ihren Körper gegen das Gemäuer presste. Hemmungslos begann er sie nun zu stoßen. Er ließ ihr keine andere Wahl als es zuzulassen.

Der warme Wind streifte ihre nackten Körperteile und spielte mit Evangelines langen Locken.

„Und?"

„Ja, Billy. Ich tu' es.", stieß sie erregt aus und presste ihren Unterleib gegen seine Lenden.

„Ich nehm' dich beim Wort, Eva."

„Ja...", stöhnte sie.

Er zog sein steifes Glied wieder aus ihrer Vagina.

„Nein. Nicht aufhören.", bettelte sie und streckte ihm ihren blanken Hintern entgegen.

„Erst wieder heute Nacht, Eva. Du weißt ja, es könnte jemand kommen." Er grinste. „Und wir wollen doch nicht erwischt werden, *in flagranti,* oder?" Er küsste ihren Hals. „Womöglich noch von Charlie..." Sacht schlug er ihr auf ihre prallen Pobacken.

„Du bist gemein."

„Ich weiß." Er küsste ihren Hals.

„Und wer soll es sein?", stieß sie leise aus.

„Ich sag' es dir erst, wenn es soweit ist, Eva. Solange bleibt es mein kleines, süßes Geheimnis. Und wenn ich es gelüftet habe, will ich, dass du alles tust, was ich von dir verlange. Wirst du das deinem Billy versprechen?"

Sie nickte. „Ja, ich versprech's dir, Billy... aber bitte... steck' ihn wieder rein... bitte..."

„Nein. Du wirst bis heute Nacht warten müssen." Er zog seinen Reißverschluss wieder hoch und schloss die Gürtelschnalle.

„Aber wieso?!"

„Weil ich das so will.", flüsterte er ihr zu und pustete ihr ins Ohr.

„ Aber, Billy! Du kannst mich doch jetzt nicht einfach so stehen lassen?!"

„Und ob ich das kann, meine kleine Göttin." Er küsste sie und ließ sie eiskalt an der Mauer stehen.

Evangeline hob ihren Slip vom Boden auf, zog sich wieder den Rock über die Beine und folgte ihm ins Haus.

♣♣♣

Nachdem sich Fort ergossen hatte, zog er seinen Penis wieder aus ihrer Vagina heraus und warf sich auf seine Seite des Bettes. Sein Kopf versank in dem weichen Kissen.

Evangeline schmiegte sich an seine Brust. „War das heute Mittag eigentlich ein Scherz von dir?"

„Nein.", erwiderte er leise und schloss die Augen. „Ich scherze nie!"

„Oh..."

„Es wird dir gefallen, vertrau' mir. Du vertraust doch deinem Billy, oder?" Er drehte den Kopf zur Seite und sah sie an.

Sie nickte. „Ja, Billy. Das weißt du doch. Es ist nur..."

Pssst, sag' kein Wort mehr, bis es soweit ist. Das ist ein Befehl!" Er lächelte sie an. „Du wirst es mögen, Eva, vertrau' mir. Und weißt du auch wieso? Weil ich dafür sorgen werde, dass es dir gefallen wird. Und ich weiß schon jetzt, dass es dich geil machen wird, wenn sie dir mit der Zunge genüsslich über deine Möse leckt, während ich sie vor deinen Augen mit meinem großen, harten Schwanz ficke. Du wirst es lieben, weil ich es von dir verlange." Er richtete sich auf und küsste zärtlich über ihre Brüste.

„Aber willst du mir dein kleines Geheimnis nicht vielleicht doch schon jetzt verraten, Billy? Ich will mich gerne darauf einstellen, welche Frau außer mir dein Herz noch begehrt... vielleicht töte ich dich ja nach dem Liebesspiel, wenn... "

Pssst." Er strich ihr mit den Fingern zärtlich über die Schamlippen. Behutsam führte er einen Finger ein. „Du bist doch keine *schwarze Witwe,* meine kleine Eva! Du weißt, dass ich es dir jetzt noch nicht verraten werde. Lass' dich doch einfach überraschen... und jetzt will ich kein Wort mehr von dir hören... gefällt dir das?" Er ließ seinen Finger langsam in ihrer Vagina kreisen.

„Ja.", stöhnte sie leise. „Bitte sag' mir, welche Frau du mir ins Bett legen möchtest, Billy. Bitte..."

„Nein... weißt du, was für ein Gerücht ich heute Morgen gehört habe?", lenkte er geschickt vom Thema ab.

„Nein. Welches denn?"

„Stimmt es, dass dich Charlie heiraten will?"

Evanglines Herz begann höher zu schlagen. „Das ist nur ein dummes Gerücht."

Fort lachte. „So, so... ein dummes Gerücht also?"

Sie nickte.

„Das hab' ich aber anders gehört... weißt du, was mir gefallen würde... und was ich mir schon lange heimlich gewünscht habe?"

„Was denn?"

„Dass du uns beide heiratest. Ich fände das irgendwie irre..."

Evangeline richtete sich abrupt auf. „Du willst mich heiraten?"

„Ja. Aber nur, wenn du ihn auch heiratest!"

„Aber... aber... was bezweckst du damit, Billy? Ich versteh' dich nicht. Zuerst verbietest du mir, dass ich mit ihm schlafe und jetzt willst du, dass ich ihn heiraten soll... nein, nicht ihn, euch beide! Billy, weißt du überhaupt noch, was du sprichst?!"

Er schwieg.

„Ich versteh' dich nicht... ist das ein neues Spiel von dir, Billy?..."

„Eva! Ich will, dass du mir eine Frage ehrlich beantwortest. Tust du es nämlich nicht, dann werde ich dich nie wieder ficken! Ich schwör's beim Grabe meines Bruders. Und du solltest mich beim Wort nehmen!"

Sie sah ihn stumm an.

„Würdest du Charlie jemals aufgeben?"

Sie schwieg.

„Dein Schweigen sagt alles, Eva... ich weiß, dass du ihn noch nicht einmal aufgeben würdest, wenn ich es dir jetzt befehle, hab' ich recht?... na siehst du! Was soll dann das ganze Versteckspiel um ihn?! Glaubst du wirklich, ich weiß nicht, dass du ihn fickst?! Ich verbiete es dir und du tust es trotzdem... hinter meinem Rücken. Meinst du, ich merke das nicht?! Für wie naiv hältst du mich eigentlich?!"

„Billy..."

„Nein, Eva! Nicht Billy! Es hat sich ausgebillyt! Ich habe deine Lügen endgültig satt! Genug davon, verstehst du?! Ich will keine Lügen mehr hören, verstehst du! Ich hab's sogar gewaltig satt und es geht mir so was gegen den Strich, wenn du mir ständig erzählst, was für gute Freunde ihr jetzt seid und dass du ihn seit mehr als einem halben Jahr schon nicht mehr angefasst hast. Deine Lügen gehen mir auf den Sack, Eva! Aber gewaltig! Hör' endlich auf, mich für dumm zu verkaufen, Eva! Tatsache ist, dass du ihn fickst. Und egal, was du jetzt sagst und egal, wie sehr du dich bemühst, mich zu belügen und mich davon zu überzeugen, dass du's nicht tust, ich weiß, dass du's tust. Und zwar von ihm!... und da ich dich nicht alleine besitzen kann, weil dir an ihm eben so viel liegt, dass du ihn nicht aufgeben kannst oder willst, muss ich dich eben mit ihm teilen. So sieht's aus! Ich hab's begriffen, verstehst du?! Und glaub' mir, mir ist es lieber, ich weiß es, anstatt dass ich mir immer wieder deine beschissenen Lügen anhören muss! Verstehst du das?! Und nachdem das so ist, wie es eben ist, sehe ich auch keinen Grund, der dagegen spricht, wieso du uns nicht beide heiraten solltest. Schließlich fickst du ja auch mit uns beiden. Und nachdem ich das endlich eingesehen habe, verstehe ich mich auch wieder viel besser mit Charlie und habe nicht ständig das Verlangen, ihn zu töten. Und glaub' mir, das beruhigt mich ungemein. Ich seh' die ganze Sache jetzt einfach aus einem anderen Blickwinkel, einer völlig neuen Perspektive. Und ich finde das gar nicht mal so schlecht... und wenn wir zusammen arbeiten, geht es deinem Syndikat wesentlich besser, Eva. Es bringt dir im Grunde genommen nur Vorteile."

Sie brachte kein Wort über die Lippen.

„Eva, ich will, dass du uns beide heiratest. In Vegas... und weil es niemand begreifen wird, wird man automatisch irgendetwas Geheimnisvolles darin sehen, verstehst du. Es ist genial, weil jeder ein dunkles Geheimnis dahinter vermutet, aber in Wahrheit gar kein Geheimnis existiert. Sie werden noch mehr Respekt vor uns bekommen, denn nichts macht dem Menschen mehr Angst als Dinge, die sie nicht verstehen... und auch nicht erklären können. Nur was der Mensch fürchtet, ehrt er. Komplett idiotisch, aber so ist es eben... und ich sehe, dass sich unsere Leute jetzt schon wundern, weil Charlie und ich anders miteinander umgehen als früher. Sie verstehen es nicht, und das verunsichert sie... na ja, und am Ende bekommt dich der, der den anderen überlebt... aber keine Angst, Eva, ich habe nicht vor, Charlie eine Kugel durch den Kopf zu jagen. Dies ist ein faires Spiel."

Evangeline war sprachlos. „Du weißt schon, dass du total verrückt bist, Billy, oder?!", stieß sie plötzlich leise aus.

„Ja. Ich weiß."

„Du und Charlie, ihr habt euch doch schon geeinigt, oder, Billy? Glaub' ja nicht, ich habe die Veränderung an euch beiden nicht bemerkt. Ich habe genau gesehen, was vor sich geht. Hab' ich recht?"

„Frag' ihn, wenn du's wissen willst."

„Du bist wahnsinnig, Billy... und trotzdem kann ich ohne dich nicht atmen. Was machst du nur mit mir?!" Sie sah ihn schmachtend an.

„Mein kleines Geheimnis. Küss' mich.", befahl er ihr.

Sie bückte sich über ihn und küsste ihn zärtlich auf die Lippen.

„Und? Was hältst du nun davon?"

„Ich tu' alles, was Billy will... was er von mir verlangt... was er mir befiehlt. Hauptsache er verlässt seine Eva niemals.", stieß sie leise aus und schmiegte sich an seinen Körper. Sie war ihm hörig und egal, was er von ihr verlangte, es war wie ein innerer Zwang, der sie dazu antrieb, ihm all seine Wünsche zu erfüllen. Und da sie in der Tat Charlie niemals aufgeben konnte und wollte, kam ihr Billys Wunsch nicht einmal unbedingt ungelegen.

„Dann befehle ich dir, uns am Wochenende in Las Vegas zu heiraten. Und kein Wort darüber zu Charlie. Er muss ja nicht wissen, dass du ihm das *Ja-Wort* nur gibst, weil ich's dir befohlen habe... und jetzt küss' ihn und verwöhne ihn mit deinen feurigen Lippen."

Evangeline kroch unter die Bettdecke.

„Ja. Das machst du *guuuut...*", stieß er erregt aus, als er fühlte, dass sie seinen steifen Penis in den Mund nahm. „Nicht aufhören!"

Zärtlich leckte sie ihm mit der Zungenspitze über die Eichel und spielte mit seiner Vorhaut, bis sie sein steifes Glied ganz in ihrem schönen Mund verschwinden ließ. Doch das schönste Gefühl war für ihn, als er ihr seinen Samen ins Gesicht spritzte. Ein dicker Tropfen seines Saftes hatte sich in ihren schönen langen Wimpern verfangen. Sie strich ihn mit der Hand ab und leckte ihn genüsslich vom Finger. „Du schmeckst so gut.", sagte sie leise. Genüsslich leckte sie sich über die Lippen, um seinen Wolluststropfen abzulecken. Er schmeckte einfach so gut. Sie liebte alles an ihm.

♣ ♣ ♣

Charlie saß auf der Liege, betrachtete die Sterne und schüttete sich einen Whisky nach dem anderen in den Rachen. Er litt fürchterlich. Er wusste, er war bei ihr. Schließlich war heute der 22ste. Und er wollte ja die geraden Tage. Er bereute, jemals mit ihm diesen Deal eingegangen zu sein, aber was hatte er denn für eine andere Wahl gehabt? Er wollte sie nicht verlieren, und er hatte gefühlt, was für eine große Macht er über sie hatte. Er beherrschte sie wahrhaftig. Charlie wusste, er konnte sie nur halten, wenn er ihr gab, worauf sie niemals verzichten würde: auf Billy. Er versuchte, ihn nicht zu hassen, sich mit ihm zu verstehen, doch zugegeben, an den ungeraden Tagen fiel es ihm wesentlich leichter als an den geraden.

Charlie sah zu den Sternen hinauf. Er wartete auf eine Sternschnuppe, aber bei seinem Glück würde er wohl nie eine sehen. Und wenn doch, was würde es ihm bringen, wenn er sich wünschte, sie alleine zu besitzen, wenn dieser Wunsch niemals in Erfüllung gehen würde, solange Billy lebte.

Er versuchte, sich Mut anzutrinken. Mut, den er brauchte, um seinen Liebeskummer zu ertränken.

Charlie sah auf die Uhr. Die halbe Nacht war schon vorbei. *‚... morgen gehörst du wieder mir, Eva!...'*

„Kannst du nicht schlafen, Charlie?", hörte er plötzlich jemanden fragen.

Durch seinen Rausch war es ihm nicht möglich, die ihm vertraute Stimme zu erkennen, die er soeben gehört hatte. Er drehte sich um und erblickte Jack, der langsam auf ihn zulief und sich auf die andere Liege setzte.

„Lass' mich allein.", lallte Charlie. Er brachte die Worte kaum über die Lippen.

„Wenn du reden willst..."

„Will ich aber nicht!" Charlie erhob sich von seiner Liege und taumelte zur Tür, doch ehe er sie erreichte, stürzte er auf den Boden und blieb in seinem Liebeskummer einfach liegen.

Jack sprang auf und lief auf Charlie zu. „Mann, Charlie!", stieß er leise aus. „Wieso tust du dir das nur an?!" Er hob ihn vom Boden auf und lupfte ihn über seine Schultern.

Charlie lallte zwar undeutlich, Jack solle ihn in Ruhe lassen, aber Jack konnte ihn trotzdem nicht verstehen. Also brachte er Charlie hinauf in seine Schlafräume und legte ihn aufs Bett. „Schlaf' erst mal deinen Rausch aus, Charlie. Und wenn du morgen reden willst, dann weißt du ja, wo du mich findest."

„Lass' mich in Ruhe... da gibt's nichts zu reden...", stieß Charlie undeutlich aus.

„Wie du meinst, Charlie. Gute Nacht." Jack verließ das Zimmer.

Es dauerte keine zwei Sekunden und Charlie war eingeschlafen.

♣♣♣

„Bitte werde meine Frau." Charlie sah sie schmachtend an.

„Okay."

„Okay?" Charlie konnte es kaum fassen. „Ist das dein Ernst?"

„Ja." Sie lächelte ihn an.

Er hob sie in die Luft und drehte sich mit ihr zweimal um seine eigene Achse. So glücklich war er in diesem Moment. Und er dachte nicht eine Sekunde lang mehr an sein Martyrium der letzten Nacht. Er vergaß an diesem Tag einfach seinen Herzschmerz. Schließlich war es ja ein ungerader Tag.

18

Dumas betrat mit Clavel und seinen Leuten das Bestattungsinstitut.

Friedrich kam etwas irritiert auf sie zugelaufen. „Wie kann ich Ihnen helfen?", fragte er verdattert.

„Mordkommission." Dumas wies sich aus und zeigte Friedrich den Durchsuchungsbefehl. „Los! Fangt an!", befahl er seinen Leuten.

„Aber… aber, was habe ich denn verbrochen, Inspektor?"

„*Ich* stell' hier die Fragen!" Dumas räusperte sich. „Sie haben letzte Woche einem Irren, der überzeugt davon ist, kein Geringerer als der *Erzengel Gabriel* zu sein, einen Sarg verkauft… und ich frage mich, wieso Sie ihm einen leeren Sarg verkauft haben!? Und dass keine Bestattung stattgefunden hat, wissen wir beide. Und ich will wissen, wieso und in welchem Zusammenhang Sie zu diesem Fall hier stehen… sehen Sie, heute Morgen haben wir eine Frauenleiche gefunden, die ziemlich übel zugerichtet worden ist. Sie lag in einem Sarg, der einfach vor dem Notre Dame abgestellt wurde… und zwar von genau dem bekloppten Typen, der sich allem Anschein nach für einen Erzengel hält und der bei Ihnen einen leeren Sarg gekauft hat… kaum vorstellbar, nicht wahr? Da läuft irgendjemand, der so bescheuert ist, sich selbst als den beschissenen *Erzengel Gabriel* zu bezeichnen, mit 'nem Sarg durch Paris und stellt den dann einfach dort ab… am Notre Dame! Verstehen Sie, wovon ich spreche?! An der berühmtesten Sehenswürdigkeit dieser Stadt! Wer ist denn so schwachsinnig und stellt dort einen Sarg mit 'ner Leiche ab?! Mehrere Tausend Besucher pro Tag! Aber das scheint den nicht im Geringsten gestört zu haben. Der stellt den Sarg mit der Leiche einfach dort ab, ohne Skrupel. Keine Ahnung, wann, wie, warum. Niemand bekommt was mit. Niemand sieht ihn. Ich frage mich, wie er das gemacht hat. Und ob ihm nicht doch irgendwer dabei geholfen hat… ich meine, wir sprechen hier schließlich vom Notre Dame!… und jetzt raten Sie mal, was ich glaube, wer dieser Drecksau geholfen hat?… richtig! Sie. Und wissen Sie auch, wieso ich das glaube?… das miese Schwein hat nämlich einfach die Rechnung des Sarges an den Sargdeckel genagelt und *der Erzengel Gabriel dankt dir* drauf geschrieben. Bei wem er sich da wohl bedankt hat, hm, was meinen Sie? Bei seinem Komplizen? Oder sollte ich sagen Ex-Komplizen? Wäre doch naheliegend, oder?… nun, ich habe hierzu nur zwei Theorien: Entweder haben Sie dem beschissenen Schweinepriester geholfen, oder aber Sie wussten nicht, was der vorhat, als Sie ihm den Sarg verkauft hatten. Wer weiß, vielleicht haben Sie nicht mehr richtig mitgezogen und er wollte Sie mit dieser Botschaft an uns aus dem Weg räumen. Sie einfach aus dem Weg schaffen. Aus welchem Grund hätte er denn sonst Ihren Namen an den Sargdeckel nageln sollen? Sehen Sie das nicht genauso? Er hofft wohl, dass wir Sie festnehmen, wegen Beihilfe… vielleicht sind Sie aber wirklich ahnungslos? Haben diesem Arsch nur 'nen leeren Sarg verkauft, weil Ihnen eben danach war. Wer weiß? Er hat Sie vielleicht nur verarscht… aber vielleicht war's ja wirklich einfach nur ein Zufall. Aber sehen Sie, das glaub' ich irgendwie nicht. Nichts von dem ganzen beschissenen Scheiß auf dieser Welt passiert einfach so ohne Grund! Dieser beschissene Erzengel wusste genau, was er wollte. Und wenn Sie mit dem unter einer Decke stecken, bringe ich Sie wegen Beihilfe zum Mord hinter Gitter…"

Friedrich hörte ihm schockiert zu. Er war in diesem Moment nicht fähig, irgendetwas zu sagen. Wie gelähmt stand er vor Dumas und sah ihn entsetzt an. Erst die Worte *Beihilfe zum Mord* rissen ihn aus seinem schockähnlichen Zustand wieder heraus. „Beihilfe zum Mord?! Aber ich habe doch niemanden…"

„Unterbrechen Sie mich gefälligst nicht!", schnauzte ihn Dumas barsch an. „Wenn Sie mit dem unter einer Decke stecken, buchte ich Sie wegen Beihilfe zum Mord ein. Darauf können Sie sich verlassen. Also, Sie können Ihren Arsch nur retten, wenn Sie mir jetzt sofort sagen, wer diesen Sarg hier gekauft hat."

Dumas hielt Friedrich ein Foto von der Leiche sowie dem Sarg hin.

Ein Plakat verdeckte die Brust der Frau. Mit ihrem Blut hatte der Mörder folgenden Wortlaut auf das Plakat geschrieben:

> Und der Erzengel Gabriel fuhr vom Himmel herab, um des Engels Hure zu richten!

Das Plakat war mit einem Messer durchstochen, dessen Klinge tief in der Brust der Frau steckte.

Friedrich drehte sich der Magen um. Der Anblick war zu grausam. Er dachte, sie erkannt zu haben. ‚... o Gott! Er hat sie umgebracht!... aber er hat sie doch angebetet?... wir haben sie doch noch zum Flugplatz gebracht?!...' Friedrichs Gehirn begann zu rattern. Er wandte sich sofort von der Fotografie ab. „Übel hat er sie zugerichtet, nicht wahr?!", fuhr Dumas fort. „Als Sie ihrem Mörder den Sarg verkauft haben, haben Sie doch ganz genau gewusst, dass er niemanden darin bestatten wollte. Und wer weiß, vielleicht wussten Sie ja sogar, dass er jemanden darin abschlachten wollte... also, tun Sie sich lieber selbst einen Gefallen und reden Sie. Wenn Sie mir was verschweigen, machen Sie's nur noch schlimmer. Also: wem haben Sie diesen Sarg hier verkauft? Reden Sie endlich!" Dumas zeigte ihm die Fotografie erneut.

„Ich weiß überhaupt nicht, worüber..."

„Hören Sie mir auf, Friedrich! Sie wissen so gut wie ich, worüber wir sprechen. Oder soll ich Sie aufs Revier schleppen? Das können Sie gerne haben. Vielleicht sind Sie dort ja etwas gesprächiger als hier und Ihnen fällt wieder ein, was ich wissen will."

„Aber... was wollen Sie?"

„Antworten!"

„Was für Antworten?" Friedrich sah ihn fragend an.

„Hören Sie auf, mich zu verarschen, Friedrich, und tun Sie nicht so, als würden Sie nicht wissen, was ich will. Sie werden doch wohl eine Liste führen, wer wann welchen Sarg bei Ihnen gekauft hat und welche Bestattungen tatsächlich stattgefunden haben! Und diese Liste will ich, verflucht noch mal! Und wenn Sie nicht im Knast landen wollen, dann sollte die Liste vollständig sein! Beihilfe zum Mord ist strafbar."

„Was?! Mord?! Aber ich habe doch niemanden umgebracht."

„Das sieht die Frau wohl etwas anders."

„Aber..."

„An Ihrer Stelle würde ich zum Reden anfangen!" Dumas übte massiven Druck auf Friedrich aus.

Währenddessen nahm Clavel Friedrichs Buchhaltung auseinander. Plötzlich rief er Dumas zu sich. „Sieh' mal, was ich hier gefunden habe. Die Rechnung ist zwar nicht identisch mit der, die wir haben, aber sagt dir der Begriff was?"

Er hielt ihm eine Rechnung hin, an der ein kleiner Zettel angetackert war.

Code: Erzengel Gabriel

Dumas riss ihm die Rechnung aus der Hand. „Ist das Ihre Handschrift?" Er fixierte Friedrich mit einem scharfen Blick.

Friedrich nickte.

„Was bedeutet das hier?" Er wies mit seinem Finger auf den handgeschriebenen Zettel.

Friedrich zuckte ahnungslos mit den Schultern. „Keine Ahnung… hab'…"

„Hören Sie mir auf, Friedrich! Wieso haben Sie diesen Zettel hier an diese Rechnung geheftet?"

Friedrich zuckte abermals mit den Schultern.

„Hat der noch mal einen Sarg gekauft?! Reden Sie!"

„Ich weiß es nicht. Ich weiß überhaupt nicht, wovon Sie sprechen…"

„Schluss jetzt mit dem Kinderkram! Ich glaube, wir sollten uns mal ernsthaft unterhalten." Er gab seinen Leuten Anweisung, ihn aufs Revier zu fahren. Zu Clavel sagte er nur: „Nimm du die ganze Bude hier auseinander… und ich nehme mir Friedrich vor. Ich denke, er hat mir was zu sagen."

♣♣♣

„Aber ich weiß überhaupt nicht…"

„Schluss jetzt, Friedrich! Sie strapazieren meine Geduld! Wohin haben Sie den verdammten Sarg liefern müssen? Und wieso haben Sie ihm einen leeren Sarg verkauft? Haben Sie sich denn nicht gefragt, was er damit vorhat?! Ich will jetzt sofort Antworten! Sagen Sie es mir, Friedrich! Ich finde es eh heraus, das wissen Sie. Und wenn ich Ihren ganzen Laden auseinandernehmen lasse… oder Sie aber die ganze beschissene Nacht hier festhalten muss. Wenn ich kein Auge zumache, dann machen Sie das auch nicht! Das garantiere ich Ihnen. Aber wenn Sie kooperieren, haben wir beide mehr davon. Außerdem: Sie vermindern Ihre Haftstrafe, sollten Sie irgendwie da mit drinnen stecken. Los, antworten Sie!"

Friedrich sah ihn ängstlich an. Er wusste ganz genau, dass ihn der Erzengel Gabriel zur Hölle fahren ließe, würde er ihn verraten. *„Und denken Sie daran: keine Fehler! Sonst trifft Sie der Zorn des Erzengels.",* hatte er an jenem Tag zu ihm gesagt. Und er hatte ja jetzt gesehen, was er mit ihr gemacht hatte. Aus welchen Gründen auch immer. Klar waren sie ihm auf keinen Fall! Fieberhaft überlegte er, ob er irgendwo die Adresse notiert hatte, wohin er an dem besagten Morgen denn den Sarg gebracht hatte. Und als er sich sicher war, dass er es nirgendwo aufgeschrieben hatte, sagte er Dumas, er habe den Sarg an eine abgelegene Lagerhalle außerhalb der Stadt liefern müssen. Er beteuerte, nichts mit dem Mord zu tun zu haben und nichts davon gewusst zu haben. Der Käufer sammelte Särge und machte einen ehrenvollen Eindruck auf ihn. Niemals hätte er vermutet, dass der Sarg zu einem solch grässlichen Mord missbraucht worden wäre.

„Ich lasse das überprüfen, Friedrich. Sie dürfen gehen, aber verlassen Sie nicht die Stadt!", sagte Dumas und entließ Friedrich vorerst in die Freiheit.

♣ ♣ ♣

„Ich kann dir gar nicht sagen, wie froh ich bin, dass sie mir Daniel zurückgebracht hat. Wenn ich nur daran denke, sie hätte diejenige sein können, die man vor dem Notre Dame gefunden hat, dann wüsste ich nicht, was ich gemacht hätte. Ich wäre wohl total ausgerastet. Denkst du, dass der Mörder dieser Frau irgendetwas mit Chris Maria Sánchez zu tun hatte? Mich wundert nur, dass er sich ebenfalls als Erzengel Gabriel bezeichnet hat. O Gott, ich darf gar nicht daran denken, wenn sie ermordet worden wäre." De Valence stieß einen leisen Seufzer aus. Als er in der Zeitung über den *Mordfall Erzengel Gabriel* gelesen hatte, hatte er beschlossen, Dumas noch am Nachmittag auf dem Revier aufzusuchen. Er wollte Isabelle nicht mit diesem schrecklichen Mordfall konfrontieren, der zumindest namentlich in sehr engem Kontakt zu ihr stand. Und solange er nicht wusste, ob man den Mord an der Frau von Notre Dame mit ihrer Entführung in Verbindung bringen konnte, wollte er nicht, dass sie Angst bekäme, der Mörder könne an ihrer Entführung beteiligt gewesen sein. Nichts war schlimmer für de Valence, als dass sich Isabelles Entführer auf freiem Fuß befände. Deshalb hatte er sie auch 24 Stunden unter Beobachtung stellen lassen. Die Bodyguards, die er zusätzlich noch engagiert hatte, durften nicht von ihrer Seite weichen. Diesmal waren es Bodyguards, die ihm Daniel Fort vermittelt hatte, bevor er wieder nach Chicago zurückgeflogen war. Unter ihnen befanden sich auch Jamie und Danny, die Fort mit der heimlichen Beschattung von Isabelle beauftragt hatte. Sie mussten ihm jeden Tag Bericht erstatten. Fort wusste zwar, dass Sánchez tot war, dennoch wollte er kein Risiko eingehen, dass man sie ihm würde entführen können, bevor er sie nach Chicago gebracht hätte. Dass sie ihm einmal abhanden gekommen war, reichte ihm völlig aus. Er wollte es kein zweites Mal riskieren.

„Ich kann dich beruhigen, Sébastian. Es gibt auf Sánchez' Hof keinen einzigen Hinweis darauf, dass er mit irgendwem zusammengearbeitet hatte. Er war ein neurotischer Einzelgänger. Also können wir davon ausgehen, dass der Mord an der Frau nichts mit der Entführung von Isabelle zu tun hat. Die identischen Namen scheinen nur purer Zufall zu sein. Ich bin mir hundertprozentig sicher. Du brauchst nichts zu befürchten. Zudem wird eure Villa, wie du weißt, stündlich von einem meiner Leute überwacht. Du kannst völlig ruhig schlafen. Niemand wird in dein Haus eindringen und es schaffen, dich und Jean zu betäuben und Isabelle aus dem Haus zu entführen. Dass es Sánchez geschafft hatte, grenzt wohl eher an ein Wunder, denn wenn ich ehrlich sein soll, hatte der mehr Schiss vor ihr als sie vor ihm. Du hast ja gehört, was sie gesagt hat. Und ich hab' ihn ja auch gesehen, wenn auch nur ganz kurz. Dumm, dass er am Ende diesen Unfall hatte…"

„Ich bin froh, dass er jetzt tot ist!", stieß de Valence leise aus. „Hoffe, er ist zur Hölle gefahren!"

„Ich darf's zwar nicht laut aussprechen, aber ich auch. Hab' mich irgendwie befreit gefühlt, als ich's von James erfahren habe. Wer weiß, was er ihr alles angetan hätte, wäre sie länger in seiner Gewalt gewesen. Ich habe das Folterzimmer gesehen. Erschreckend! Echt übel… solche Leute sind krank und brauchen psychiatrische Betreuung. Und wer sich an Leichen ranmacht, hat für mich mächtig groß eine an der Klatsche."

„Ja… das sehe ich auch so…" De Valence stieß einen leisen Seufzer aus. „Übrigens: wir fahren um halb acht Uhr schon ins Theater. Wäre nicht schlecht, wenn du schon um sieben Uhr da sein könntest. Oder willst du vorher noch Essen gehen?"

„Das überlasse ich dir. Sag' einfach, wann ich da sein soll, und ich bin da."

De Valence sah auf die Uhr. „Dann komm' doch schon um fünf, wenn's dir recht ist. Ich bestelle dann für halb sechs Uhr einen Tisch im *Les Ambassadeurs*.

Dumas nickte.

„*Okay.*"

Beide Männer umarmten sich, bevor de Valence das Zimmer verließ.

✦✦✦

Madrid, Spanien, April 2006

Er war spät dran. Eilig schritt er den Korridor entlang, übersprang jeweils die zweite Stufe, bis er vor einer massiven Holztür mit antiken Verzierungen ankam. Davor standen zwei muskulöse Männer, die ohne Scham ihre gestandene Männlichkeit offen zur Schau trugen. Beide nickten ihm zu und einer davon öffnete ihm ehrerbietig die Tür.

Er betrat den Saal. Ringsherum befanden sich hohe Fenster. Die gewaltigen Vorhänge waren zugezogen und verhinderten, dass der helle Mondschein durch die langen, hohen Fenster fiel. Zahlreiche hohe Kerzenständer waren im Ballsaal verteilt und erleuchteten das gewaltige Schauspiel im Kerzenschein. Die Orgie war mitten im Gange. Mehrere Polstersessel und Canapées, überzogen mit rotem, teurem Samt standen vor den hohen Fenstern. Davor befanden sich gewaltige Holztische aus massivem, antikem Holz. In der Mitte des Raumes befand sich ein gewaltiger Kronleuchter an der Decke, von dem vier Seile herunterragten, an denen nackte Frauen an ihren Handgelenken befestigt waren. Mehrere entblößte Männer lagen ihnen zu Füßen, leckten deren Mösen, saugten an deren Schamlippen, stießen ihre steifen Schwänze in deren Mösen, einige davon in deren Arschlöcher. Die Frauen stöhnten, sie schrien vor Begierde, ließen ihrer Wollust freien Lauf. Die Männer gaben den Ton an. Ein Hüter der Huren stand vor den Frauen und schlug ihnen mit der Pferdepeitsche auf das nackte Fleisch, wenn sie nicht parierten. Deren Pobacken waren mit zahlreichen roten Striemen durchzogen. Er richtete seinen Blick auf das Schauspiel schräg gegenüber von ihm. Zwei Männer hatten eine brünette Schönheit über den Tisch gespannt und ließen sich abwechselnd ihre steifen Schwänze von ihr lecken. Tief musste sie die harten Schwänze verschlingen, damit sie den angedrohten Prügeln entging. Ein dritter Mann stand hinter ihr und stieß ihr seinen harten Schwanz abwechselnd in die Vagina und ins Arschloch. Tief und fest stieß er ihr seinen Prügel in die nassen Öffnungen. Je lauter sie schrie, desto härter fickte er ihre kleinen Löcher.

Egal wo er hinsah, überall sah er fickende Gruppen, die sich ihren Obsessionen hingaben wie wilde Tiere, und wie sie die maßlose Wollust bis an den Rand des Wahnsinns und der sexuellen Erschöpfung trieb. Manche Gruppen bestanden aus einer kleinen Anzahl Frauen und Männer, manche waren wiederum etwas größer und ließen kaum eine Übersicht zu, wer gerade von wem gefickt wurde. Das laute Gestöhne im Saal klang wie Musik in seinen Ohren. Er war besessen von diesen wilden Orgien. Mit einem Mal hatte er des Engels Hure erspäht. Sie hatte sich über einen der Polstersessel gelehnt und dem Mann, der ihr seinen steifen Schwanz tief in die feuchte Vagina schob, ihren prallen Hintern hingehalten. Lustvoll feuerte sie ihn mit ihrer derben Sprache an, immer tiefer, immer schneller ihre Fotze zu ficken. Er ging langsam auf sie zu. Als er vor ihr stand, stieß er den Mann unsanft beiseite. „Das ist des Engels Hure! Such' dir gefälligst eine andere zum Ficken!", sagte er in einem eisigen Ton zu seinem Rivalen. Der Vertriebene sah zu ihm auf, erkannte in ihm den mächtigen Mentor wieder, und verzog sich mit einem leisen Seufzer, um sich eine neue Beute zu suchen. Keinesfalls beabsichtigte er, sich mit dem obersten Mentor der Bruderschaft anzulegen. Schließlich wollte er nicht von zukünftigen Orgien ausgeschlossen werden. Und er wusste, dass es einer der obersten zehn Mentoren war. Seine grenzenlose Macht war ihm nur allzu gut bekannt. Sein Cousin hatte sich vor knapp einem Jahr versehentlich mit ihm angelegt. Er hatte seinen Cousin in dieser Nacht das letzte Mal gesehen. Seither wusste niemand, was mit ihm geschehen war. Auch nicht ein einziger hatte sich dazu bereit erklärt, ihn zu finden oder gar Fragen hinsichtlich seines Verschwindens zu stellen. Man wollte nicht das Schicksal des Unglücksraben teilen.

Der Mentor beugte sich zu der Frau herunter. Sie lächelte ihn an. Doch er packte sie unsanft am Haar. Sie hörte sofort auf zu lächeln. Sie stieß einen leisen Schrei aus. Er leckte ihr genüsslich übers Gesicht und lachte. „Das Schreien nützt dir nichts, meine kleine Hure. Weißt du denn nicht, wer ich bin?" Er lachte. „Der Erzengel Gabriel steht vor dir und du bist ab jetzt des Engels geile Hure!" Mit purer Gewalt stieß er ihr seinen harten, übergroßen Schwanz in die kleine, enge Fotze. Die Frau schrie auf. Mehr vor Schmerzen als vor Lust. Doch sie beugte sich seinem Willen. Er besaß große Macht. Und das war sogar ihr bekannt. Davon hatte sie schon des Öfteren in ihren Kreisen gehört. Und wenn man ihn nicht verärgern wollte, tat man, was er von einem verlangte und kam ihm nicht in die Quere. „So, und jetzt zeig' mir dein geiles Arschloch! Ich will dich endlich in den Arsch ficken!" Er zog seinen Schwanz heraus und stieß ihn der Engelshure in den Anus. Mit der flachen Hand schlug er ihr währenddessen hart auf den Arsch. Sie schrie laut auf. Er lachte. Er zog unweigerlich die Blicke auf sich, aber er genoss seine Macht, er genoss seine Freiheiten, er genoss es, als Mentor tun und lassen zu können, was er wollte. Es kümmerte ihn nicht. Er fickte des Engels Hure wie ein geiler Bock und die Blicke der anderen schürten nur seine Geilheit. Doch plötzlich hielt er inne.

Eine junge Frau, schön wie ein leuchtender Stern, betrat den Saal in einem roséfarbenen Ballkleid. Der Stoff war durchsichtig und nur schemenhaft waren die Abdrücke ihrer Brüste zu sehen. Ihre Knospen pressten sich durch den hauchdünnen Stoff. Sie wurde von einem älteren Mann in die Mitte des Saals geführt. „Das ist Claudine... die neue Sklavin des Hauses." Er hob den Rock an und präsentierte der sexhungrigen Gesellschaft ihre rasierte Fotze. Den Finger schob er ihr tief in die enge, feuchte Möse. Er zog den Finger wieder heraus und leckte den Mösensaft genüsslich ab. „Schmeckt wie eine junge, frische Knospe! Wer will unsere neue Sklavin in unsere Welt einführen?" Er sah in die Runde.

„Ich!", sagte der Erzengel Gabriel laut. Er stieß seine erste Wahl unsanft beiseite. „Du kannst gehen! Hast für heute Abend genug geleistet.", sagte er verächtlich und schritt auf Claudine zu. „Du bist des Engels Hure und du wirst die Nacht mit dem Erzengel Gabriel verbringen! Irgendwelche Einwände?"

Claudine schüttelte den Kopf.

Er packte sie bei der Hand und zog sie zu einem freien Tisch hinüber. Unsanft stieß er sie auf die Tischplatte, zog ihr den Rock hoch und befühlte ihre rasierte Scham. Er spielte mit ihren Schamlippen, drückte sie mit seinen Fingern fest zusammen, zwickte ihre zarte Haut, zog sie unsanft wieder auseinander. Claudine verhielt sich wie eine gehorsame Sklavin und ließ all die Schmerzen mit Lust über sich ergehen. Es sollte in dieser Nacht noch das kleinste Übel für sie werden. „Macht dich das geil, du Hure?"

„Ja...", stöhnte sie.

„Willst du meine Zunge?"

„Ja...", hauchte sie ihm erregt zu. Sie leckte sich gierig über die Lippen.

Der Engel kniete sich vor seiner Hure nieder und begann, genüsslich den Geilheitssaft der Hure auszuschlürfen. Er stieß ihr seine Zunge tief in die Möse. Beide Schamlippen schwollen vor Geilheit an. Als er merkte, dass sie sich ihrem Orgasmus näherte, hörte er abrupt auf, erhob sich wieder und beugte sich dicht über sie. „Nein! Du sollst... nein du darfst heute Nacht keinen Orgasmus haben! Ich befehle dir, ihn zurückzuhalten und zu leiden. Ich will es so! Und wenn du nicht gehorchst, werde ich dich bestrafen. Du wirst leiden und hundert Messerstiche am Leib ertragen müssen. Hast du mich verstanden?"

Sie nickte. Halb erregt vor Furcht, halb erregt vor Geilheit war sie begierig darauf, in dieser Nacht die Sklavin des mächtigsten Mentors der Bruderschaft zu sein.

„Und jetzt fick' meinen geilen, harten Schwanz mit deinem Kussmund, meine kleine Engelshure. Enttäusch' mich nicht, das könnte sonst noch übel für dich enden!" Der Engel zwang sie in die Knie, sie musste seinen steifen, harten Schwanz in den Mund stecken, ihn tief verschlingen, seine Eichel mit der Zunge liebkosen, bis er ihr sein übergroßes Glied in den Anus schob und ihr Arschloch wund fickte. Als er sich ergossen hatte, zog er sie hinter sich her und verließ das sexgeile Gelage, das noch bis in die Morgenstunden andauern sollte! Und niemand stellte jemals Fragen, wo Claudine seit jener Nacht abgeblieben war.

♣ ♣ ♣

Madrid, Spanien, April 2006

Er schnappte sich die Zeitung und schlenderte gemütlich ins andere Zimmer hinüber. Dort warf er die *La Velocidad-Luz* aufs Bett und schritt zum Fenster. Er sah auf den Sarg hinab, öffnete den Deckel und lächelte sie an. „Wie geht es dir, Schatz? Gut geschlafen?"

Im Sarg lag eine junge Frau, gefesselt und geknebelt, die ihn mit entsetzten Blicken ansah. Schwarz/weiß-gestreifte Strapse schmückten ihre schönen Beine. Ängstlich sah sie zu ihm auf. Ihr Herzschlag überschlug sich. Sie hatte panische Todesangst. Sie versuchte ihren Peiniger anzuflehen, doch sie brachte keine klaren Worte über ihre Lippen. Kein Wunder, ihr Mund war mit einem Seidentuch geknebelt.

„Was hast du gesagt, Schatz?", sagte er und sah sie fragend an.

Sie stieß abermals ein paar undeutliche Worte aus.

Er bückte sich über sie und hielt sein Ohr dicht an ihren Mund.

Sie wiederholte ihre Worte.

Er erhob sich wieder. „Ja, Schatz, ich freu' mich auch schon drauf. Aber zuerst muss der Engel seine Morgenzeitung lesen. Das macht er doch jeden Tag. Das weißt du doch?! Oder hast du das schon vergessen, *Schatz!?...* aber, Schatz, das ist doch jetzt kein Grund zum Weinen. Dein Engel braucht nicht lang. Versprochen. Dann kümmert er sich sofort um seine kleine, geile Hure." Er lachte dreckig und schlug den Sargdeckel wieder zu.

Er schritt zum Bett und legte sich zwischen die Messer, die er auf dem ganzen Bett verteilt hatte. „Bald kümmert sich dein Engel um dich, Schatz! So wie auch schon letzte Nacht. Er ist schon richtig hungrig auf dein warmes, frisches Blut... und Hurenblut schmeckt am köstlichsten... und der Engel behandelt dich nur so, wie es kleine, geile Huren auch verdienen. Es wird dir bestimmt gefallen!", schrie er dem Sarg lachend zu, dann schlug er die Zeitung auf, suchte einen bestimmten Artikel in der *La Velocidad-Luz* und begann ihn zu lesen.

Anschließend klappte er die Zeitung wieder zu und las folgenden Exklusivbericht auf der Titelseite:

Exklusivbericht

auf der Titelseite der Madrider Tageszeitung La Velocidad-Luz

Unterhalb der Schlagzeile war der
Fundort der Leiche abgebildet.
Der Serientäter, der bereits in Frankreich zwei Frauen
auf dieselbe Art und Weise getötet hatte, wurde von der Presse
Arcángel Gabriel (Erzengel Gabriel) getauft.
Erstmals durch die *La Velocidad-Luz*.

La Velocidad-Luz

Madrid
Samstag, den 08. April 2006

*Paris. Madrid...
¿Welche Stadt ist
die nächste?
¿Wer tötet unter
dem Decknamen
Arcángel Gabriel?*
*¡Grausiger Fund vor
spanischer Sehens-
würdigkeit in Madrid
gemacht: Sarg mit
völlig entstellter
Frauenleiche vor der*

*Iglesia de San Antonio
de Aranjuez abge-
stellt!*
Am Freitag, den 07.04.2006
wurde eine Frauenleiche in
den frühen Morgenstunden
in einem offenen Sarg
aufgebahrt vor der Kirche
San Antonio de Aranjuez
gefunden.
Madrider Polizei hat sich bereits
mit Interpol bzw. der Pariser Polizei
in Verbindung gesetzt, da dort
vor Monaten schon zwei ähnliche
Morde geschahen, die bislang nicht
aufgeklärt wurden.
Eine Frauenleiche wurde in einem
aufgebahrten Sarg vor dem

Notre Dame abgestellt, nur 7 Tage später wurde eine zweite Frauenleiche vor dem Sacre Cœur gefunden, die ebenfalls in einem aufgebahrten Sarg gelegen war.
Bis heute existieren keinerlei Spuren, die zum Täter führen. Der Verdacht, das Bestattungsinstitut Friedrich sei in die Sache irgendwie verwickelt, hatte sich nur nach einem Tag zerschlagen.
(Nähere Informationen unter: www.la-velocidad-luz.es/Iglesia-de-San-Antonio-de-Aranjuez/15)

Am gestrigen Tag wurde eine Frauenleiche vor der Iglesia de San Antonio de Aranjuez in einem offenen Sarg, aufgebahrt vor der Kirche, gefunden.
Die Frau wurde bestialisch ermordet.
Es wurden über hundert Messerstiche auf ihrem ganzen Körper gefunden, wobei nur einer davon tödlich gewesen war.   Dieser traf sie mitten ins Herz.

¡Polizei steht vor erneutem Rätsel!
Es ist völlig unklar, wie der Sarg unbemerkt dort abgestellt werden konnte. Sämtliche Kirchen in Madrid werden derzeit mit einem polizeilichen Aufgebot von über 5oo Beamten stündlich observiert. Wenn Madrid davon ausgehen kann, dass es sich hierbei um denselben Serientäter handelt, der in Paris die beiden Frauen getötet hat, muss man davon ausgehen, dass in den nächsten 6 Tagen eine zweite Frau getötet wird, deren Leichnam in einem Sarg vor einer x-beliebigen Kirche in Madrid abgestellt wird. Eine Großfahndung mit über 2.5oo Beamten wurde bereits eingeleitet, die fieberhaft nach dem Serienmörder suchen, um einen vierten Mord zu verhindern.

Der Killer hat der Polizei eine Nachricht, die mit dem Blut des Opfers geschrieben wurde, hinterlassen.
Ein Plakat wurde mit einem Messer, dessen Klinge tief in der Brust der Frau steckte, am Leichnam befestigt. Mit ihrem Blut hat der bestialische Mörder folgenden Wortlaut aufgeschrieben:

¡Und der Erzengel Gabriel fuhr vom Himmel herab, um des Engels Hure zu richten!

¿Hält sich der Killer für den Erzengel Gabriel?

¿Wieso bezeichnet er seine Opfer als Huren?
¿Was bringt ihn dazu, als deren Richter auftreten zu wollen?

¿Ist er Franzose? ¿Oder sogar Spanier? Beide Nachrichten wurden stilistisch perfekt in der jeweiligen Sprache aufgeschrieben und sind jeweils die korrekte Übersetzung derjenigen, welcher er sich zum Zeitpunkt der Morde in den jeweiligen Ländern bedient hatte.

Erste Untersuchungen haben ergeben, dass sich Restspuren von *Bella Donna* im Blut der Frau befunden hatten. *„Im halbbetäubten Zustand fließt das Blut langsamer durch die Adern, was verhindert, dass man schnell ausblutet, wenn einem offene Wunden zugefügt werden. Der Tod kann somit bis zu mehrere Tage hinausgezögert werden.“*, so ein Experte der Polizei am Tatort.

Während dieser Zeit muss es wohl auch zum mehrmaligen Sexualverkehr zwischen der Ermordeten und dem Triebtäter gekommen sein. Spuren von Sperma wurden im Unterleib der Toten gefunden.

Ganz Madrid ist schockiert. Es ist völlig unklar, wie dieser barbarische Mord zur Schau gestellt werden konnte, ohne eine Spur zu hinterlassen.

¿Wo hält sich *Arcángel Gabriel* versteckt?

Die Polizei ruft die Bevölkerung auf, bei der Suche aktiv mitzuwirken und Hinweise, die zum Täter führen, sofort an die zuständigen Polizeidienststellen der jeweiligen Stadtteile bzw. der jeweiligen Gemeinden weiterzuleiten.

Der Oberbürgermeister sowie der zuständige Polizeichef hoffen darauf, dass irgendjemand aus der Bevölkerung irgendetwas gesehen haben muss, was zur Ergreifung des Killers führen könnte.

Für Hinweise, die zur Aufklärung dieser Morde bzw. zur Ergreifung des *Arcángels Gabriel* führen, setzt das spanische Königshaus eine Belohnung in Höhe von

¡€ 250.000,00!

aus.

Die *La Velocidad-Luz* wird ihre Leser in dieser Mordsache auf dem Laufenden halten.

Aktuelle Hinweise können auf unserer Homepage unter

www.la-velocidad-luz.es/arcangel-gabriel

abgerufen werden.

Redaktion
Manuel Rodrigez Barbosa

19

Paris, David Forts Wohnung. In einer kalten Märznacht im Jahr 2006… in der Nacht.

Isabelle schlich sich die Treppen hinauf.

Sie war schon sehr spät dran, weil es heute etwas schwieriger war als sonst, unbemerkt das Haus zu verlassen.

Lautlos steckte sie den Schlüssel ins Schloss.

Schnell öffnete sie die Tür und trat hastig ein.

Bevor sie jedoch den Lichtschalter betätigen konnte, legte er ihr die Arme um die Hüften und zog sie hastig zu sich heran. „Ich hab' schon auf dich gewartet!", stieß er erregt aus. Stürmisch begann er sie zu küssen. Langsam drängte er sie gegen die Tür.

„Daniel…", hauchte sie ihm zu, während er sie langsam die Tür entlang nach oben schob. „… ich bin… ich bin nicht so schnell… weggekommen…", stöhnte sie unter seinen feurigen Küssen.

„Ich hab's kaum ausgehalten… wärst du in den nächsten fünf Minuten nicht gekommen, wäre ich losgegangen, um dich zu holen." Schon seit Monaten hatte er darauf gewartet, sie endlich wieder spüren zu können. Er war unbeherrscht. Gierig. Auf sie. Zu lange hatte er schon darauf warten müssen. Und dann hatte sie sich auch noch so viel Zeit gelassen, bis sie endlich kam. Und nun, da er sie in Händen hielt, überkam ihn die Lust, die blinde Gier nach ihr. Blitzschnell öffnete er seine Hose. Sein männliches Glied, das bereits in voller Größe angeschwollen war, sprang aus der Hose. Er zog ihr wie im Fieber den Rock über die Schenkel. „Wir haben ja gar kein Höschen an… wie unanständig…", hauchte er ihr ins Ohr. Er drang hastig in sie ein; hemmungslos begann er sie nun zu stoßen. Er musste seinen Durst stillen, der ihn schon Wochen lang quälte. Und sie fühlte sich so gut an, so gut in seinen Händen, zwischen seinen Fingern. Immer tiefer stieß er ihr sein steifes Glied in die Vagina, immer schneller rieb er sich an ihr. Ihre Schreie entzückten ihn, ihre Schreie trieben ihn voran, noch fester zuzustoßen, noch tiefer in sie einzudringen, sie mit seiner Männlichkeit zu überfluten, sie unter seinem gewaltigen Körper zu begraben. „Hast du mich vermisst?" Seine Stimme bebte.

„Ja… o ja… nicht aufhören… schneller…", bat sie ihn mit zittriger Stimme und ließ ihre Hüften im Rythmus seiner Stöße kreisen. Er fühlte sich so gut an, so gut zwischen ihren Beinen. Sie war gierig nach seiner Männlichkeit. Es dürstete sie nach seinen feurigen Stößen, seiner tiefen Leidenschaft. Fest umklammerte sie seine muskulösen Pobacken. Wild schrie sie ihm immer lauter zu, er solle sie härter, schneller ficken. Ihre frivolen Worte versetzten ihn in einen tiefen Sinnenrausch. Wild trieben sie es wie Tiere an der Tür. Dass auf der anderen Seite jemand lauschte, der sich allein bei der reinen Vorstellung, was hinter der Tür vor sich ging, selbst an seinem erregten Glied rieb, bemerkten sie nicht. Beide waren wie in Trance, als sie sich ihrer willenlosen Lust leidenschaftlich hingaben. Ihre lauten, zügellosen Schreie drangen sogar bis ins Treppenhaus hinaus, doch es war den beiden egal. Sie vergaßen alles um sich herum. Raum und Zeit schienen zu verschmelzen, es gab nur sie beide, in dieser großen, weiten Unendlichkeit.

„O Gott… ich komme…", hauchte sie ihm leise zu. Ihr Körper erzitterte.

Im selben Moment ergoss er sich in ihr. Tief stieß er sein steifes Glied in ihre feuchte, wollüstige Möse. Langsam ließ er sie die Tür entlang nach unten gleiten.

♣♣♣

Fort strich sanft über ihr Haar.

Er hatte nach Isabelles Entführung intensive Gespräche mit ihr geführt, um ihren Seelenfrieden wieder herzustellen. Zudem hatte sie de Valence auf sein Anraten hin auch noch zu einem Psychiater geschickt. Fort wollte einfach sicher gehen, dass mit ihr alles wieder stimmte und die Entführung selbst keine geistigen Schäden bei ihr hinterlassen hatte.

Wie eine Katze schmiegte sie sich an seine Brust und ließ sich zärtlich von ihm das Haar streicheln. „Wie lange bleibst du?"

„Lass' dich überraschen, *Isabeau.*", erwiderte er leise. „Ich habe dir übrigens etwas mitgebracht. Du findest es auf der Couch... los! Hol's dir, *meine kleine Isabeau.* Und zieh's für mich an."

„Du hast mir das Kleid von *Yves Saint Laurent* mitgebracht?", stieß sie freudig aus.

„Sieh' selbst nach." Er lächelte sie an und stieß sie aus dem Bett. Isabelle eilte ins Wohnzimmer hinüber. Fünf Minuten später kam sie ins Schlafzimmer zurück. Sie trug ein weißes Kleid, gearbeitet aus edelsten Seidenstoffen, verziert mit zarten Schleifen aus roséfarbigen Spitzen am Dekolleté. Sie sprang zurück zu ihm ins Bett. „O... das ist so wunderschön... ich hab's mir wirklich so sehr gewünscht... wie gefalle ich dir?"

Er lächelte sie an. „Was bekomme ich jetzt dafür?"

„Einen zärtlichen Kuss auf den Mund..."

„... und wenn ich ihn lieber woanders hin haben will?"

Isabelle lächelte ihn an und kroch unter die Bettdecke.

„O ja... das gefällt mir schon besser...", stieß er erregt aus, als er ihre sanften Lippen auf seinem Glied spürte. Langsam richtete es sich in voller Größe auf.

Zärtlich leckte sie über seine Eichel und rieb mit der Hand an seinem steifen Glied auf und ab. Sie öffnete verführerisch den Mund und verschlang seine ganze Männlichkeit. Tief verschwand sein Glied in ihrem Zaubermund.

„Nicht aufhören!", befahl er ihr und drang noch tiefer in die Höhle ihres schönes Kussmundes ein. Er war berauscht. Immer schneller fickte er ihren schönen Kussmund, immer wilder stieß er ihr seinen harten Schwanz in den Mund. „Leck' ihn wie eine kleine, geile Hure!", hauchte er ihr zu. Er beobachtete seine Geliebte mit gierigen Blicken, während sie ihm über die Eichel leckte, mit der Zunge lustvoll mit seiner Vorhaut spielte. Wollust überflutete seine Gefühle, als er sich seinen Schwanz von seiner Geliebten lecken ließ. Er versank in grenzenloser Lust, und sie wusste genau, wie sie sie bis zur Ohnmacht schüren konnte. Sie spielte mit ihm, ließ ihre Zunge über seine Eichel kreisen und stieß ihm die Zungenspitze in seine kleine Öffnung. Mit den Zähnen biss sie zärtlich in die Eichel und fügte ihm sanfte, lustvolle Schmerzen zu. Forts Herz schlug immer schneller. Er wusste, er würde gleich kommen. Ihre Zunge kitzelte ihn, führte sein steifes Glied in rasendem Tempo zur Ekstase. Im selben Moment, als er sich ergießen musste, stieß er einen lauten Schrei der Entzückung aus. Bis auf den letzten Tropfen saugte sie seine ganze Wollust in sich auf. Genüsslich leckte sie sich über die Lippen. „Du schmeckst so gut...", rief sie ihm leise zu und warf ihm einen verruchten Blick zu.

Er zog sie zu sich hoch, packte sie an den Hüften und hob sie über sich. Über seinem Gesicht ließ er sie wieder herunter.

Isabelle stöhnte, als sie seine Zunge auf ihren vor Lust dick angeschwollenen Schamlippen spürte. Seine feurigen Küsse erregten sie ungemein. Er saugte an ihren Schamlippen, leckte über ihre vor Geilheit triefende Öffnung, drang tief mit seiner Zunge in ihre enge Möse ein und leckte genüsslich über ihren Kitzler, bis sie schreiend zum Orgasmus kam. Erst nachdem sie zum Höhepunkt gekommen war, hob er sie wieder von sich herunter. Er drehte sie mit einem Handgriff auf den Bauch, hob ihren prallen Hintern in die Höhe. „Dein praller Po macht mich so geil...", hauchte er ihr zu und drang abwechselnd in ihre Lusthöhlen ein. Immer schneller begann er sie zu stoßen, immer tiefer drang er in sie ein. Er beugte sich zum Nachtkästchen vor und nahm die Pferdepeitsche in die Hand. Sanft begann er, ihr im Rhythmus

156

mit seinen Stößen auf die Pobacken zu schlagen. Mit jedem Schlag wurde er feuriger, härter. Er war so unersättlich.

„Sag' es!", stieß er erregt aus und schlug abermals fest zu. Der nächste Schlag hinterließ auf Isabelles schönem Hinterteil einen zarten roten Streifen.

„Fick mich!", stieß sie immer wieder leise aus und feuerte ihn an, es ihr so richtig gut zu besorgen.

Langsam führte er ihr das Ende der Peitsche in den Anus. Je tiefer die Peitsche in sie eindrang, desto lauter schrie sie. Je härter er ihr seinen Schwanz in die Möse stieß, desto erregter wurde sie. Fast die ganze Nacht hatten sie sich ausgiebig miteinander vergnügt und ihren wilden Fantasien freien Lauf gelassen. Nach ihrem aufregenden Liebesspiel ließen sie sich erschöpft in die Kissen fallen.

❧ ❧ ❧

„Wann musst du gehen?"

„Wenn's draußen hell wird…", erwiderte sie leise.

„Ich hab' noch eine kleine Überraschung für dich… komm', mach' die Augen zu."

Isabelle schloss die Augen.

Fort beugte sich aus dem Bett und hob etwas vom Boden auf. „Nicht schummeln!"

„Ich schummel' ja gar nicht… was ist es denn?"

„Gleich zeig' ich's dir, *Isabeau*… hier… riech' daran und sag' mir, wonach es riecht?"

„Rosen… das sind…" Mehr Worte brachte sie nicht mehr über die Lippen. Sie versank in tiefe Bewusstlosigkeit.

„Ja… Rosen, *Isabeau*…" Zärtlich strich er ihr übers Haar und verschraubte das Fläschchen mit dem *L'eau Noire*.

❧ ❧ ❧

Fort sah auf ihn herab.

Er war bereits in tiefe Bewusstlosigkeit versunken.

Er betrachtete den Zettel in seiner Hand und las aufmerksam die Nachricht, die er mit seiner linken Hand aufgekritzelt hatte.

Fort betrachtete den Zettel. Anschließend legte er ihn de Valence auf die Brust. „Bitte halte dich daran. Ich möchte dir nicht wehtun, Bruder!"

Er fühlte de Valence' Puls und legte die Hand auf seine Stirn. „Denk' an meine Worte!"

157

Er kam uns beiden dazwischen, deshalb konnte ich sie nicht ins Himmelreich entführen. Nur deshalb war sie noch bei dir! Doch nun hat er meinen Zorn zu spüren bekommen, als er in die Hölle gefahren ist.

Such' sie nicht! Halte dich von ihr fern, sonst bekommst du ihn doppelt so hart zu spüren: meinen unerbittlichen Zorn!

Denk' an meine Worte!

Erzengel Gabriel

Er drehte sich um und verließ das Schlafzimmer.

Paris, David Forts Wohnung. An einem sonnigen Märztag im Jahr 2006... am nächsten Morgen.

Fort stieg die Treppen hinab und folgte dem Sarg, den seine Männer die Treppen hinabtrugen. Niemand sprach ein Wort.

Plötzlich öffnete sich die Haustür und eine alte Frau kam ihnen entgegen. Sie ging am Sarg vorbei und blieb vor Fort stehen. „Wer ist denn gestorben?!", fragte sie entsetzt.

„Meine Frau.", erwiderte er kurz angebunden.

„O Gott! Das tut mir so leid für Sie. Sie war noch so jung. Das arme Ding. Das ist wirklich zu bedauern. Gott holt manche von uns viel zu früh, Monsieur Fort. Und ich... ich warte schon seit Jahren darauf, dass er mich holt, aber eine alte, gebrechliche Frau wie mich will er einfach nicht holen. Mein Leben hab' ich schon gelebt, glauben Sie mir. Mehr als genug! Um mich ist es nicht mehr zu schade. Ich bin schon eine alte Schachtel, aber Ihre junge Frau... schrecklich!... mein herzliches Beileid.", sagte sie leise und schritt dann die Treppen langsam weiter hinauf. Als sie vor ihrer Tür stand, steckte sie den Schlüssel ins Schlüsselloch.

James sah zu Fort auf. „Und jetzt?", sagte er leise, als er hörte, dass die Wohnungstür ins Schloss fiel. „... also ich weiß nicht, ob das so eine gute Idee war, ihr zu sagen, dass es deine Frau war?... das war nicht gut, Billy. Wenn sie's rumerzählt... was dann?"

„Die ist senil, James. Die hat in einer Stunde schon wieder vergessen, dass sie uns über den Weg gelaufen ist." Er hatte diese alte Dame bei seinem letzten Aufenthalt bereits ein paar Mal im Hausgang getroffen, daher wusste er, dass sie ziemlich vergesslich war und oft nicht wusste, wovon sie sprach.

Die Männer setzten den Gang fort und trugen den Sarg hinaus.

Epilog

Dumas sah auf die Uhr. ‚*... schon fast neun!...*' Er war um sieben mit ihr verabredet gewesen, doch sie kam nicht. Zumindest nicht bis jetzt.

Er lief immer wieder zum Fenster und sah hinaus, versuchte sie in der Menge der Passanten auf den Straßen zu erspähen, aber vergeblich. Er konnte sie nicht unter ihnen entdecken.

Enttäuscht legte er sich gegen Mitternacht alleine ins Bett und versuchte einzuschlafen. ‚*... wieso ist sie nur nicht gekommen?... nicht mal angerufen hat sie... wahrscheinlich konnte sie nicht kommen... ja, sie hat bestimmt einen guten Grund. Morgen, ja morgen, da wird sie's mir bestimmt sagen. Sie kann's mir sicherlich erklären...*'

Er lag fast bis vier Uhr morgens wach.

♣♣♣

„Wie siehst du denn aus?! Hast du etwa die ganze Nacht durchgemacht?" Clavel grinste.

„Sehr witzig!", murrte Dumas. Er war ziemlich schlecht gelaunt. Er hatte bereits heute Morgen versucht, Isabelle zu erreichen, aber ihr Mobiltelefon war ausgeschaltet gewesen und er traute sich nicht, sie zu Hause anzurufen. Er wollte vermeiden, de Valence oder aber de Miranda an den Apparat zu bekommen, wenn sie nicht schnell genug hingegangen wäre.

Plötzlich ging die Tür auf und Ella Martinet trat ein. „Draußen wartet eine vom MI6 auf dich.", flüsterte sie leise. „Die will dich sprechen. Vertraulich. Wollt' mir nicht sagen, um was es geht."

„Vom MI6?!" Dumas sah sie verwundert an.

Martinet nickte.

„Du verscheißerst mich doch, oder?!"

„Nee, du. Ich hab' ihren Ausweis gesehen... und übrigens: die spricht perfekt Französisch!"

„Dann sag' ihr, ich komm' gleich."

♣♣♣

„Inspektor Dumas?"

Dumas nickte.

Sie reichte ihm die Hand. „Hallo. Mein Name ist Moss. Scarlett Moss."

Vorschau

Darja Behnsch

Süße Beute

Erotische Geschichten

ISBN 13: 978-3-8391-0010-3

(... wird voraussichtlich im <u>Juli 2009</u> veröffentlicht...)

Black Angel ist der erste Roman von Darja Behnsch.

Mariposa ist der zweite Roman von Darja Behnsch.

Des Engels Hure ist der dritte Roman von Darja Behnsch

Somnophilie ist der voraussichtliche Titel des vierten Romans.

Ankündigung: es werden in 2009/2010 weitere erotische Geschichten veröffentlicht!

Bereits veröffentlicht:

Darja Behnsch

Black Angel 1. Erotischer Thriller

ISBN 13: 978-3-8370-0042-9

Black Angel 2. Erotischer Thriller

ISBN 13: 978-3-8370-0043-6

Mariposa. Erotischer Thriller

ISBN 13: 978-3-8370-1094-7

Bella Donna (Single)

ISBN 13: 978-3-8370-1666-6

Des Engels Hure. Erotischer Roman

ISBN 13: 978-3-8370-7137-5

Mitternachtsmargaritas und ein geiles Luder. Erotische Geschichten

ISBN 13: 978-3-8370-3813-2

Voyeur aus Leidenschaft. Erotische Geschichten

ISBN 13: 978-3-8370-3815-6

Neu!

Darja Behnsch

Mitternachtsmargaritas
und
ein geiles Luder

Erotische Geschichten

ISBN 13: 978-3-8370-3813-2 (... wurde im <u>März 2009</u> veröffentlicht...)

Black Angel ist der erste Roman von Darja Behnsch.

Mariposa ist der zweite Roman von Darja Behnsch.

Des Engels Hure ist der dritte Roman von Darja Behnsch

Somnophilie ist der voraussichtliche Titel des vierten Romans.

Ankündigung: es werden in 2009 weitere

erotische Geschichten veröffentlicht!

Neu!

Darja Behnsch

Voyeur aus Leidenschaft

Erotische Geschichten

ISBN 13: 978-3-8370-3815-6 (... wurde im <u>April 2009</u> veröffentlicht...)

Black Angel **ist der erste Roman von Darja Behnsch.**

Mariposa **ist der zweite Roman von Darja Behnsch.**

Des Engels Hure **ist der dritte Roman von Darja Behnsch**

Somnophilie ist der voraussichtliche Titel des vierten Romans.

Ankündigung: es werden in 2009 weitere erotische Geschichten veröffentlicht!